프랭클린 자서전

THE AUTOBIOGRAPHY OF

BENJAMIN FRANKLIN

프랭클린 자서전

벤저민 프랭클린 지음 | 이순영 옮김

문예출판사

차례

|3부| 여기서부터는 1788년 8월에 시작하며 필라델피아에 있는 내 집에서 쓴다. 그런데 기록 대부분이 전쟁 중에 소실되고 이것밖에 남지 않아 기대했던 만큼 도움이 되지는 않았다.

일러두기

1. [ ] 표시를 한 부분은 옮긴이 주입니다.

2. 이 책에 있는 소제목은 독자의 이해를 돕기 위해 편집자가 붙인 것입니다.

들어가는 글

벤저민 프랭클린은 1706년 1월 17일 보스턴 밀크 가(街)에서 태어났다. 아버지 조사이어 프랭클린은 수지 양초를 만드는 사람이었고 두 번 결혼을 해서 열일곱 명의 자식을 두었다. 벤저민 프랭클린은 막내아들로 태어났고 밑으로 여동생 둘이 있었다. 벤저민 프랭클린이 정규 교육을 받은 것은 열 살 때까지가 다였다. 열두 살 때부터는 인쇄업을 하던 형 제임스 밑에서 직공으로 일했다. 그때 형의 인쇄소에서 발행하던 《뉴잉글랜드 커런트》에 글을 기고하다가 나중에는 명목상 발행인이 되었다. 하지만 형과 사이가 나빠지자 인쇄소를 그만두고 뉴욕으로 떠났다가 1723년 10월에 다시 필라델피아로 돌아왔다. 그곳에 도착하자마자 인쇄공 일을 시작했지만 키드 지사의 꾐에 넘어가 런던으로 갔다. 런던에 가서야 키드 지사에게 속은 것을 알았고 다시 식자공으로 일했다. 얼마 뒤에 상인인 데넘 씨를 따라 필라델피아로 돌아와 그의 상점에서 일했다. 데넘 씨

Numb. CII.

THE

Pennsylvania *GAZETTE.*

Containing the freshest Advices Foreign and Domestick.

From Thursday, October 22. to Thursday, October 29. 1730.

The SPEECH of the HONOURABLE

Patrick Gordon, Esq;

Lieutenant Governor of the Counties of *New-Castle, Kent* and *Sussex* on *Delaware,* and Province of *Pennsylvania.*

To the Representatives *of the said Counties in* General Assembly *met, at* New-Castle, *the 21st of* October, 1730.

GENTLEMEN,

MY steady Endeavours to put in Practice as well his late sacred Majesty's Commands to Me, which I mentioned at my first Arrival here, as My Instructions from our Honourable Proprietors, together with the happy Concurrence of the People in joining with what they manifestly saw was aimed solely at their own Good, have by Divine Providence been blessed with such Success, that now on Our annual Meeting, there seems little more Incumbent on Me, than to express My Satisfaction in the Opportunity given Me of seeing the Representatives of His Majesty's good Subjects under my Care, convened together; and I hope it proves no less agreeable to You, GENTLEMEN, to have the same on Your Parts of meeting Me; that We may between Us shew that mutual Harmony, which will ever be the happy Result of a Disposition in those concerned in the Affairs of Our Government, to discharge their respective Duties with Loyalty to His Majesty, Fidelity to Our Proprietors, and with Benevolence and Affection in every Individual towards his Neighbour.

The Continuance of this, GENTLEMEN, I heartily recommend to You, and that if Particulars should yet harbour any Misunderstandings or private Uneasinesses, they should, from a View of the Loveliness of Peace and publick Tranquility, entirely lay them aside, that We may truly appear to all, what I think We really are, as happy a People among Ourselves, as any in His Majesty's Dominions.

GENTLEMEN,

You will now undoubtedly of Course, at this Meeting, take into Consideration what yet remains from former Assemblies to be compleated or regulated; and herein, I hope, You will shew such Unanimity, and make such Dispatch, as will fully prove We are all sensible of the Blessings we enjoy; and on My Part, nothing shall be wanting to improve them.

P. GORDON.

To the HONOURABLE

Patrick Gordon, Esq;

Lieutenant Governor of the Counties of *New-Castle, Kent* and *Sussex* on *Delaware,* and Province of *Pennsylvania.*

The Humble ADDRESS of the Representatives *of the Freemen of the said Counties,* in General Assembly *met, at* New-Castle *the 22d of* October, 1730.

May it please Your HONOUR,

WE, the Representatives of these Counties, do with the greatest Sense of Gratitude, return Our sincere Thanks for Your favourable and kind Speech to Us; and We are extreamly pleased that there appears to Your Honour so happy a Disposition amongst the People whom We represent, of Peace and Harmony, as that you do not find it necessary upon this Occasion to to do more than express Your Satisfaction in meeting Us at this Time; which next to the Divine Providence arises from the happy Effects of Your Honour's mild and prudent Administration; and we should be wanting to Ourselves, as well as Our Constituents, should We on Our Parts lose any Opportunity of improving or maintaining the same: We shall at all Times endeavour to discharge Ourselves with Duty and Loyalty to His Majesty, Affection and all due Respect to Your Honour, and Fidelity to Our Proprietor.

It is a Blessing greatly to be valued, that there are not any Discontents or Misunderstandings remaining

《펜실베이니아 가제트》 일부

프랭클린이 자신의 인쇄소에서 발행한 신문 《펜실베이니아 가제트》는 독자들에게 '국내외의 최신 소식'을 약속했다.

가 죽자 다시 예전처럼 인쇄 일을 했지만 얼마 안 가서 자신의 인쇄소를 차리고 《펜실베이니아 가제트》를 발행했다. 《펜실베이니아 가제트》에 여러 편의 글을 실으면서 이 신문을 매개체로 지역의 여러 가지 개혁을 이루어냈다. 1723년에 유명한 〈가난한 리처드의 달력〉을 발행했다. 프랭클린은 이 달력에 좋은 글귀를 직접 지어 적거나 지혜가 담긴 격언을 인용해 넣어 그 내용을 더욱 풍성하게 만들었다. 벤저민 프랭클린이 널리 명성을 얻은 데는 이 달력이 큰 역할을 했다. 1758년에는 달력에 글쓰기를 중단하고 〈부에 이르는 길〉이라는 글을 썼다. 이 글은 식민지 시대 아메리카의 가장 유명한 문학

작품으로 평가받는다.

이 무렵 프랭클린은 공공 활동에 관심을 갖기 시작한다. 아카데미 설립을 위한 계획에 착수했고, 이를 기반으로 훗날 펜실베이니아의 대학이 설립되었다. 그리고 학문에 종사하는 사람들이 연구 결과를 서로 토론하는 장이 될 수 있도록 '아메리카 철학협회'를 설립했다. 그런가 하면 개인 사업과 정치 활동을 하는 사이사이에 직접 전기 실험을 하고 학문 연구도 하면서 여생을 보냈다. 1748년에는 어느 정도 재산을 모았다고 생각해 사업을 정리하고 학문 연구에 몰두하기로 했다. 그 몇 년 동안 이룬 성과로 유럽의 학자들 사이에서도 이름을 알렸다. 벤저민 프랭클린은 정치를 하는 동안 탁월한 행정가이면서 동시에 유능한 논쟁가로서의 면모를 발휘했다. 하지만 지위를 이용해 지인들을 도우면서 공직자로서의 이력에 오점을 남기기도 했다. 국내 정치에 벤저민 프랭클린이 한 가장 큰 기여라면 우편 제도의 개혁이었다. 그러나 정치가로 명성을 떨친 것은 대영제국과 식민지국의 관계 그리고 나중에는 프랑스와의 관계에서 활약을 하면서였다. 1757년에는 식민지 정부에 대한 펜 일가의 영향력에 항의하여 영국으로 갔고, 그곳에 5년 동안 머물면서 영국의 국민과 정치인들에게 식민지 상황을 알리기 위해 힘썼다. 아메리카에 돌아와서는 펜 일가와의 사건에서 중요한 역할을 했지만, 이 때문에 의회에서 자리를 잃었다. 1764년에 식민지 대표로 다시 영국으로 갔고 이번에는 영주들 손에서 정부를 되찾게 해달라고 왕에게 탄원했다. 런던에서 인지조례에 강력하게 반대하다 신용을 잃었으며 필라델피아 인지국장 자리에 친구를 추천해 시민들의 분노를 샀다. 인지조례 철폐를 이끌어내는 데 결정적인 역할을 했음에도 그에 대한 불신은 가시지 않았다. 이 뒤로도 벤저민 프랭클린은 계속해서 식민지 상황을 알리는 데 힘썼고 그러는 동안 영국과의 갈등은 점점 깊어져 혁명 위기가 감지되었다. 1767년에는 프랑스로 가서 환대를 받았다. 하지만 1775년 고국으로 돌아오기 전에 허친슨과 올리버의 유명한 편지를 공개한 사건에 가담했다는 혐의로 체신부에서 해임되었다. 필라델피아에 도착하자마자 대륙회의의 의원으로 뽑혔고 1777년에 아메리카를 대표하는 사절단으로 프랑스에 파견되었다. 프랑스에서 프랭클린은 높은 인기를 누리며 1785년까지 머물렀다. 프랑스에서 성공적으로 임무를 수행하고 마침내 고국으로 돌아왔을 때는 워싱턴에 버금가는 미국 독립의 수호자가 되었다. 벤저민 프랭클린은 1790년 4월 17일에 세상을 떠났다.

자서전의 처음 다섯 장은 1771년 영국에서 쓰여졌고, 1784년에서 1785년까지 이어지다가 1788년에 다시 시작되었다. 이 글에는 1757년의 일까지 기록되어 있다. 원고는 많은 우여곡절을 거쳐 존 비절로에 의해 인쇄되었고, 식민지 시대 위대한 인물의 모습을 그대로 담은 귀중하고 가치 있는 자서전으로 탄생했다.

THE AUTOBIOGRAPHY OF

BENJAMIN FRANKLIN

_1771년 세인트 아사프 교구의
트위포드에서

1

"나는 어려서부터 책 읽는 것을 좋아해서 수중에
얼마라도 돈이 들어오면 모두 책 사는 데 썼다."

왜 이 글을 쓰게 되었는가?

사랑하는 아들에게

예전부터 나는 우리 집안 선조들의 일화를 모으기를 즐겼다. 아무리 사소한 이야기라도 알고 싶어 했지. 언젠가 내가 너를 데리고 영국에 가서 그곳에 살고 있는 친척들에게 이런저런 일들을 물어보던 일을 기억할지 모르겠다. 그 여행을 떠난 목적이 바로 그거였다. 내가 그랬던 것처럼 너 역시도 이 아버지가 어떻게 살아왔는지 알고 싶을 것이라 생각했다. 아직 네가 모르는 일들이 많을 테니 말이다. 그러던 차에 일주일 동안 시골에서 한가롭게 머물 기회가 생겼기에 너를 위해 이 글을 쓰기로 했다. 사실, 이 글을 쓰는 데는 다른 이유가 더 있기도 하다.

나는 별 볼 일 없는 가난한 집안에서 태어나고 자랐지만 부족함

없이 유복하고 행복하게 지금껏 살았고 세상에 이름도 어느 정도 알렸다. 하나님의 축복이 함께한 덕도 있었지만, 내가 성공적인 인생을 살 수 있었던 방법을 후손들이 알고 싶어 할 거라 짐작한다. 내가 들려주는 이야기를 듣고 각자의 상황에 맞는 방법을 선택해 따라준다면 좋겠다.

누군가 내게 지나온 삶을 똑같이 다시 살 수 있는 기회가 주어진다면 어떻게 하겠느냐고 물어볼 때마다 기꺼이 그러겠노라고 대답했는데, 돌이켜보면 바로 행복 때문이었던 것 같다. 다만, 작가가 초판의 오류를 개정판에서 바로잡듯 나 역시도 고치고 싶은 부분이 있기는 하다. 잘못을 고치는 것과 함께 내 삶에서 일어났던 불행한 사고와 사건들을 좋은 일들로 바꿀 수 있다면 더 바랄 게 없을 테고 말이다. 하지만 그럴 수 없다고 해도 또 한 번의 기회를 받아들이고 싶다는 마음은 변함없다. 인생을 다시 산다는 것은 애당초 불가능한 일이겠지만 지나온 삶을 되돌아보고 영원히 남을 기록으로 남기는 것 역시 그 못지않게 의미 있는 일이 아닐까.

노인들은 살면서 겪은 이런저런 일들을 시시콜콜 늘어놓는 걸 좋아하게 마련인데 나 역시 그렇다. 그래도 사람들이 나이 든 사람에 대한 예의로 성가신 걸 참고 억지로 내 얘기를 듣는 것은 별로 바라지 않는다. 이렇게 글로 남기면 읽든 말든 내키는 대로 할 수 있을 것이다. 그리고 마지막으로 한마디만 더 하자면(내가 아니라고 해도 아무도 믿지 않을 테니 솔직히 털어놓는 편이 낫겠다), 글을 써나가면서 내 자만심을 드러내는 일이 많을 것이다. 사실 "자랑하려고 이런 말을 하는 건 아닌데"라고 얘기를 꺼내면 그 뒤에는 으레 자기 자랑이 따라오게 마련이다. 사람들은 흔히 자신은 자만심을 가지고 있으면서도 다른 사람이 그러는 것은 못마땅해하곤 한다. 하지만 나는 자만심이라는 게 그걸 지닌 사람과 그의 행동반경 안에 있는 사람들에게 이로울 때가 많다고 믿기 때문에 누군가에게서든 자만심을 발견해도 편견을 갖지 않는다. 그렇기 때문에 어떤 사람이 하나님이 여러 축복과 함께 자만심이라는 축복도 주셨음을 감사한다고 해서 완전히 어처구니없는 얘기는 아닐 것이다.

하나님께 감사한다는 얘기를 해야겠다. 내가 행복한 삶을 꾸려온 것은 하나님의 자비로운 섭리가 있었기 때문이며, 나를 성공으로 이끈 것 또한 하나님의 섭리였음을 겸허하게 고백하려 한다. 하나님의 섭리를 믿으므로 나는 주님의 그 한결같은 선하심이 늘 나를 향해 움직여서 언제까지나 행복하게 하시며, 설령 다른 사람들처럼 나 역시도 살면서 불행한 일을 겪는다 해도 이겨낼 수 있게 해주시기를 소망한다. 물론 하나님의 뜻을 내 마음대로 짐작해서는 안 되겠지. 내 미래의 삶이 어떻게 될지는 오직 주님만이 알고 계시며, 그 권능 안에서 우리에게 축복을 내리시고 고통 또한 주시는 것이다.

프랭클린 가문의 사람들

선조들 이야기를 모으는 데 나만큼이나 관심이 많은 친척 아저씨 한 분이 내게 기록을 주셔서 그것을 보고 선조들에 관해 몇 가지 사실을 상세하게 알 수 있었다. 그 기록을 보면 우리 가문이 노샘프턴셔 지방의 엑턴이라는 마을에서 300년 동안 살았다고 나와 있다. 언제부터 살았는지는 아저씨도 모르고 계셨다. 아마도 전국적으로 성을 사용하기 시작하면서 이전까지는 계급을 나타내던 프랭클린이 성으로 쓰이게 된 때부터가 아닐까 싶다. 아무튼 우리 집안은 30에이커 정도의 토지를 소유했으며 대장간 일도 함께 했는데, 대장간 일은 대대로 장남이 이어받도록 되어 있었다. 이 풍속에 따라 아저씨와 내 아버지도 장남에게 그 일을 이어받게 하셨다. 엑턴에서 호적부를 조사해보니 1555년 이후의 출생, 결혼, 사망 기록만 있고 그 이전의 기록은 남아 있지 않았다. 그 호적부를 보고 내가 5대에 걸쳐 이어 내려온 막내아들 집안의 막내아들이라는 것을 알았다. 할아버지는 1598년에 엑턴에서 태어나 그곳에서 사셨다. 늙어서 더 이상 일을 할 수 없게 되자 옥스퍼드셔 밴버리에서 염색 일을 하던 아들 존의 집에서 사셨다. 내 아버지도 존 삼촌과 함께 염색 일을 배웠다. 할아버지는 그곳에서 돌아가시고 묻히셨다. 1758년에 우리 둘이 할아버지의 묘비를 함께 본 적이 있었지. 엑턴의 그 집에는 할아버지의 큰아들인 토머스 삼촌이 살다가 이후에 웰링버러의

피셔 집안과 결혼한 외동딸에게 집과 토지를 물려주었고, 딸 부부는 다시 지금의 주인인 이스테드 씨에게 팔았다.

할아버지는 토머스, 존, 벤저민, 조사이어, 이렇게 네 아들을 두셨다. 지금 내게 기록이 없는 탓에 그저 내가 알고 있는 얘기밖에 해줄 수가 없겠구나. 나중에라도 그 기록을 손에 넣을 수 있게 되면 더 상세하게 알아보도록 해라.

토머스 삼촌은 할아버지 밑에서 대장간 일을 배웠다. 하지만 워낙 총명했던지라 당시 교구의 세력가였던 파머 씨의 후원을 받아 공부할 수 있었고(네 형제가 모두 파머 씨의 도움을 받아 공부했다) 마침내는 공증인 자격까지 얻었다. 나중에 토머스 삼촌은 지방 유력 인사가 되어 노샘프턴 주와 엑턴의 모든 공공사업을 주도했는데, 그 과정을 눈여겨본 핼리팩스 경의 후원을 받기도 했다. 토머스 삼촌은 내가 태어나기 꼭 4년 전인 1702년 음력으로 1월 6일에 돌아가셨다. 예전에 네가 엑턴에 갔다가 그곳 노인분들에게 토머스 삼촌의 인생과 성품에 대해 듣고는 신기할 정도로 나와 닮았다면서 깜짝 놀라던 일이 기억난다. 그때 너는 이렇게 말했다.

"큰할아버지께서 아버지가 태어나신 날 돌아가셨다면 사람들은 아버지를 큰할아버지의 환생이라고 생각했을 거예요."

둘째 존 삼촌은 염색 일을 배웠는데, 아마 모직물을 다루었던 것 같다. 셋째 벤저민 삼촌은 런던에서 견습공으로 일하면서 견직물 염색을 배웠다. 존 삼촌은 재주가 뛰어난 사람이었다. 내가 어릴 적에 존 삼촌이 보스턴 우리 집에서 몇 년 동안 살았기 때문에 그분에 대해서는 세세하게 기억하고 있다. 벤저민 삼촌은 굉장히 오래 살았다. 벤저민 삼촌의 손자 새무얼 프랭클린은 지금 보스턴에 살고 있다. 벤저민 삼촌은 가끔씩 시를 써서 친구들이나 친척들에게 보냈는데, 4절판으로 된 원고 두 권이 지금도 남아 있다. 그중 내게 보내준 시를 다음에 적어본다.*

벤저민 삼촌은 직접 고안한 속기술을 내게 가르쳐주기도 했는데, 연습을 하지 않았더니 전부 잊어버리고 말았다. 아버지가 내 이름을 벤저민 삼촌의 이름을 따서 지을 만큼 두 분 사이는 각별했다. 벤저민 삼촌은 신앙심이 굉장히 깊어서 명망 있는 목사들의 설교는 빼놓지 않고 들으면서 속기로 적어 꽤 여러 권의 설교집을 만들기도 했다. 그런가 하면 자신의 처지에서 지나치다 싶을 정도로 정치에 관심이 많았다. 벤저민 삼촌이 1641년부터 1717년까지 만든 공공 문제 관련 주요 소책자를 얼마 전에 런던에서 구할 수 있었다. 각 권에는 번호가 매겨져 있는데, 그 번호로 보건대 없어진 것도 많지만 그래도 2절판이 여덟 권, 4절판과 10절판이 스물네 권이나 된다. 내가 가끔 들르던 헌책방 주인이 우연히 발견하고는 내게 보내준 것이다. 벤저민 삼촌이 아메리카로 가면서 두고 간 모양인데, 그

---

* 원고 여백에 (여기에 삽입할 것)이라고 적어놓았지만 실제로 시가 나와 있지는 않다. 스파크스 씨에 따르면 원고는 저자의 증손녀로 보스턴에 사는 이먼스 부인이 보관하고 있다고 한다. (《프랭클린의 인생 Life of Franklin》, 6쪽)

렇게 치자면 50년이나 된 셈이다. 소책자의 여백에는 삼촌의 메모가 많이 남아 있다.

이름도 없었던 우리 가문은 일찍부터 종교개혁에 가담했고 메리 여왕 치세 동안 신교도로 남았다. 그때 로마 가톨릭교에 격렬하게 저항하다 위험에 처하기도 했다. 집안에 영어 성경을 갖고 있었는데, 그것을 안전하게 숨기기 위해 조립식 의자 아래쪽 뚜껑 안에 편 채로 끈으로 묶어놓았다. 고조부께서 성경을 가족에게 읽어주실 때는 의자를 거꾸로 해서 무릎 위에 올려놓고 끈을 풀지 않은 채 책장을 넘기셨다. 그동안 아이 하나가 문간에 서서 종교재판소의 관리가 오는지 살폈다. 혹시 관리가 나타나기라도 하면 얼른 의자를 다시 뒤집어놓았다. 그러면 성경은 원래대로 의자 밑에 감쪽같이 붙어 있었다. 벤저민 삼촌에게 들은 얘기다. 찰스 2세의 치세가 끝날 무렵에는 우리 가족 모두 영국 국교도가 되어 있었다. 그즈음 영국 국교회로의 개종을 거부하다 파면당한 목사 몇 명이 노샘프턴셔에서 비밀 예배 모임을 열었는데 벤저민 삼촌과 아버지도 거기에 참가했다. 두 분은 일생 동안 그 종교를 버리지 않았고 나머지 가족은 영국 국교회에 남았다.

내 아버지 조사이어는 일찍 결혼했고, 1682년경에 아내와 세 아이를 데리고 뉴잉글랜드로 이주했다. 당시 영국에서 비국교도의 비밀 예배는 법으로 금지되었기 때문에 방해를 받는 일이 많았다. 그런 이유로 아버지의 지인들 중 많은 사람이 뉴잉글랜드로 떠났다.

아버지 역시 자유롭게 신앙생활을 할 수 있는 곳으로 함께 가자는 그들의 말을 따랐다. 뉴잉글랜드에서 아버지는 자식 넷을 더 두었고 후에 둘째 아내에게서 열을 더 두어 모두 열일곱 명의 자식을 두게 되었다. 어느 날이던가 모두 장성해서 결혼한 열세 명의 자식들과 식탁에 함께 앉아 계시던 아버지의 모습이 지금도 기억난다. 나는 뉴잉글랜드의 보스턴에서 열다섯 째 아이로 태어났다. 밑으로 여동생 둘이 있었다. 후처인 내 어머니 어바이어 폴저는 뉴잉글랜드의 초기 이민자였던 피터 폴저의 딸이었다. 코튼 매더는 뉴잉글랜드 교회사인《아메리카에서의 그리스도의 위업》이라는 저서에서 피터 폴저를, 내가 제대로 기억하는 거라면, '신앙심이 깊고 학식 있는 영국인'이라며 경의를 표했다. 외할아버지 피터 폴저가 짤막한 글을 여러 편 쓰셨다고 들었는데 그중 단 한 편만 출간되었다. 오래전에 나도 그 글을 본 적이 있다. 1675년에 쓰신 글이었는데, 당시의 시대상과 사람들의 모습을 소박한 문체로 표현한 것으로 정부 관계자들에게 보내는 시였다.

그 시에서 할아버지는 양심의 자유를 지지하고 침례교도와 퀘이커교도 그리고 박해받는 여러 교파들을 옹호했으며, 하나님은 극악무도한 죄악을 심판하고 벌하시므로 인디언과의 전쟁을 비롯해 나라에 닥친 불행들이 바로 이런 박해 때문이라고 얘기하셨다. 그러면서 그런 무자비한 법을 없애야 한다고 간청하셨다. 그 시에서는 품위 있는 당당함과 남자다운 솔직함이 느껴졌다. 처음 두 연은 잊어버렸지만 나머지 여섯 줄은 기억하고 있다. 이 시가 말하고자 하는 요점은 자신의 책망이 선의에서 기인했으므로 기꺼이 이름을 밝히겠다는 것이다.

비방하는 사람으로 남기는
진정 싫으니
내가 살고 있는 마을 셔번에서
내 이름을 밝히려 한다.
악의가 없는, 당신의 진실한 친구
그 이름은 피터 폴저

라틴어 학교를 그만두고 아버지 일을 돕다

형들은 모두 견습공으로 일하면서 제각기 다른 기술을 배웠다. 하지만 나는 교회에 십일조를 바치듯 아들 하나를 바치고 싶어 했던 아버지의 뜻에 따라 여덟 살 때 라틴어 학교에 들어갔다. 내가 일찍부터 글을 읽을 줄 알았고(글을 읽을 줄 몰랐던 때가 기억나지 않는 걸로 봐서 꽤나 일찍부터였던 것 같다) 아버지 친구분들도 다들 내가 틀림없이 훌륭한 학자가 될 거라고 했기 때문에 아버지는 나를 선택했던 것이다. 벤저민 삼촌도 이에 동조하면서 속기로 적어둔 설교집 전부를 내게 주겠다고 했다. 내가 그 설교집의 내용을 익히면 평생 간직할 수 있는 자산이 될 거라고 여긴 듯하다. 하지만 나는 1년도 채 못 되어 라틴어 학교를 그만두어야 했다. 학교에 처음 들어갔을 때 중간이던 성적이 얼마 지나지 않아 일등이 되었고 다음에는 월반을 했으며 그해 말에는 두 학년을 월반하기로 되어 있었다. 하지만 워낙 대가족이라 식구들 먹여살리기도 버거웠던 아버지에게 대학 학비는 만만찮은 부담이었고 많이 배운 사람들이 나중에 보면 사는 게 신통치 않았기 때문에(이건 아버지가 내가 듣는 데서 친구분들에게 둘러댄 이유였다) 아버지는 마음을 바꾸었다. 그래서 나는 라틴어 학교를 그만두고 쓰기와 산수를 가르치는 학교로 가야 했다. 그 학교의 운영자인 조지 브라우넬은 부드러우면서도 학생들의 사기를 높여주는 교육 방식으로 큰 성공을 거둬 유명해진 사람이었다. 그의 교육 덕에 내 글쓰기 실력은 입학한 지 얼마 되지 않아서 꽤 좋아졌지만 셈하기에서는 도통 실력이 늘지 않았다. 열 살이 되어서는 그 학교마저도 그만두고 집으로 돌아와 아버지의 일을 도와야 했다. 수지 양초와 비누를 만드는 일이었다. 아버지는 그 일을 제대로 배운 건 아니었지만 뉴잉글랜드에 온 뒤로 염색 일거리가 워낙 없었던 탓에 생계가 어려워져 어쩔 수 없이 시작했다. 내가 하는 일은 양초 심지를 자르고, 녹인 촛물을 틀에 부어 양초를 만들거나, 가게를 보고 심부름을 하는 것이었다.

그 일은 내 체질에 맞지 않았다. 나는 바다를 늘 동경했지만 아버지는 단호하게 반대했다. 그래도 바다 가까이에 살고 있어서 언제든 바다에 가서 놀 수 있었으므로 일찌감치 수영을 배웠고 배도 다룰 줄 알았다. 아이들과 보트나 카누를 탈 때면 으레 대장 역할을 맡았고 어려운 상황에 처할 때면 특히 그랬다. 다른 놀이를 할 때도 늘 아이들 사이에서 대장 노릇을 했는데, 가끔은 아이들을 이끌고 엉뚱한 일을 벌이기도 했다. 그때 있었던 일 하나를 얘기하려 하는데, 비록 제대로 마무리가 되지는 못했지만 내가 어려서부터 공적인 일에 관심이 많았다는 걸 보여준다.

물레방아용 연못 한쪽에 바닷물이 드나드는 늪지가 있었는데, 밀물 때가 되어 최고 수위가 되면 우리는 그곳에 가서 작은 물고기를 잡았다. 그런데 우리가 워낙 첨벙거리며 다니다 보니 온통 진흙탕이 되었다. 그래서 나는 서서 낚시하기 좋게 둔덕을 만들자고 했고 근처에 새 집을 짓느라 인부들이 쌓아놓은 커다란 돌무더기를 아이들에게 보여주었다. 그 돌무더기는 둔덕을 만들기에 딱 좋았다. 시간이 흘러 날이 저물고 인부들이 돌아가자 나는 친구들과 작업에 착수했다. 우리는 개미 떼처럼 부지런히 돌을 날랐다. 돌이 크고 무거우면 하나를 두세 명이 달라붙어 나르기도 하면서 우리는 돌을 전부 가져다 작은 둔덕을 만들었다.

다음 날 아침, 인부들은 돌이 없어진 것을 보고 깜짝 놀랐고 우리 둔덕에서 그 돌들을 찾아냈다. 그들은 이번에는 범인을 찾아 나섰다. 결국 우리 짓이라는 게 발각되어 그 인부들에게 야단을 맞아야 했다. 몇 명은 아버지에게도 꾸지람을 들어야 했다. 내가 아버지에게 왜 그 일이 필요한 건지 열심히 설명했지만 아버지는 과정이 정당하지 않으면 다 소용없는 것이라고 딱 잘라 말했다.

아버지에 대한 회상

네 할아버지의 인격과 품성이 어땠는지 네가 궁금해할지도 모르겠다. 네 할아버지는 체격이 굉장히 좋았다. 키는 보통이었지만 균형이 잘 잡혔고 아주 튼튼한 분이었지. 머리가 좋았고 그림을 꽤 잘 그렸다. 음악에도 조금 소질이 있고 목소리가 맑고 낭랑해서 바이올린을 연주하면서 찬송가를 부르면 정말 듣기 좋았다. 저녁에 하루 일을 마치고는 이따금씩 그렇게 바이올린 연주에 맞춰 노래를 불렀다. 기계도 기가 막히게 잘 다루어서 다른 상인들에게 빌려온 장비도 능숙하게 다루었다. 하지만 아버지의 가장 뛰어난 점이라면 공적인 일이든 사적인 일이든 신중하게 결정해야 하는 일이 생기면 사려 깊게 생각하고 믿을 수 있는 판단을 내렸다는 것이다. 사실 아버지는 공적인 일에 종사한 적이 한 번도 없었다. 가르쳐야 할 자식들이 여럿이고 살림살이도 궁색하다 보니 생업에서 손을 뗄 수가 없었다. 하지만 마을 유지들이 자주 우리 집을 찾아와 아버지에게 마을이나 교회 일을 의논하고는 아버지의 판단과 조언에 깊은 존경을 표하던 모습이 지금도 또렷이 기억난다. 이웃들도 어려운 일을 당하면 아버지의 의견을 묻는 일이 많았고, 다툼이 있을 때면 아버지에게 중재를 부탁하기도 했다.

아버지는 기회가 있을 때마다 현명한 친구나 이웃을 불러 함께 식사하기를 좋아했다. 그리고 늘 독창적이고 유익한 대화 주제를 꺼냈는데, 그 덕에 우리 형제들의 사고 능력이 발달했는지도 모른다. 아버지는 이런 방법으로 당신 자식들이 인생을 살아가면서 선하고 공정하고 옳은 것에 언제나 관심을 기울일 수 있게 했다. 그러다 보니 식탁 위에 차려진 음식에는 별로 신경을 쓰지 않았다. 간이 맞는지 안 맞는지, 제철 음식인지 아닌지, 맛이 있는지 없는지, 이 음식이 저 음식보다 나은지 못한지 별 관심이 없었다. 그런 것에 무관심한 분위기에서 자라다 보니 나도 앞에 어떤 음식이 있는지 전혀 신경을 쓰지 않게 되었고, 지금까지도 식사할 때 음식을 제대로 보지 않기 때문에 식사를 마치고 두세 시간 뒤에 누가 무엇을 먹었는지 물으면 제대로 대답을 하지 못한다. 여행을 할 때는 이런 습관 때문에 편하기도 했다. 친구들은 좋은 음식에 길들여져 그 까다로운 취향과 입맛에 맞는 음식이 없으면 굉장히 불편해했다.

어머니도 아주 건강하셨다. 자식 열 명을 모두 모유로 키울 정도였다. 아버지는 89세, 어머니는 85세에 돌아가셨는데, 내 기억으로 두 분이 편찮으셨던 적이 한 번도 없었다. 두 분은 보스턴에 합장되었고, 몇 해 전에 나는 두 분의 무덤에 대리석 묘비를 세워드렸다.

묘비에는 다음과 같은 비문이 새겨져 있다.

조사이어 프랭클린과 그의 아내 어바이어

이곳에 잠들다.

서로 사랑하는 남편과 아내로 살아온 55년,

재산도 빛나는 자리도 얻지 못했지만,

쉼 없는 노력과 부지런함으로, 그리고 신의 은총을 입어,

가정을 화목하게 꾸렸고,

열세 명의 자녀와 일곱 명의 손자 손녀를

훌륭하게 키웠다.

그러니 이 글을 읽는 이들도 용기를 얻어

각자의 소명에 충실하며

신의 섭리를 의심하지 말지니.

신앙심 깊고 신중했던 남편,

현명하고 정숙했던 아내,

두 분을 추모하며

막내아들이 이 묘비를 세우다.

조사이어 프랭클린 1655년생, 1744년 사망, 향년 89세

어바이어 프랭클린 1667년생, 1752년 사망, 향년 85세

책에 빠져들었던 소년 시절

이야기에 두서가 없는 걸 보니 나도 늙었나 보다. 예전엔 제법 조리 있게 글을 썼는데 말이다. 하지만 가까운 사람들 모임에서 딱딱한 정장을 차려입을 필요는 없는 거겠지. 아니, 내가 게을러진 탓일 게다.

다시 본론으로 돌아가자. 나는 2년간, 그러니까 열두 살이 될 때까지 아버지 일을 도왔다. 아버지에게 일을 배우던 형 존이 결혼을 해서 로드아일랜드로 떠나자 내가 형 대신 양초 제조업자가 되어야 할 처지에 놓였다. 하지만 나는 여전히 그 일이 싫었다. 아버지는 내 마음에 들어 할 일을 찾아주지 못하면 조사이어 형처럼 나 역시도 바다로 떠나 아버지 애를 태울까 봐 걱정하셨다. 그래서 이따금씩 나를 데리고 다니며 목수, 벽돌공, 선반공, 놋갓장이 등이 일하는 모습을 보여주며 내가 뭘 마음에 들어 하는지 살피셨다. 어떤 일이 되었든 육지에서 할 수 있는 일을 찾아주려 하셨다. 솜씨 좋은 일꾼들이 도구를 다루는 모습을 보는 것이 내게는 즐거운 경험이었다. 뿐만 아니라 일꾼을 구하기 힘들 때는 그런 식으로 배운 기술로 자질구레한 집안일도 직접 할 수 있었으니 여러모로 도움이 되었다. 그리고 실험을 하고 싶다는 마음이 새록새록 생기면서 실험하는 데 필요한 조그마한 기계들도 만들 수 있게 되었다. 마침내 아버지는 나를 칼장이를 시키기로 결정하셨다. 런던에서 그 일을 배운 벤저민 삼촌의 아들 새무얼이 마침 그 무렵에 보스턴에서 개업을 했는데, 아버지는 나를 새무얼에게 보내 한동안 함께 지내면서 일이 적성에 맞는지 보기로 하셨다. 하지만 새무얼이 내게 교습료를 바라자 아버지는 마음이 상해 나를 다시 집으로 데려오셨다.

나는 어려서부터 책 읽는 것을 좋아해서 수중에 얼마라도 돈이 들어오면 모두 책 사는 데 썼다. 《천로역정》을 재미있게 읽었던 터라 존 버니언의 책들을 낱권으로 하나둘씩 사 모으기 시작했다. 내가 처음으로 수집한 책들이었다. 나중에는 그 책들을 팔아서 R. 버튼의 《역사 전집》을 샀다. 행상인에게서 산 문고판 책이었는데 전부 합해 40권인가 50권쯤 되었고 값이 저렴했다. 아버지의 작은 서재에는 신학 문제를 논하는 책이 주로 많았고 나는 그 책들을 거의 다 읽었다. 지금까지도 많이 아쉬운 것은 지식에 목말라하던 그 시절에 좋은 책들을 더 많이 만날 수 없었다는 점이다. 내가 목사가 될 사람이 아니었다는 것이 이제 분명하게 밝혀졌으니 말이다. 《플루타르코스 영웅전》은 몇 번이고 읽었는데, 그 시간은 지금 생각해도 굉장히 유익했다. 디포의 《기업론》이나 매더 박사의 《선행론》은 내 사고방식을 바꾸었고 훗날 내 삶에 일어난 몇 가지 중요한 사건에 영향을 주었다.

책을 좋아하는 내 모습을 보고 아버지는 이미 아들 하나(제임스)가 인쇄 일을 하고 있었는데도 나에게 그 일을 시키기로 결정하셨다. 1717년에 제임스 형은 영국에서 인쇄기와 활자를 가지고 와 보스턴에서 인쇄업을 시작했다. 아버지 일을 하는 것보다는 인쇄 일이 훨씬 마음에 들긴 했지만, 바다를 향한 갈망은 여전히 남아 있었다. 그런 미련 때문에 혹여 걱정스러운 일이 생길까 봐 아버지는 나를 어떻게든 형 옆에 묶어두려고 애쓰셨다. 나는 한동안 버텨보기도 했지만 결국은 아버지의 설득에 넘어가 열두 살이라는 어린 나이에 계약서에 서명하고 말았다. 스물한 살까지 견습공으로 일하다가 마지막 한 해 동안만 기술자 임금을 받는다는 내용의 계약서였다.

나는 얼마 지나지 않아 일에 숙달되었고 형에게 요긴한 일꾼이 되었다. 그 일을 하면서 좋은 책들도 볼 수 있었다. 책방 견습 점원

견습생 시절
형 제임스의 인쇄소에서
견습공으로 일하다.

들과 친해진 덕에 이따금씩 작은 책을 빌려 볼 수 있었다. 깨끗하게 보고 금방 돌려줘야 했지만 말이다.

책을 빌려오면 거의 밤을 새우다시피 하면서 다 읽고 아침 일찍 돌려줘야 했는데, 혹시라도 책을 잃어버리거나 낮에 서점에서 손님이 찾을 때 책이 없으면 큰일이었기 때문이다.

나의 《스펙테이터》와 진짜 《스펙테이터》

그렇게 얼마간 시간이 흘렀다. 우리 인쇄소에 자주 들르던 매튜 애덤스라는 뛰어난 사업가 한 분이 있었는데 나를 눈여겨보고는 자신의 서재에 초대해주었다. 그의 서재에는 책이 굉장히 많았다. 그는 내가 읽고 싶어 하는 책이라면 뭐든 선선히 빌려주었다. 그즈음 나는 시에 빠져 있었고 짤막한 시 몇 편을 지어보기도 했다. 형은 돈벌이가 될지도 모른다고 생각했는지 시사 민요를 한번 지어보라고 나를 부추겼다. 그래서 두 편을 지어봤는데, 두 딸과 함께 바다에 빠져 죽은 워딜레이크 선장의 이야기를 담은 〈등대의 비극〉과 해적을 체포하는 뱃사람들을 그린 〈티치(혹은 검은 턱수염)〉였다. 둘 다 유행가풍의 별 볼 일 없는 글이었다. 그런데도 형은 나더러 그 시들을 인쇄해서 시내를 다니며 팔아보라고 했다. 〈등대의 비극〉은 꽤 잘 팔렸다. 얼마 전에 세상을 떠들썩하게 했던 사건을 다루었기 때문일 것이다. 이 일로 나는 한껏 우쭐해졌다. 하지만 아버지는 내 글을 비웃으면서 시인이라고 하는 사람들은 거의 다 가난뱅이라고 하셨고 그 말에 나는 의기소침해졌다. 결국 시인이 되겠다는 꿈을 접었는데 아마 시인이 되었더라도 바닥을 벗어나지 못했을 것이다. 그렇다 해도 글쓰기는 내 삶에 큰 도움이 되었으며 성공을 하는 데 중요한 역할을 했다. 그런 이유로 내가 어떤 식으로 글쓰기 능력을 익혔는지 얘기해주려 한다.

우리 마을에는 나 말고도 책을 좋아하는 친구가 또 있었다. 존 콜린스라는 친구였고 우리 둘은 가깝게 지냈다. 우리는 가끔 토론을 하곤 했는데 둘 다 논쟁하는 걸 좋아해서 상대를 말로 어떻게든 이기려고 했다. 이렇게 논쟁 그 자체를 좋아하는 것은 아주 나쁜 버릇이다. 언제나 상대방의 말에 반박하려 하게 되고 그러면 상대방은 굉장히 불쾌해지게 마련이다. 그러면 대화가 엉뚱한 방향으로 흐르거나 아예 망가지고 서로 친구가 될 수도 있는 두 사람은 증오와 적의만 품게 된다. 나는 종교적 논쟁에 관한 아버지의 책들을 읽으면서 이런 사실을 깨달았다. 그 뒤로 쭉 관찰을 해보니, 변호사와 학자를 비롯해 에든버러 출신들을 제외하고는 상식을 지닌 사람이라면 그런 습관에 좀처럼 빠지지 않았다.

언젠가 콜린스와 어찌어찌하다가 '여성을 교육하는 것이 타당한 일인가', '여성이 학문을 할 수 있는 능력이 있는가'라는 문제를 두고 논쟁을 벌인 적이 있었다. 콜린스는 여성은 천성적으로 학문에 맞지 않으므로 여성을 교육하는 것은 적절하지 않다고 했다. 나는 반대 의견을 말했는데 어느 정도는 논쟁 그 자체를 위해서였던 것 같다. 원래 말을 잘했던 콜린스는 어떤 주제에 대해서든 청산유수로 말을 쏟아냈다. 그래서 어떤 때는 그 아이의 논리보다 뛰어난 말솜씨에 압도당하기도 했다. 그날 콜린스와는 결론을 내리지 못한 채 헤어졌고 한동안 다시 만날 수 없는 상황이었기 때문에 나는 내 논점을 정성껏 적어서 콜린스에게 보냈다. 그가 답장을 보내왔고 나도 다시 답장을 보냈다. 이런 식으로 편지가 서너 번 오가던 중에 아버지가 우연히 내 편지를 읽으셨다. 아버지는 논쟁의 내용은 언급하지 않았지만 그 기회에 내 글쓰기 방식에 대해 말씀하셨다. 내가 상대에 비해 철자법과 구두법은 정확하지만(인쇄소에서 일한 덕이었다), 표현의 유려함이나 체계적인 글의 전개, 논리의 명쾌함이 부족하다고 말씀하셨다. 아버지는 몇 가지 예를 들며 이런 점을 지적하셨다. 아버지 말씀에 일리가 있다고 생각했기 때문에 그 후로는 글을 쓸 때 전개 방식에 주의를 기울였고 더 좋은 글을 쓰기 위해 애쓰자고 결심했다.

이 무렵 나는《스펙테이터》라는 잡지 한 권을 보게 되었다. 제3호였다. 생전 처음 보는 잡지였다. 그 잡지를 사서 몇 번이고 읽어보았는데 굉장히 재미있었다. 잡지에 실린 문장이 아주 뛰어났기 때문에 할 수만 있다면 따라해보고 싶었다. 우선 몇 페이지를 골라 각 문장의 요점만 짧게 적어놓았다가 며칠 지난 다음 보면서 필요한 단어들을 덧붙이고 표현을 늘려가면서 가능하면 원문 그대로 완성해보려고 했다. 그런 다음 나의《스펙테이터》와 진짜《스펙테이터》를 비교하며 내 글에서 잘못된 점을 찾아내 고쳤다. 그 과정에서 어휘력과 적절한 단어를 적절한 곳에 적용하는 능력이 내게 부족하다는 사실을 깨달았다. 시를 계속 썼더라면 이런 문제가 진즉에 해결되었을 거라는 생각이 들기도 했다. 시를 지으려면 분량과 운을 맞추기 위해 의미는 같지만 길이와 소리가 다른 단어들을 계속 찾았을 것이고 그러다 보면 알고 있는 단어들을 필요할 때 자유자재로 쓸 수 있을 테니 말이다.

그래서 나는 잡지에 실린 이야기 몇 편을 골라 시로 바꾸어보았다. 시간이 얼마간 흘러 원문을 거의 잊을 때쯤 되면 시를 다시 이야기로 만들었다. 어떤 때는 적어놓은 요점들을 뒤섞어놓고는 몇 주 지난 뒤에 최대한 논리정연하게 순서를 정해 전체 문장을 완성했다. 이런 식으로 생각을 조리 있게 정리하는 법을 익히려 했다. 나중에 내 글과 원문을 대조해보면 결점이 많이 보였고 그때마다 고치려 노력했다. 아주 조금씩이지만 표현 방법이나 어휘력이 나아진다는 생각이 들어 기분이 좋을 때도 있었다. 내가 그토록 바라는 괜찮은 작가가 언젠가는 될 수도 있겠다는 기대감에 부풀기도 했다. 이런 글쓰기 연습과 독서는 일이 끝나고 난 밤이나 일을 시작하기 전인 이른 아침, 혹은 일요일에나 할 수 있었다. 일요일이면 다들 교회 예배에 참석했지만 나는 어떡해서든 빠지고 인쇄소에 혼자 있으려고 했다. 아버지와 함께 살 때는 아버지가 교회에 가는 것을 절대 어겨서는 안 되는 의무로 강요했고 나 역시도 마음속에서 의무로 여기긴 했지만 도무지 시간을 낼 수가 없었다.

열여섯 살 때는 트라이언이라고 하는 사람이 쓴 책을 우연히 읽었다. 채식을 권장하는 내용이었다. 그 책을 읽고 나서 한번 실천해 보기로 했다.

그때 미혼이었던 형은 자기 집이 없어 견습공들과 하숙을 했다. 다들 고기를 먹지 않으려는 나 때문에 불편해하면서 유별나다며 걸핏하면 타박을 했다. 그래서 감자나 쌀을 익히거나 즉석 푸딩을 만드는 등 트라이언의 요리법 몇 가지를 직접 배웠다. 그러고 나서 형에게 내 몫의 식비로 매주 지불하는 돈의 반을 주면 내 식사를 스스로 해결하겠다고 제안했다. 형은 내 말을 듣고는 바로 허락해주었다. 그런 식으로 직접 해먹으니 얼마 지나지 않아 형에게 받은 돈의 절반을 남길 수 있었다. 남는 돈은 책을 사 보는 데 썼다. 그런데 이것 말고도 좋은 점이 또 있었다. 형과 다른 견습공들이 식사를 하러 간 동안 나 혼자 인쇄소에 남아 얼른 식사를 마치고 사람들이 돌아올 때까지 남는 시간에 공부를 했다. 이때 먹는 것은 물 한 잔에 비스킷이나 빵 한 조각, 건포도 한 줌, 제과점에서 사온 파이 하나가 고작이었는데, 이렇게 단출하게 먹고 마시면 머리가 한결 맑아지고 이해가 빨라져서 이 시기에 내 실력은 크게 향상되었다.

코커의 산수 책을 집어 든 것도 이즈음이었다. 학교 다닐 때 계산에 서툴러 낙제를 두 번이나 한 경력이 말해주듯 계산에 서툰 탓에 몇 번 망신을 당한 터였다. 혼자서 책을 다 보았는데 전혀 어렵지 않았다. 셀러와 셔미가 지은 항해에 관한 책도 읽었고 그러면서 책에 소개된 기하학도 조금은 알게 되었다. 하지만 깊이 있게 학문을 연구하는 정도는 절대 아니었다. 로크의《인간 오성론》이나 포르루아얄 학파의《생각의 기술》도 이 무렵에 읽었다.

이렇게 글쓰기 실력을 늘리려고 애쓰던 중에 문법책 한 권(그린우드에서 나온 책으로 기억한다)을 만났다. 책 말미에 수사학과 논리학이 간단하게 기술되어 있었는데, 논리학 부분은 소크라테스식 논쟁법을 소개하며 끝을 맺었다. 그 책을 읽고 나서 얼마 지나지 않아 크세노폰의《소크라테스의 회고록》을 손에 넣었는데, 여기에 소크라테스식 논쟁법이 풍부하게 소개되어 있었다. 나는 그 소크라테스식 논쟁법이라는 것이 굉장히 마음에 들어 글쓰기에 적용해보기로 했다. 딱 잘라 반대 의견을 제시하거나 무조건 내 주장을 강요하는 게 아니라 겸손하게 상대의 주장을 듣고 의문을 제기하는 것이다. 섀프츠베리와 콜린스의 글을 읽는 동안 기독교의 교리에 대해 많은 의문을 품으면서, 이런 방법으로 논쟁을 할 때 나는 가장 안전해지면서 동시에 상대를 효과적으로 곤란에 빠뜨릴 수 있다는 걸 알았다. 그래서 이 방법을 즐겨 사용하고 꾸준히 연습했더니 나중에는 꽤 능숙해져서 나보다 지식수준이 높은 사람도 굴복시킬 수 있게 되었다. 상대는 자기도 모르는 새에 곤경에 빠져 헤어 나오지 못했고, 나는 내 지적 수준이나 주장에 어울리지 않을 정도의 성공을 거두었다. 이런 식의 논쟁을 몇 년 동안 계속하다가 서서히 그만두었지만 겸손하게 의견을 말하는 습관만은 버리지 않았다. 논쟁의 여지가 있는 의견을 제시할 때 '분명히', '의심할 여지 없이'처럼 단정적인 느낌을 주는 단어들은 절대 사용하지 않았다. 대신 "나는 이러이러하다고 생각합니다", "이러저러한 이유로 나는 이렇게 생각합니다", "내 생각에는 그럴 것 같습니다", "내가 틀리지 않았다면 아마 이럴 겁니다"라는 식으로 말했다. 이런 습관은 상대에게 내 견해를 납득시키거나 내가 추진하는 일을 중요하게 생각하도록 설득할 때 아주 큰 도움이 되었다. 대화의 주된 목적은 정보를 주고받고 즐거움을 느끼고 상대를 설득하는 데 있으므로, 선의를 지닌 똑똑한 사람들이 자칫 혐오감을 줄 수 있고 반감을 일으키며 정보와 즐거움의 공유라는 대화의 목적을 낱낱이 무너뜨리는 고집스럽고 거만한 태도를 보여 자신이 하는 선한 일의 힘을 약화하는 일이 없기를 바란다. 정보를 제공하면서 고집스럽고 독단적인 태도로 감정을 내보인다면 상대는 반감을 느끼고 대화에 마음을 열지 않을 것이다. 상대의 지식을 통해 정보를 얻고 자기 발전을 이루고 싶다고 하면서도 혼자만의 생각에 사로잡혀 자기주장만 할 때, 신중하고 현명하며 논쟁을 싫어하는 사람이라면 우리의 잘못을 굳이 지적하지 않을 것이다. 그런 태도로는 상대를 기분 좋게 해주거나 상대에게서 원하는 동의를 얻기가 힘들다. 포프는 다음과 같은 현명한 말을 남겼다.

사람을 가르칠 때는 가르치지 않는 것처럼 해야 하며
그 사람이 모르는 것이 있다면 잊어버린 듯 여겨야 한다.

그는 또 이렇게도 말했다.

확실히 알고 있다 해도 겸손하게 말해야 한다.

포프는 이 구절 다음에 별로 적절하지 않은 구절을 연결해놓았는데 오히려 그 다음 구절이 연결되었더라면 더 좋았을 뻔했다.

겸손함이 모자람은 곧 사리 분별이 모자람이니.

내가 적절하지 않다고 한 원래의 구절이 궁금할 테니 여기에 옮겨본다.

오만한 말에는 변명의 여지가 없다.
겸손함이 모자람은 곧 사리 분별이 모자람이니.

자, 누군가 겸손하지 못하다면 딱하게도 그 사람에게 사리 분별이 부족하다는 것이 변명이 되어야 하지 않을까? 그러니 다음 구절이 오는 것이 더 당연하지 않을까?

오만한 말에는 오직 이런 변명만이 가능하다.
겸손함이 모자람은 곧 사리 분별이 모자람이니.

하지만 이 점에 대해서는 더 현명한 사람들의 판단에 맡기기로 하겠다.

형 제임스와의 불화

형 제임스는 1720년인가 1721년인가부터 신문을 발행하기 시작했다. 《뉴잉글랜드 커런트》라는 이 신문은 아메리카에서 두 번째로 발행된 것이었다. 그전에는 《보스턴 회보》라는 신문밖에 없었다. 형이 신문을 발행한다고 하자 형의 친구들이 말리던 기억이 난다. 지금 있는 신문 하나로 충분하니 승산이 없다고 판단했던 것이다. 하지만 1771년인 지금 스물다섯 종 이상의 신문이 발행되고 있다.

어쨌든 형은 신문 발행을 시작했고, 조판과 인쇄가 끝나면 내가 거리로 나가 신문을 팔았다.

형 친구들 중에 똑똑한 사람들이 몇 명 있어서 이 신문에 짤막한 글을 즐겨 실었다. 그 덕분에 신문의 평판이 좋아지고 구독자도 점점 늘었다. 형 친구들은 우리 인쇄소에 자주 들렀다. 그들의 대화를 듣다 보면 자기가 쓴 글이 좋은 평을 받았다는 얘기도 나왔는데, 그럴 때면 나도 같이 어울리고 싶었다. 하지만 나는 아직 어렸고, 내가 쓴 글이라는 걸 알면 형이 자기 신문에 실어주지 않을 것 같았다. 그래서 궁리 끝에 필체를 바꾸고 익명으로 글을 써서 밤에 인쇄소 문틈으로 밀어 넣었다. 아침에 형은 내 원고를 발견하고는 여느 때처럼 친구들이 찾아왔을 때 그 글을 보여주었다. 형 친구들이 글을 읽고서 내가 듣는 데서 평을 했는데, 내 글을 칭찬하는 얘기가 나올 때면 벅찬 기쁨을 느꼈다. 뿐만 아니라 그들은 필자에 대해 각자 다르게 추측을 하기도 했다. 그런데 하나같이 학식과 능력을 갖춘 사람들의 이름을 입에 올렸다. 내가 심사위원들을 잘 만났던 건지도 모르겠다. 아니, 어쩌면 그들이 내가 생각했던 것만큼 그렇게 훌륭한 심사위원들이 아니었을 수도 있겠다.

하지만 나는 그런 반응에 용기를 얻어 글을 몇 편 더 써서 똑같

[Nº 35

THE
New-England Courant.

From MONDAY March 26. to MONDAY April 2. 1722.

Honour's a Sacred Tye, the Law of Kings,
The Noble Mind's Distinguishing Perfection,
That aids and strengthens Vertue where it meets her,
And Imitates her Actions where she is not,
It ought not to be sported with ——— Cato.

To the Author of the New-England Courant.
SIR, *Sagadahock, March* 10.

ONOUR is a Word that Sounds big and makes a most ravishing Entrance into Men's Ears, while a just and proper Notion of

break, that they may attain their Ends? Too many such there are, (says Mr *Dummer*, in his Defence of the N.E. Charters, pag. 41.) who are contented to be Saddled themselves, provided they may Ride others under the chief Rider.

Men of Tyrannical Principles, with what abhorrence are they to be Look'd on, by all who have any Sense of Honour? Such, it may be presum'd, had they Power equal to their Will, would soon, not only Sacrifice Honour, and Conscience, but even all Mankind, to their Voracious Appetites. They are to be Esteem'd, (as Dr *Cotton Mather* calls them) the Basest of Men. Such Sons of *Nimrod*, *Nero*, & old *Lewis*, are viler than the Earth they tread on; It groans under them as an Intolerable Plague, and Insupportable Burthen.

《뉴잉글랜드 커런트》의 일부

프랭클린은 형 제임스의 《뉴잉글랜드 커런트》에 처음으로 '사일런스 두굿'이라는 필명으로 풍자적인 글을 실었다.

은 방법으로 인쇄소에 전달했고 그 글들 역시 좋은 평가를 받았다. 이 일을 혼자만의 비밀로 간직하려 했지만 글을 쓸 밑천이 금세 바닥이 나는 바람에 얼마 안 가 사실대로 털어놓을 수밖에 없었다. 사실을 알고 나서 형 친구들은 예전과 좀 달라진 눈으로 나를 봐주었지만, 형은 내가 너무 거만해질까 봐 그랬는지 몰라도 별로 탐탁지 않아 했다. 이즈음 나와 형 사이가 벌어졌는데 이 일도 하나의 계기가 되었던 것 같다. 형은 우리가 주인과 견습공의 관계이므로 마땅히 나도 다른 견습공들과 똑같이 일을 해야 한다고 생각한 반면, 나는 형이 나를 심하게 대한다고 여기면서 좀 더 너그럽게 대해주기를 바랐다. 우리 형제가 아버지 앞에서 싸운 적도 여러 번 있었는데, 아버지가 대체로 내 편을 들어주셨던 걸 보면 대개는 내 주장이 옳았던가 아니면 말을 더 잘했던 것 같다. 형은 성격이 워낙 불같아서 이따금씩 내게 손찌검을 했는데 나는 그런 폭력이 진저리나게 싫었다. 내가 권력 남용에 평생 혐오감을 가졌던 이유도 어린 시절 형이 나를 그처럼 거칠고 포악하게 대했기 때문일지 모르겠다. 안 그래도 견습공 생활이 따분했던 터라 나는 일을 그만둘 기회만 노리고 있었다. 그런데 어느 날 갑자기 그 기회가 왔다.

지금 내용은 기억나지 않는데, 아무튼 우리 신문에 실린 정치 관련 글 한 편이 주의회의 심기를 건드렸다. 형은 의장의 명령으로 체포되어 조사를 받고 한 달 동안 옥살이를 했다. 아마도 필자의 이름을 밝히지 않으려 했기 때문이었을 것이다. 나 역시 의회로 불려가 조사를 받아야 했다. 하지만 그들 앞에서 제대로 된 대답을 한 것도 아닌데 그냥 훈방 조치를 받는 걸로 끝났다. 나를 고용주의 비밀을 지켜야 하는 견습공쯤으로 생각했던 것 같다.

형과 사이가 나쁘긴 했지만 나는 의회의 처사에 몹시 분노하며 형이 갇혀 있는 동안 신문 만드는 일을 맡았다. 대담하게도 신문에 정치인들을 비난하는 글을 싣기도 했는데, 형은 아주 너그럽게 봐 주었지만 어린 녀석이 아무렇지도 않게 남을 비난하고 조롱한다며 못마땅해하는 사람들도 있었다. 의회는 형을 석방하면서 "제임스 프랭클린은 앞으로 《뉴잉글랜드 커런트》를 발행할 수 없음"이라는 판결을 내렸다.

형제의 싸움

프랭클린이 형에게 괴롭힘당하는 모습을 표현한 19세기 판화.

형의 친구들은 인쇄소에 모여 형이 이 상황에 어떻게 대처해야 할지 의논했다. 몇몇 사람들은 신문 이름을 바꾸는 방법으로 판결을 피하자고 했다. 하지만 형은 여러 가지 귀찮은 문제가 생길 수 있다며 그 의견을 받아들이지 않았다. 그보다 나은 방법을 궁리하다가 앞으로는 벤저민 프랭클린을 발행인으로 내세워 신문을 내는 걸로 결론을 맺었다. 또한 형이 부리는 견습공의 이름으로 계속 신문을 발행할 때 받을지도 모를 의회의 문책을 피하기 위해 묘안을 짜냈는데, 예전에 작성한 내 고용 계약서 뒷면에 고용 해약서를 작성해 보관하고 있다가 필요할 경우에 그걸 제시하기로 했다. 단, 형이 나를 계속 부려먹을 수 있도록 나는 남은 기간 동안 형에게 고용되어 있다는 내용의 계약서에 서명을 해야 했다. 이 일은 비밀에 부쳐졌다. 속 보이는 수법이긴 했지만 이 계획은 즉시 실행되어 몇 달 동안 내 이름으로 신문이 발행되었다.

시간이 흐르면서 형과 나 사이에는 다시 갈등이 생겼다. 나는 형이 새 계약서를 함부로 꺼낼 수 없을 거라 짐작하고 자유를 주장했다. 형의 약점을 이용한다는 건 옳지 못한 행동이므로 그 일을 내 인생의 첫 번째 오점으로 여기고 있다. 하지만 그때는 걸핏하면 불같이 화를 내며 주먹을 휘두르는 형에게 분노를 느끼고 있었기 때문에 내 행동의 부당함 같은 건 안중에도 없었다. 사실 형은 폭력을 쓰는 버릇만 없으면 그렇게 나쁜 사람은 아니었다. 돌이켜보면 그때 내가 너무 건방지고 버릇없게 굴었는지도 모르겠다.

보스턴을 떠나 새로운 삶으로

내가 인쇄소를 그만두려 한다는 것을 알고 형은 시내의 인쇄소마다 찾아다니면서 나를 채용하지 말라고 부탁했고, 인쇄소 주인들은 형의 부탁대로 내게 일자리를 주지 않았다. 그래서 인쇄소가 있는 도시 중 가장 가까운 곳인 뉴욕으로 가기로 결심했다. 사실 내가 보스턴을 떠나고 싶었던 데는 그것보다 더 큰 이유가 있었다. 신문 사건으로 의회에 밉보인 데다 형의 사건을 겪으면서 의회가 얼마나 독단적으로 일처리를 하는지 보았던 터라 그대로 남아 있으면 머지않아 곤욕을 치를 것 같았다. 더구나 종교에 대해 연이어 논쟁을 벌인 탓에 신앙심이 깊은 사람들에게서 이단자, 무신론자라며 욕을 먹고 손가락질까지 당했다. 어쨌거나 떠나기로 결심했지만 아버지가 이번에는 형의 편을 들었다. 드러내놓고 움직였다가는 아버지와 형이 무슨 수를 써서라도 나를 주저앉힐 게 뻔했다. 그래서 친구 콜린스의 도움을 받기로 했다. 콜린스는 뉴욕행 배의 선장을 만나 내가 배에 탈 수 있도록 일을 꾸몄다. 젊은 친구가 하나 있는데 행실이 좋지 않은 여자를 만나 임신을 시켰고 그걸 빌미로 여자의 친구들이 강제로 그 여자와 결혼시키려고 해 사람들의 눈을 피해 여길 떠나야 한다고 둘러댔던 것이다. 나는 책을 팔아 약간의 여비를 마련해서 아무도 몰래 배에 탔다. 배는 순풍을 타고 사흘 만에 300마일 떨어진 뉴욕에 도착했다. 그렇게 해서 나는 열일곱 살밖에 안 된 나이에 추천서 한 장 없이, 주머니에 돈 몇 푼 없이, 아는 사람 하나 없는 곳에 발을 디뎠다.

이즈음 바다로 가고 싶다는 마음은 완전히 사라졌다. 그렇지 않았다면 마음의 갈망을 따라 바다로 갔을 것이다. 당시 나는 기술이 있었고 스스로 꽤 유능한 일꾼이라고 생각했기 때문에 그곳 인쇄소를 찾아가 일자리를 구했다. 인쇄소 주인인 윌리엄 브래드퍼드라는 노인은 펜실베이니아 주 최초의 인쇄업자였는데 동업자였던 조지 키드와 싸우고 나서 뉴욕으로 왔다. 브래드퍼드는 일거리가 별로 없는 데다 일손도 충분히 있어서 나를 써줄 수가 없다고 했다. 그러면서 말했다. "필라델피아에 내 아들이 있는데 얼마 전에 아킬라 로즈라는 직공이 죽어서 일손이 크게 부족한 모양이야. 거기에 가면 일자리를 구할 수 있을 걸세." 필라델피아는 100마일도 더 떨어진 곳이었다. 하지만 나는 앰보이로 가는 배를 탔고 짐은 뒤에 오는 배편에 맡겼다.

내가 탄 배는 뉴욕 만을 건너던 도중에 돌풍을 만나 허술한 돛이 너덜너덜 찢어지는 바람에 킬 해협으로 들어가지 못하고 롱아일랜드로 갔다. 그 와중에 술에 취한 네덜란드 사람 하나가 배 위에서 바다로 떨어지는 사고가 발생했다. 나는 얼른 손을 뻗어 물속으로 가라앉는 남자의 머리채를 잡아 배로 끌어올렸다. 물에 한 번 빠지고 나서 정신이 좀 든 남자는 주머니에서 책을 한 권 꺼내더니 내게 말려달라고 부탁하고 잠들어버렸다. 내가 예전부터 좋아했던 작가 버니언이 지은《천로역정》이라는 책이었다. 네덜란드어판이었는데 질 좋은 종이에 인쇄 상태가 깨끗했고 동판 삽화도 있었다. 장정도 그때까지 본 어떤 원어판보다 훌륭했다. 나중에 보니 그 책은 유럽 대부분의 언어로 번역되어 성경 다음으로 많이 읽히는 책이었다.

내가 알기로 존 버니언은 서술과 대화를 섞어 글을 쓴 최초의 작가였다. 이런 식의 글은 독자를 작품 속으로 끌어당기는 매력이 있었다. 이야기가 한창 흥미롭게 전개될 때 독자는 자신도 작품 속 인물이 되어 대화를 나누는 듯한 착각에 빠진다. 디포는《로빈슨 크루소》,《몰 플랜더스》,《신성한 구혼》,《가정교사》를 비롯한 여러 작품에서 이 기법을 흉내 내서 성공을 거두었다. 리처드슨도《파멜라》등에서 같은 기법을 사용했다.

배가 섬 가까이 다가갔지만 해변이 바위투성이인 데다 사나운 파도까지 몰아쳐서 정박할 곳이 없었다. 하는 수 없이 닻을 내리고 해안 쪽으로 방향을 돌렸다. 그때 몇몇 사람이 물가에 와 큰 소리로 우리를 불렀다. 우리도 그들에게 대답을 했지만 바람이 너무 세고 파도도 사나워서 서로의 말을 알아들을 수가 없었다. 해안에 통나무배 몇 척이 있기에 우리를 태우고 가달라고 신호를 보냈다. 하지만 그들은 이해를 못했는지 아니면 불가능하다고 생각했는지 그냥 가버렸다. 어느새 밤이 되었다. 바람이 잠잠해질 때까지 기다리는 수밖에 다른 방법이 없었다. 뱃사공과 나는 그동안 잠을 좀 자두기로 했다. 아직 젖어 있는 네덜란드 남자를 데리고 승강구로 들어

갔는데 물보라가 뱃머리를 덮치면서 안으로 스며들어 우리 두 사람도 네덜란드 남자만큼이나 젖었다. 그렇게 우리는 제대로 눈도 못 붙이고 밤을 새웠다. 하지만 다음 날이 되니 바람이 잠잠해져 날이 어두워지기 전에 앰보이에 도착할 수 있었다. 더러운 럼주 한 병 말고는 먹을 것도 마실 것도 없이 서른 시간을 짠 바닷물 위에서 보낸 것이다.

저녁이 되자 몸에 열이 나서 침대 속으로 들어갔다. 열이 있을 때는 차가운 물을 충분히 마시면 좋다는 얘기를 어디선가 읽은 기억이 나서 그대로 했다. 밤새 땀을 비 오듯 흘리고 났더니 아침에는 열이 떨어졌다. 나는 나루를 건너 벌링턴까지 50마일을 걸어갔다. 그곳에 가면 필라델피아까지 가는 배를 탈 수 있다고 들은 터였다.

하루 종일 비가 억수로 쏟아졌다. 나는 온몸이 흠뻑 젖었고 정오 무렵이 되니 벌써 기운이 다 빠졌다. 허름한 여관에 들어가 하룻밤을 묵는데, 집을 떠나지 말걸 그랬다는 후회가 밀려들었다. 내 행색이 얼마나 초라했던지 사람들이 이것저것 물어왔다. 아무래도 나를 도망친 하인으로 의심하는 것 같았다. 그런 혐의를 받고 붙잡힐 뻔하기도 했다. 하지만 나는 다음 날도 계속 길을 걸었고 저녁이 되어서는 벌링턴에서 8~10마일 정도 떨어진 여관에 묵었다. 그곳 주인은 브라운이라는 의사였다. 간단하게 요기를 하면서 그와 이런저런 얘기를 나누었다. 그는 내가 글을 좀 읽었다는 걸 알고는 굉장히 다정하고 친근하게 굴었다. 그 뒤로 우리는 그가 세상을 떠나는 날까지 연락을 하고 지냈다. 영국의 도시든 유럽의 나라든 온갖 곳을 속속들이 알고 있었던 걸로 봐서 그는 아마도 순회 의사였던 것 같다. 머리가 좋고 문학적 소양도 있는 사람이었지만 철저한 무신론자여서 그로부터 몇 년 뒤에는 코튼[1630~1687. 영국의 시인]이 버질[B.C. 70~B.C.19. 고대 로마의 시인]의 작품을 가지고 그랬던 것처럼 성경을 엉터리 시로 바꾸는 고약한 작업을 하기도 했다. 이런 식으로 여러 가지 사실을 엉뚱한 시각에서 보았기 때문에 그의 작품이 출간되었더라면 판단력이 부족한 사람들에게 해를 미쳤을지도 모른다. 다행히도 그런 일은 일어나지 않았다.

그의 집에서 밤을 지내고 다음 날 아침 벌링턴에 도착했지만, 내가 도착하기 직전에 정기선이 떠났다는 걸 알고 맥이 탁 풀렸다. 배에서 먹으려고 항구로 가는 길에 어느 할머니에게서 생강빵을 샀는데, 배를 탈 수 없게 된 터라 다시 시내로 그 할머니를 찾아가 사정 이야기를 했다. 할머니는 다음 배가 올 때까지 자기 집에서 묵으라고 해주었다. 오래 걸은 뒤라 피곤했기 때문에 할머니의 호의를 받아들였다. 할머니는 내가 인쇄공이라는 걸 알고는 그 마을에서 인쇄소를 차려보는 게 어떠냐고 했지만, 인쇄소를 차리는 데 돈이 얼마나 드는지 몰라서 하는 소리였다. 할머니는 소고기 요리로 푸짐하게 저녁을 차려주었다. 그렇게 극진한 대접을 받고서도 답례로 맥주 한 병밖에 드리지 못했다. 화요일까지 그곳에 머물기로 했다. 그렇게 작정하고 저녁에 강변을 걷는데 몇 사람이 타고 있는 배

한 척이 보였다. 필라델피아로 가는 배라고 했다. 다행히 그들은 나를 배에 태워주었다. 그날은 바람이 전혀 불지 않아 가는 내내 우리가 노를 저어야 했다. 자정이 다 되었는데도 도시가 보이지 않자 어떤 사람은 목적지를 지나친 게 분명하니 노를 그만 저어야 한다고 했다. 다들 그곳이 어디인지 알지 못했다. 하는 수 없이 해안 쪽으로 방향을 잡고 수로로 들어가 낡은 울타리 근처에 배를 댔다. 10월이라 날이 저물면 꽤 쌀쌀했기 때문에 울타리 가로대를 뜯어다가 불을 피우고 날이 밝을 때까지 기다렸다. 날이 밝자 일행 중 한 사람이 그곳은 필라델피아 바로 위쪽인 쿠퍼 강 지류라고 했다. 그 지류를 벗어나니 바로 필라델피아가 보였고, 우리는 일요일 오전 여덟 시나 아홉 시쯤 필라델피아에 도착해 시장 거리의 부두에 내렸다.

아내가 될 리드 양, 초라한 행색의 프랭클린을 지켜보다

지금까지 필라델피아에 도착하기까지의 여정을 자세히 이야기했는데, 이제부터는 그 도시에 도착해서 내가 겪은 일들을 이야기하려 한다. 보잘것없었던 시작에 비해 얼마나 달라진 모습이 되었는지 비교해볼 수 있을 거라 생각한다. 좋은 옷들은 배편으로 부쳤기 때문에 그때 나는 작업복 차림이었다. 오랜 여행으로 행색도 지저분했고 주머니마다 셔츠와 양말을 쑤셔 넣어 불룩 튀어나왔다. 아는 사람도 없었고 묵을 곳도 없었다. 제대로 쉬지도 못한 채 걸어 다니고 노를 젓느라 지칠 대로 지쳤고 배도 무척 고팠다. 가진 돈이라고는 1달러짜리 네덜란드 지폐 한 장과 1실링짜리 동전 하나가 다였다. 그나마 1실링은 뱃삯으로 지불했다. 배 주인은 같이 노를 저었으니 받지 않겠다고 했지만 나는 기어코 그의 손에 돈을 쥐여주었다. 사람은 여유가 있을 때보다 가진 게 별로 없을 때 후해지는 법이다. 혹여 남들 눈에 초라해 보일까 봐서일 것이다.

길을 따라 걸으며 주위를 두리번거리다가 시장 근처에서 빵을 들고 있는 남자아이 하나를 만났다. 나는 빵으로 끼니를 때운 적이 많았던 터라 아이에게 어디서 빵을 샀는지 물어보고는 아이가 가르쳐 준 대로 2번가에 있는 빵집으로 부리나케 갔다. 보스턴에서 먹던 비스킷을 찾았지만 필라델피아에는 그런 게 없었다. 하는 수 없이 3페니짜리 빵을 사려고 했는데 그마저도 없었다. 그래서 필라델피아에서는 보스턴과 화폐가치가 얼마나 다른지, 빵이 얼마나 싼지, 어떤 빵이 있는지도 모른 채 그냥 아무 빵이나 3페니어치 달라고 했다. 그랬더니 주인은 커다란 빵 세 덩어리를 주었다. 양이 많아 놀랐지만 그냥 받아 들었다. 주머니에는 들어갈 자리가 없어서 양쪽 팔에 하나씩 끼고 나머지 하나는 먹으면서 걸었다. 그렇게 시장 거리를 걸어 4번가까지 갔고 훗날 장인이 될 리드 씨 집 앞을 지나게 되었다. 그때 네 엄마가 문 앞에 서 있다가 내 모습을 보고는 굉장히 이상하고 우스꽝스럽다고 생각했다고 하는데, 하긴 그럴 만도 했다.

필라델피아에 도착한 프랭클린
프랭클린이 필라델피아에 온 첫날, 미래에 아내가 될 여성이 문 앞에서 그를 살펴보고 있다.

나는 방향을 돌려 체스트넛 가와 월넛 가로 갔다. 계속 빵을 먹으면서 이리저리 걸어 다니다 보니 다시 시장 거리의 부두에 이르렀다. 좀 전에 내렸던 배로 가서 강물을 한 모금 마셨다. 빵 하나로 배가 불러서 남은 빵 두 개는 같이 배를 타고 왔던 여자와 그녀의 아이에게 주었다. 두 사람은 갈아탈 배를 기다리고 있었다.

그렇게 기운을 좀 차리고 나서 다시 길을 걷는데, 이번에는 깨끗하게 옷을 차려입은 사람들이 떼를 지어 어딘가를 향해 걷고 있었다. 나도 그들 틈에 끼여 함께 갔다. 사람들의 무리가 도착한 곳은 시장 근처에 있는 퀘이커 교도의 커다란 예배당이었다. 나는 사람들 사이에 앉아 주위를 둘러보았지만 아무 소리도 들리지 않았다.

여행으로 피곤한 데다 전날 밤 제대로 쉬지 못한 탓에 쉬 잠들어버렸고, 결국 예배가 끝나고 누군가 친절하게 깨워줄 때에야 눈을 떴다. 그러니까 그 예배당이 내가 필라델피아에 가서 처음으로 들어간 집, 처음으로 잠을 잔 집이 된 셈이다.

다시 강 쪽으로 걸으며 사람들의 얼굴을 살펴보다가 퀘이커 교도 청년을 하나 만났다. 호감이 가는 인상이기에 다가가서 그곳 지리를 전혀 모르는데 묵을 만한 곳이 없겠느냐고 물었다. 근처에 '세 명의 뱃사람'이라는 간판이 보였다. 청년이 말했다. "여기서도 타지 사람들이 묵긴 하지만 평판이 좋지는 않습니다. 저를 따라오시면 더 나은 곳을 알려드리겠습니다." 그는 워터 가에 있는 여인숙으로 나를 데려갔다. 거기에서 점심을 먹었는데, 식사를 하는 동안 사람들이 알 만하다는 표정으로 내게 이것저것 물어왔다. 나이가 어려 보이는 데다 행색도 초라하니 집에서 도망쳐 나온 거라 짐작했던 모양이다.

점심을 먹고 나니 다시 졸음이 밀려왔다. 주인에게 방을 안내받고서 옷도 벗지 않은 채 쓰러져 잠이 들었다. 저녁 여섯 시가 되어서 저녁을 먹으라는 소리에 일어났지만 식사를 하고 다시 잠을 잤다. 초저녁부터 잤는데도 다음 날 아침까지 한 번도 깨지 않았다. 아침에 일어나서는 최대한 단정하게 옷을 입고 앤드류 브래드퍼드 인쇄소를 찾아갔다. 인쇄소에 들어서니 뉴욕에서 그곳을 소개해줬던 바로 그 노인이 있었다. 알고 보니 말을 타고 와서 나보다 먼저 도착한 것이었다. 노인이 나를 아들에게 소개해주었다. 아들은 깍듯하게 나를 대했고 아침 식사도 대접해주었다. 하지만 얼마 전에 사람을 구했기 때문에 당장은 일손이 필요하지 않다고 했다. 대신 키머라는 사람이 근처에 새로 인쇄소를 차렸는데 거기에 가면 일자리를 구할 수 있을 거라고 했다. 혹시 거기에서 일자리를 못 잡으면 자기 집에서 하숙을 해도 좋다고 했다. 그러면 제대로 된 일자리가 생길 때까지 소소한 일감을 주겠다고 했다.

노인이 인쇄소에 같이 가주겠다며 따라나섰다. 인쇄소에 도착하자 노인이 키머에게 말했다. "이보게, 자네 인쇄소에서 일할 만한 젊은이를 데려왔네. 자네에게 필요한 사람일 게야." 키머는 내게 몇 가지 묻더니 식자용 스틱을 쥐여주고 작업하는 걸 지켜보았다. 그러더니 당장은 맡길 일이 없지만 그래도 채용하겠다고 했다. 또 키머는 브래드퍼드 노인을 처음 본 터라 그저 마음 좋은 동네 사람으로만 여기고는 현재의 사업 상태와 계획을 이야기했다. 노인은 자신이 다른 인쇄업자의 아버지라는 사실을 숨긴 채, 머지않아 인쇄업계를 장악할 거라는 키머의 말을 들었다. 노인이 교묘한 질문을 하기도 하고 맞장구도 쳐가며 상대해주자 키머는 앞으로 전망이 어떤지, 자금은 어떻게 충당하는지, 어떤 식으로 사업을 진행할지를 다 털어놓았다. 그 옆에 서서 두 사람의 대화를 전부 듣고 있자니 한 사람은 교활하고 노련한 궤변가이고 다른 한 사람은 순진한 풋내기에 지나지 않는다는 걸 대번에 알 수 있었다. 노인이 인쇄소를 떠나고 나서 내가 그의 정체를 얘기해주자 키머는 깜짝 놀랐다. 키머의 인쇄소에는 고물 인쇄기 한 대와 다 닳아빠진 작은 활자밖에 없었다. 키머는 그걸 가지고 아킬라 로즈를 추모하는 애가를 조판하고 있었다. 아킬라 로즈에 대해서는 앞서 얘기했는데, 똑똑하고 인품도 훌륭한 젊은이여서 마을에서 꽤 평판이 좋았으며 의회의 서기로 일했고 재능 있는 시인이기도 했다고 한다. 키머도 시를 쓰긴 했지만 형편없는 수준이었다. 사실 머릿속에 떠오르는 대로 바로 조판을 했으니 시를 쓴다고 할 수도 없었다. 원고라는 건 아예 없었다. 게다가 활자도 한 벌밖에 없고 애가를 찍으려면 모든 활자가 필요하기 때문에 누가 도우려야 도울 수가 없었다. 나는 키머의 인쇄기가 제대로 작동하도록 손을 보았다(키머는 인쇄기를 한 번도 사용해보지 않았고 인쇄기에 대해 아는 게 하나도 없었다). 그리고 키머가 애가를 준비하는 대로 돌아와서 인쇄를 해주겠노라고 약속하고 브래드퍼드 인쇄소로 돌아왔다. 브래드퍼드는 당장 할 만한 자질구레한 일거리를 주었다. 일단은 그의 집에서 하숙을 하며 일을 했다. 며칠 뒤에 키머에게서 애가를 인쇄하러 와달라는 연락이 왔다. 그새 활자도 한 벌 더 마련했고 재판에 들어갈 소책자도 있어서 키머는 그 일을 내게 맡겼다.

내가 보기에 두 사람 모두 인쇄업을 할 만한 역량이 못 되었다. 브래드퍼드는 인쇄 기술을 배우지 않은 데다 일자무식이었다. 키머는 읽고 쓸 줄은 안다고 해도 그냥 식자공일 뿐 인쇄 작업에 대해서는 아는 게 전혀 없었다. 그는 '프랑스 예언자'[광신적인 프랑스 신교도의 한 종파]의 신도였고 그 종파의 광신적인 동작도 할 줄 알았다. 나를 만났을 무렵에는 특정 종교에 얽매이지 않고 그때그때 상황에 따라 선택했다. 그는 세상 물정에 관심이 없었고 나중에 알고 보니 성격도 아주 고약했다. 키머는 내가 자기 인쇄소에서 일하면서 브래드퍼드 집에서 지내는 것을 못마땅해했다. 그도 집이 있긴 했지만 세간이 없어서 나를 데리고 있을 수가 없었다. 대신 앞에서 말한 리드 씨 집에서 묵도록 얘기해 주었다. 리드 씨는 그의 집주인이었다. 그즈음 내 짐과 옷이 도착했기 때문에 다시 리드 양을 만났을 때는 이전에 빵을 먹으며 거리를 걸을 때보다 행색이 깔끔했다.

인쇄소 설립을 부추기는 키드 주지사

그 마을에서 지내면서 책 읽기를 좋아하는 젊은이들을 사귀게 되어 저녁이면 함께 어울려 재미있게 시간을 보냈다. 부지런히 일하고 절약한 덕에 돈도 어느 정도 모아 사는 형편도 꽤 괜찮아졌다. 보스턴은 가능하면 잊고 싶었기 때문에 누구에게도 내가 사는 곳을 알리지 않았다. 하지만 내가 몰래 보스턴을 떠날 수 있도록 도와주고 그 비밀을 지켜주었던 친구 콜린스에게는 편지로 소식을 알렸다. 그런데 생각지도 못한 일이 생기는 바람에 예상보다 일찍 보스턴에 가야 했다. 보스턴과 델라웨어를 오가는 무역선의 선장이었던 자형 로버트 홈즈가 필라델피아 아래쪽으로 40마일 떨어진 뉴캐슬에 갔다가 내 소식을 듣고는 편지를 보내왔다. 편지에서 홈즈는 내가 갑작스럽게 떠나서 보스턴에 있는 친구들이 걱정하고 있으며 다들 내 편이 되고 싶어 하니 내가 돌아가기만 하면 모든 일이 원하는 대로 될 거라고 아주 간곡하게 말했다. 나는 충고해줘서 고맙다는 내용의 답장을 보냈다. 그러면서 보스턴을 떠나야 했던 이유를 설명하고 그가 짐작하듯 내가 무슨 잘못을 저지른 것은 아니라고 분명히 말했다.

홈즈가 내 편지를 받았을 때 마침 뉴캐슬에 와 있던 윌리엄 키드 주지사가 함께 있었다. 홈즈는 주지사에게 내 얘기를 하면서 편지를 보여주었다. 주지사는 편지를 읽고 나서 내 나이를 듣더니 깜짝 놀랐다고 한다. 그러면서 내가 장래가 촉망되는 젊은이인 것 같으니 힘을 줘야 한다고 말했다는 것이다. 필라델피아에는 형편없는 인쇄업자들밖에 없으니 거기에서 인쇄소를 차린다면 분명 성공할 것이며 자기가 적극 나서서 내게 공적인 서류 일도 맡기고 뭐든 힘닿는 데까지 도와주겠다는 말도 했다고 한다. 이 얘기를 나는 전혀 모르고 있다가 나중에 보스턴에서 홈즈에게 들었다. 어느 날 키머와 함께 창가에서 일을 하고 있는데 주지사와 신사 한 사람(나중에 알고 보니 뉴캐슬의 프렌치 대령이었다)이 근사하게 차려입고 바로 길을 건너 우리 인쇄소로 오는 모습이 보였다. 잠시 뒤에 문 두드리는 소리가 들렸다.

키머는 자기를 찾아온 줄 알고 부리나케 달려가 문을 열었다. 하지만 지사는 나를 찾아온 거였다. 어찌나 공손하고 정중하게 대하던지 그런 대접을 처음 받아보는 나로서는 불편할 정도였다. 그는 내게 칭찬을 늘어놓더니 앞으로 가깝게 지내고 싶다고 말하는가 하면 왜 필라델피아에 오자마자 자기를 찾아오지 않았냐며 점잖게 책망하기도 했다. 그러고는 프렌치 대령과 함께 고급 마데이라를 맛보러 술집에 가는 길이라면서 함께 가자고 했다. 나도 꽤 놀랐지만 키머 역시 독을 마신 돼지처럼 눈을 둥그렇게 뜨고 우리를 지켜보았다. 나는 그 두 사람을 따라 3번가 모퉁이에 있는 술집에 갔다. 마데이라를 마시면서 지사는 내게 직접 인쇄소를 차려보라고 권했고 성공이 확실한 이유를 쭉 나열했다. 그리고 내가 두 개 주 정부의 공공 문서 일을 맡을 수 있도록 자신과 프렌치 대령이 관심을 갖고 힘써주겠다고 장담했다. 아버지가 도와줄지 모르겠다고 머뭇거리자 윌리엄 주지사는 아버지에게 보내는 편지를 써주겠다고 했다. 사업을 해서 얻는 이익을 설명하면 아버지도 납득할 거라고 자신만만해했다. 그렇게 해서 주지사가 아버지에게 보내는 추천사를 써주면 내가 그걸 가지고 다음 첫 배를 타고 보스턴에 가기로 결론이 났다. 일이 진행되는 동안 나는 모든 계획을 비밀에 부치고 여느 때처럼 키머의 인쇄소에서 일을 했다. 지사는 이따금씩 나를 식사 자리에 초대했는데, 내게는 다시없는 영광이었다. 그는 아주 상냥하고 다정하고 친근하게 나와 이야기를 나누었다.

1724년 4월 말쯤 나는 보스턴으로 가는 작은 배에 올랐다. 키머에게는 친구들을 만나러 간다고 둘러대고 휴가를 얻었다. 주지사는 아버지에게 보내는 두툼한 편지 한 통을 주었다. 편지에서 주지사는 온갖 말로 나를 칭찬하면서 필라델피아에서 사업을 시작하기만 하면 틀림없이 성공할 거라고 큰소리를 탕탕 쳤다. 그런데 내가 탄 배가 만을 따라가다가 모래톱에 부딪치면서 물이 새어 들었다. 우리는 바다 위에서 거의 쉬지 않고 교대로 물을 퍼내느라 한바탕 난리를 겪어야 했다. 그래도 2주 만에 무사히 보스턴에 도착했다. 집을 떠난 지 일곱 달 만이었다. 그동안 친구들은 내 소식을 전혀 듣지 못했다. 자형 홈즈가 아직 돌아오지 않았고 내 소식을 편지로 알리지도 않았기 때문이다. 내가 불쑥 나타나자 식구들은 깜짝 놀랐다. 그래도 모두들 기뻐하며 반갑게 맞아주었다. 단 한 사람, 형은 그렇지 않았다. 나는 형을 만나러 인쇄소에 갔다. 그때 나는 형 밑에서 일할 때에 비해 차림새가 근사했다. 머리에서 발끝까지 고상한 새 옷으로 차려입었고 손목시계도 찼고 주머니에는 5파운드 정도의 은화가 들어 있었다. 형은 나를 본체만체했다. 위아래로 한번 쭉 훑어보고는 하던 일을 계속했다.

직공들은 내가 어디에 있었는지, 그곳은 어떤지, 마음에 드는지 꼬치꼬치 물었다. 나는 필라델피아가 얼마나 좋은지 자랑하며, 거기에서 사는 게 정말 행복하고 꼭 다시 돌아갈 거라고 호기롭게 말했다. 직공 하나가 거기에서는 어떤 돈을 쓰냐고 묻기에 은화를 한 줌 집어 그들 앞에 펼쳐놓았다. 보스턴에서는 지폐만 사용했기 때문에 그들에게는 처음 보는 신기한 구경거리였다. 내친김에 시계도 보여주었다. 마지막으로(형은 여전히 못마땅한 표정으로 뚱해 있었다) 직공들에게 술값으로 스페인 달러를 주고는 인쇄소를 나왔다. 그런데 내가 인쇄소에 찾아간 일로 형은 몹시 화를 냈다. 나중에 어머니가 형에게 화해하라고 타이르면서 우리 형제가 의좋게 지내는 걸 보고 싶다고 하시자, 형은 내가 자기 직공들 앞에서 자기를 모욕했으므로 절대 잊을 수도 없고 용서하지도 않을 거라고 했다. 하지만 그건 형의 오해였다.

아버지는 주지사의 편지를 읽고 놀라는 기색이 역력했지만 며칠 동안 별말씀을 하지 않으셨다. 그러다 홈즈가 돌아오자 편지를 보여주면서 키드 주지사를 아는지, 그가 어떤 사람인지 물으셨다. 성년이 되려면 3년이나 남은 아이에게 사업을 권하는 걸 보니 분명 신중하지 못한 사람일 거라고도 하셨다. 홈즈는 충분히 가능성이 있는 일이라고 아버지를 설득했지만, 아버지는 내내 못마땅해하더니 결국은 안 되는 일이라고 딱 잘라 말씀하셨다. 그리고 주지사에게 정중하게 거절하는 내용의 편지를 보내셨다. "제 아들에게 분에 넘치는 호의를 베풀어주신 것은 감사하지만, 그렇게 중요하고 밑천도 많이 드는 사업을 하기에는 아들이 너무 어린 것 같아 저로서는 허락을 할 수가 없습니다"라는 내용이었다.

그때 우체국 직원으로 일하고 있던 친구이자 동지인 콜린스는 내게서 새로운 장소에 대한 얘기를 듣고는 솔깃해하면서 자기도 같이 가겠다고 했다. 내가 아버지의 결정을 기다리는 동안, 콜린스는 육로를 이용해 나보다 앞서 로드아일랜드로 출발했다. 떠나기 전에 꽤 많은 수학과 자연과학 책을 내게 맡겼고, 내가 내 책들과 함께 그의 책들을 가지고 뉴욕으로 가서 그와 만나기로 했다.

아버지는 주지사의 제안을 거절했으면서도 당신 아들이 다른 지방까지 가서도 그렇게 유명한 사람에게 인정받았다는 사실에는 흐뭇해하셨다. 내가 부지런히 일하고 신중하게 처신했기 때문에 짧은 시간 안에 당당하게 자립한 것이라고 하셨다. 그래서 형과 나 사이가 좋아질 기미가 보이지 않자 내가 필라델피아로 돌아가도록 허락해주셨다. 사람들에게 공손하게 행동하고 모든 이들에게서 존중받도록 노력하고 남을 비꼬거나 비난하는 일은 피하라고 조언해주셨다. 아버지는 내가 걸핏하면 남을 비꼬고 비난하는 경향이 있다고 생각하셨다. 또한 늘 부지런히 일하고 알뜰하게 절약하면 스물한 살이 될 때까지는 사업 자금을 마련할 수 있을 거라고도 말씀하셨다. 혹시 그때가 되어 조금 부족하면 그 정도는 도와주겠다고도 하셨다. 부모님이 사랑의 징표로 주신 조그만 선물을 제외하면 이것이 내가 받은 전부였다. 나는 두 번째로 뉴욕행 배에 올랐다. 이번에는 부모님의 인정과 축복을 받으며 떠날 수 있었다.

배가 로드아일랜드의 뉴포트에 도착했을 때, 나는 몇 해 전 결혼해서 그곳에 살고 있는 존 형을 찾아갔다. 형은 예전부터 나를 좋아했기 때문에 아주 반갑게 맞아주었다. 형의 친구 중에 버논이라는 사람이 있었는데, 펜실베이니아 주에서 받을 돈이 35파운드 정도 있다면서 그걸 나더러 대신 받아서 보관하고 있다가 나중에 자기가 연락을 하면 보내달라고 했다. 그러면서 지불 명령서를 써주었다. 나는 이 일로 나중에 큰 곤욕을 치르기도 했다.

뉴포트에서는 뉴욕으로 가는 승객이 여러 명 더 탔다. 친구인 듯한 젊은 여자 두 명과 시종까지 거느린 우아하고 교양 있어 보이는 퀘이커 교도 부인도 있었다. 내가 그 부인의 잔심부름 몇 가지를 선뜻 해주었더니 부인은 그걸 좋게 보았는지 내게 호의를 보였다. 젊은 여자 두 명도 내게 친근하게 말도 걸고 해서 우리 셋은 점점 가까워졌다. 이 모습을 본 부인이 어느 날 나를 부르더니 말했다. "이봐요 젊은이, 내가 걱정이 돼서 하는 말인데, 젊은이가 친구도 없고 세상 물정을 잘 모르는 것 같군요. 그러니 유혹에 빠지기가 쉽지요. 내가 보기에 저 여자들은 질이 아주 나쁜 사람들이에요. 행동거지를 보면 알 수 있지요. 정신 바짝 차리지 않으면 위험해질 수 있어요. 젊은이는 저 여자들을 잘 모르잖아요. 젊은이를 진심으로 걱정해서 하는 말이에요. 저 여자들과 가까이 지내지 마세요." 나는 처음에는 그 여자들이 부인의 말처럼 그렇게 나쁜 사람이라고 생각하지 않았다. 그러자 부인은 자신이 목격하고 들은 일들을 얘기해주었다. 그런 일이 있었는지는 전혀 몰랐다. 부인의 말을 듣다 보니 그 말이 맞는 것 같았다. 그래서 부인의 친절한 충고에 감사하면서 충고를 따르겠다고 약속했다. 뉴욕에 도착하자 그 여자들은 주소를 알려주면서 한번 놀러오라고 했다. 하지만 나는 가지 않았다. 나중에 보니 그건 정말 잘한 일이었다. 다음 날 선장은 선실에서 은수저와 다른 물건 몇 가지가 없어진 것을 발견했다. 그 여자들이 매춘부라는 사실을 알고는 수색영장을 받아 그들의 집을 뒤져 잃어버린 물건을 찾았고, 도둑들은 처벌을 받았다. 항해 도중 아슬아슬하게 암초를 피하기도 했지만, 그보다는 그 여자들을 피한 것이 내게는 더 큰일처럼 여겨졌다.

뉴욕에서 나보다 먼저 도착해 있던 콜린스를 만났다. 우리는 어릴 적부터 친했고 같은 책을 함께 읽었다. 하지만 콜린스는 책을 읽고 공부할 수 있는 시간이 나보다 많았으며, 수학에 뛰어난 천재성을 보여 그 분야에서는 나를 훨씬 앞서 있었다. 보스턴에 살 때는 시간 여유가 나면 대개 콜린스와 대화를 하며 보냈다. 그때만 해도 콜린스는 진지하고 부지런한 친구였다. 여러 목사들과 어른들까지도 콜린스의 학식에 감탄할 정도였으니 장래에 큰 인물이 될 친구처럼 보였다. 그런데 내가 없는 동안 콜린스는 술에 빠져 살았다. 콜린스가 내게 털어놓기도 하고 다른 사람들에게 들어서도 알게 된 건데, 그 친구는 뉴욕에 온 뒤로도 매일 술을 마셨고 굉장히 이상하게 행동했다고 했다. 뿐만 아니라 도박에까지 손을 대 돈을 다 잃는 바람에 그의 숙박비는 물론이고 필라델피아까지 가는 비용과 그곳에서의 생활비까지 내가 다 부담해야 했다. 그 때문에 여간 곤란을 겪은 게 아니었다.

당시 뉴욕 주지사였던 버넷(버넷 주교의 아들)도 그때 우리 배에 타고 있었는데, 그는 선장에게서 승객 중 젊은이 하나가 책을 굉장히 많이 갖고 있더라는 얘기를 듣고는 한번 만나보고 싶다며 나를 데려오라고 했다. 그래서 그를 만나러 갔다. 콜린스도 데려가야 했지만 그 친구는 술에 취해 제정신이 아니었다. 주지사는 나를 아주 정중하게 맞으며 자신의 책들을 보여주었다. 그의 방에는 엄청나게 많은 책들이 있었다. 우리는 책과 저자에 대해 한참 동안 얘기를 나눴다. 버넷은 영광스럽게도 나를 알아봐준 두 번째 지사였다. 나처럼 가난한 아이에게는 정말이지 신나는 일이었다.

우리는 필라델피아로 갔다. 가는 도중에 버논 씨가 부탁했던 돈을 받았는데 그 돈이 없었더라면 필라델피아까지 가지 못했을 뻔했다. 콜린스는 회계 사무소에 취직하고 싶어 했지만 가만히 있어도 풍기는 술 냄새 때문인지 아니면 이상한 행동 때문인지 회계 사무소에서는 콜린스의 술버릇을 다들 알아차렸다. 그래서 콜린스는 추천서를 가지고도 지원하는 곳마다 떨어졌다. 그렇다 보니 계속해서 내 하숙방에서 같이 지낼 수밖에 없었고 비용도 내가 다 부담해야 했다. 내가 버논 씨의 돈을 갖고 있다는 걸 알고 콜린스는 걸핏하면 내게 돈을 빌렸다. 매번 취직하는 즉시 꼭 갚겠다고 하면서 말이다. 그렇게 빌려간 액수가 점점 불어나자 나는 버논 씨가 돈을 보내달라고 할까 봐 불안해졌다.

콜린스는 계속 술을 마셔댔고, 그것 때문에 우리가 싸우는 일도 잦아졌다. 콜린스는 술에 취하면 굉장히 난폭해졌다. 한번은 다른 친구들과 배를 타고 델라웨어에 간 적이 있는데, 콜린스는 자기 차례가 되어도 노를 젓지 않으려고 했다. 그는 "노를 저어서 나를 집까지 모셔"라고 말했다. 그래서 내가 "너를 위해 노를 저을 생각은 없다"라고 대답했더니, 이번에는 "노를 젓든지 밤새도록 물 위에 있든지 맘대로 해"라며 이죽거렸다. 다른 친구들이 "우리가 젓자. 그게 뭐 대단한 일이라고 그래?"라며 나를 다독였다. 하지만 나는 콜린스의 평소 행동이 못마땅했던 터라 끝까지 버텼다. 그러자 콜린스는 나더러 노를 젓지 않으면 바다로 던져버리겠다고 욕을 했다. 그러더니 배를 가로질러 내 쪽으로 오는 거였다. 콜린스가 다가와서 나를 때리려고 하는 순간 나는 그의 다리 밑으로 손을 넣어 그를 들어올린 다음 거꾸로 물속에 처넣었다. 콜린스가 수영을 잘한다는 걸 알고 있었기 때문에 별로 걱정하지 않았다. 콜린스가 배를 잡으려고 손을 뻗으면 얼른 노를 저어서 빠져나갔다. 그리고 콜린스가 배 가까이 오면 노를 저을 거냐고 묻고 또 노를 저어 그를 따돌렸다. 콜린스는 화가 머리끝까지 나서는 절대 노를 젓지 않겠다고 소리를 질러댔다. 하지만 콜린스가 지쳐가는 걸 보고 우리는 그를 배로 끌어올렸고 물이 뚝뚝 떨어지는 그를 저녁이 되어서야 집에 데려다주었다. 그 뒤로 우리는 입만 열었다 하면 험악한 말들을 주고받았다. 그러던 어느 날, 서인도 제도에서 온 선장이 바베이도스에 사는 어느 신사에게서 아들의 가정교사를 구해달라는 부탁을 받고 적당한 사람을 찾다가 우연히 콜린스를 만나게 되었다. 선장은 콜린스를 그 신사에게 소개하기로 했다. 콜린스는 나와 헤어지면서 첫 월급을 받는 대로 내게 빌린 돈을 갚겠다고 약속했다. 하지만 그 뒤로 콜린스에게서는 아무 연락이 없었다.

버논 씨의 돈에 손을 댄 것은 내가 살아오면서 첫 번째로 저지른 큰 실수였다. 이 일은 내가 중요한 사업을 맡기에는 너무 어리다고 한 아버지의 판단이 그리 틀리지 않았음을 보여주었다. 하지만 윌리엄 주지사는 아버지의 편지를 읽더니 아버지가 지나치게 걱정이 많다고 말했다. 그는 사람은 다 다른 법이며 나이가 많다고 꼭 신중한 것도 아니고 젊다고 해서 신중하지 않은 것도 아니라고 했다. 그러면서 덧붙였다. "자네 아버지가 인쇄소를 차려줄 수 없다고 하면 내가 해주지. 필요한 물건의 목록을 내게 주면 영국에 주문을 해주겠네. 나중에 형편이 될 때 갚게. 나는 이곳에서 훌륭한 인쇄업자를 키우겠다고 결심했고 자네가 꼭 성공할 거라고 확신하네." 주지사가 정말 진지하게 말했기 때문에 나는 그의 진심을 조금도 의심하지 않았다. 그때까지 나는 필라델피아에서 인쇄소를 차린다는 계획을 아무에게도 말하지 않은 채 비밀로 간직했다. 아마 내가 주지사의 도움을 받는다는 걸 누군가 그를 잘 아는 사람이 알았더라면 절대 믿지 말라고 충고해주었을 것이다. 나중에 알고 보니 그 주지사

키드 주지사의 방문
펜실베이니아 주지사인 윌리엄 키드가 키머의 인쇄소에서 프랭클린을 찾고 있다.

는 지킬 수 없고 지킬 마음도 없는 약속을 남발하는 것으로 유명한 사람이었다. 하지만 내가 부탁도 안 했는데 그처럼 너그럽게 호의를 베푸니 나로서는 의심을 할 수가 없었다. 나는 그가 세상에서 제일 좋은 사람이라고 믿었다.

나는 작은 인쇄소를 차리는 데 필요한 물건들의 목록을 주지사에게 주었다. 계산해보니 은화 100파운드 정도가 들 것 같았다. 지사는 목록을 마음에 들어 하면서 나더러 영국에 직접 가서 활자도 고르고 다른 물건들도 좋은지 어떤지 확인하는 게 어떠냐고 물었다. "가서 사람들도 사귀고 서적과 문구류 쪽 거래처도 뚫을 수 있을 걸세." 내 생각에도 그러는 게 좋을 것 같았다. 그가 또 말했다. "그러면 애니스 호를 타고 떠날 준비를 하게." 애니스 호는 런던과 필라델피아를 일 년에 한 번씩 오가는 유일한 정기선이었다. 애니스 호가 출항하려면 몇 달 더 기다려야 했으므로 나는 키머 인쇄소에서 계속 일을 했다. 그러는 동안에도 콜린스가 빌려간 돈을 언제 받을지 몰라 초조해했고 혹시라도 버논 씨에게 연락이 올까 봐 매일매일 불안해했다. 하지만 그로부터 몇 년이 지나도록 버논 씨에게서는 아무 연락도 없었다.

서서히 채식을 실천하다

깜빡 잊고 하지 않은 얘기가 있다. 처음 보스턴을 떠나올 때 바람이 불지 않아서 배가 블록 아일랜드 근처에 정박한 적이 있었다. 배에 탔던 사람들이 대구를 낚기 시작했는데 꽤 많이 낚아 올렸다. 그때까지 나는 고기를 먹지 않는다는 원칙을 고수하고 있었다. 스승인 트라이언처럼 나 역시도 물고기를 잡는 것은 이유 없는 살생이라고 생각했다. 물고기들은 우리에게 아무런 잘못을 하지 않았고 할 수도 없었기 때문에 살육은 정당화될 수 없었다. 이건 당연하고 옳은 말이었다. 하지만 원래는 내가 생선을 굉장히 좋아했던 터라, 프라이팬에서 대구가 지글거리며 냄새를 풍기는데 그 유혹을 참기가 무척 힘들었다. 원칙과 욕망 사이에서 한참을 갈등하다가 조금

전 생선 배를 갈랐을 때 그 배 속에서 작은 생선이 나왔던 게 퍼뜩 떠올랐다. 그때 이런 생각이 들었다. "생선들끼리도 서로 잡아먹는데 나라고 생선을 먹지 못할 이유가 없지." 결국 나는 대구를 실컷 먹었다. 그 뒤로도 다른 사람들과 있을 때는 생선을 먹었고 그러다가 채식을 하기도 했다. 합리적인 인간이 된다는 것은 아주 편리한 일이다. 어떤 일을 하고 싶든 그럴듯한 이유를 찾아내거나 만들 수 있으니 말이다.

키머와 나는 사이가 아주 좋았고 마음도 꽤 잘 맞았다. 내가 인쇄소를 차리려 한다는 걸 그가 모르고 있었기 때문이다. 키머는 젊었을 적 열정을 그대로 간직하고 있어서 논쟁하기를 좋아했다. 그래서 우리는 자주 토론을 했다. 나는 소크라테스식 논법으로 그를 내 맘대로 다루곤 했다. 처음에는 토론 주제와 별 관계없어 보이는 질문을 하다가 차츰 핵심으로 접근하면서 그를 함정에 빠뜨리는 방법을 자주 썼다. 그럴 때마다 그는 쩔쩔매면서 자기모순을 보였는데 나중에는 지나칠 정도로 조심스러워져서는 아주 평범한 질문을 해도 먼저 이렇게 묻곤 했다. "그런 질문을 하는 의도가 뭐야?" 그러면서도 키머는 내 논쟁 능력을 꽤 높이 평가하면서 자신이 새로운 종파를 만들 계획인데 동참하지 않겠냐고 진지하게 제안했다. 자신이 설교를 맡을 테니 나더러는 반대하는 사람들을 처리해달라고 했다. 그러면서 교리를 설명해주었는데, 나로서는 받아들일 수 없는 부분이 있어서 내 의견을 받아들여주지 않으면 동참할 수가 없었다.

키머는 턱수염을 기르고 있었다. 모세의 율법 중에 "수염 끝을 자르지 마라"는 구절이 있기 때문이었다. 그는 또 토요일을 안식일로 지키고 있었다. 그에게 이 두 가지는 반드시 지켜야 하는 것이었다. 그런데 나는 두 가지 다 마음에 들지 않았다. 하지만 그가 육식을 금하는 교리를 넣어준다면 나도 이 두 가지를 받아들이겠다고 했다. 키머가 말했다. "글쎄, 내 체격에 견디질 못할 것 같은데." 나는 충분히 견딜 수 있으며 오히려 더 건강해질 거라고 그를 설득했다. 키머는 평소 굉장한 대식가였으므로 그가 배고파서 쩔쩔매는 모습을 보는 것도 그런대로 재미있을 듯했다. 키머는 내가 같이 채식을 한다면 자기도 한번 해보겠노라고 했다. 나는 그러기로 했고 우리는 석 달 동안 함께 채식을 했다. 식사는 이웃에 사는 여자가 요리를 해서 시간에 맞춰 가져다주기로 했다. 나는 마흔 가지 음식을 적어 그녀에게 주면서 매번 다르게 준비해달라고 했는데, 어떤 음식에든 생선이나 고기, 닭고기는 전혀 들어 있지 않았다. 갑자기 시작하긴 했어도 이때의 채식은 일주일에 18펜스도 들지 않을 정도로 돈이 싸게 들어 내게는 더할 나위 없이 좋았다. 그 뒤로 나는 몇 년간 사순절을 아주 엄격하게 지키면서 보통식을 끊고 채식으로 바꾸었고 그러다가 전혀 어렵지 않게 어느 날 또 보통식으로 바꾸었다. 그걸 보면 변화는 서서히 이루어가야 한다는 말도 별로 맞지 않는 것 같다. 나는 기분 좋게 채식을 했지만 키머는 보기 불쌍할 정도로 힘들어했다. 결국 그는 채식에 진저리를 내더니 고기를 실컷 먹어보겠다며 돼지고기 구이를 주문했다. 그 자리에 나와 여자 친구 두 명을 초대해놓고는 요리가 일찍 나오자 유혹을 참지 못하고 우리가 도착하기도 전에 혼자서 다 먹어치웠다.

문학을 좋아하는 동료들과의 즐거운 시간

이 무렵 나는 리드 양과 가깝게 지냈다. 나는 리드 양을 깊이 존경하고 좋아했으며 이런저런 이유로 그녀도 나에 대해 같은 감정이었을 거라고 생각한다. 하지만 내가 곧 멀리 다녀와야 하는 데다 우리 둘 다 열여덟 살을 갓 넘긴 어린아이였으므로 리드 양의 어머니는 우리 관계가 더 깊어지지 않기를 바랐다. 그리고 혹시 결혼을 하더라도 내가 돌아와서 확실하게 자리를 잡고 나서 해야 한다고 했다. 내 마음과는 달리 리드 양의 어머니가 보기에는 내 장래가 불안했던 것 같다.

이즈음에 내가 주로 만났던 사람들은 찰스 오스본, 조지프 왓슨, 제임스 랠프였다. 모두들 책을 좋아했다. 앞의 두 사람은 찰스 브로그덴이라는 마을의 유명한 공증인 사무실에서 서기로 일하고 있었고 랠프는 상점의 점원이었다. 왓슨은 신앙심이 깊고 현명하고 성실한 청년이었다. 나머지 두 사람은 종교 규율에 별로 매이지 않았는데, 특히 랠프는 예전 콜린스가 그랬던 것처럼 나 때문에 혼란스러워해서 또 나를 괴롭혔다. 오스본은 똑똑하고 솔직하고 가식이 없었다. 친구들에게 진실하고 다정하게 굴었다. 그런데 문학을 이야기할 때면 지나칠 정도로 남의 글을 비판했다. 랠프는 재주가 많고 의젓했으며 굉장한 달변가였다. 그 친구만큼 말을 잘하는 사람은 못 본 것 같다. 오스본과 랠프 모두 시를 굉장히 좋아해서 짧은 시를 직접 쓰기도 했다. 우리 넷은 일요일이면 스쿨킬 강 근처의 숲속을 함께 걸으면서 서로에게 책을 읽어주기도 하고 글에 대한 감상을 나누면서 즐거운 시간을 보내곤 했다.

랠프는 시를 공부하고 싶어 했다. 언젠가는 유명한 시인이 되어 돈도 많이 벌 것이라고 믿었고 최고의 시인들도 처음 시를 쓸 때는 자기처럼 실수를 많이 했을 거라고 주장했다. 그런 랠프에게 오스본은 시에 소질이 없으니 포기하라면서 다른 데 한눈팔지 말고 하던 일이나 열심히 하라고 충고했다. 점원 일을 계속하다 보면 지금은 자본이 없다 해도 부지런하고 꼼꼼하니 위탁판매를 할 수 있을 것이고 시간이 지나면 자기 사업도 할 수 있을 거라고 했다. 나도 랠프가 이따금씩 취미로 시를 쓰면서 표현력을 늘리는 것은 좋지만 그 이상은 힘들 거라고 했다.

우리는 다음에 만날 때 각자 시 한 편을 지어와서 서로 읽고 비평하고 교정해주면서 실력을 키우자고 제안했다. 우리의 목표는 어휘와 표현력을 키우는 것이었기 때문에 창작은 하지 않기로 했다. 그래서 하나님의 강림을 묘사한 〈시편〉 18장을 내용으로 시를 지어보기로 했다. 만나기로 한 날이 얼마 남지 않았던 어느 날 밤, 랠프가 나를 찾아와서는 시를 다 지었다고 말했다. 나는 바쁘고 마음이 내키지도 않아서 아직 시작도 못했노라고 했다. 랠프는 자기가 쓴 시를 내게 보여주며 의견을 물었다. 꽤 훌륭한 시였기에 칭찬을 많이 했다. 그러자 랠프가 말했다. "오스본은 내가 쓴 시라면 무조건 트집을 잡을 거야. 질투심 때문에 흠을 천 가지는 잡아낼걸. 오스본이 너는 별로 질투하지 않잖아. 그러니까 이 시를 네가 쓴 거라고 해보자. 나는 시간이 없어서 못 쓴 척할게. 오스본이 뭐라고 하는지 한번 보자고." 나도 그러자고 했다. 내가 쓴 것처럼 보이도록 당장 그 시를 옮겨 썼다.

드디어 그날이 되었다. 먼저 왓슨이 시를 낭독했다. 장점도 많았지만 결점도 많았다. 다음은 오스본 차례였다. 왓슨의 시보다 훨씬 나았다. 랠프는 공정하게 평가해주었다. 부족한 부분을 지적하긴 했지만 좋은 점은 칭찬해주었다. 자기는 쓰지 못했다고 했다. 나는 우물쭈물하면서 시간이 없어 제대로 손을 보지 못했다며 변명하는 척했다. 하지만 변명은 통하지 않았다. 나는 어쩔 수 없다는 듯 시를 낭독했다. 친구들은 다시 읽어보라고 했다. 왓슨과 오스본은 경쟁하고 있다는 것도 아랑곳하지 않고 입을 모아 칭찬했다. 랠프만이 이런저런 비판을 하면서 고쳐야 할 부분을 몇 군데 지적했다. 그의 말에 나는 원래 글이 낫다며 고집했다. 그러자 오스본이 시도 별로더니 비평도 시원치가 않다며 랠프를 공격하고 나섰다. 랠프는 더 이상 아무 말도 하지 않았다. 나중에 오스본은 랠프와 같이 집에 가면서 내 시가 굉장히 좋더라고 입에 침이 마르도록 칭찬했다고 한다. 내 앞에서 칭찬하면 아첨하는 걸로 들릴까 봐 참았노라고 했다는 것이다. "프랭클린이 그런 글을 쓸 수 있을 거라고 누가 상상이나 했겠어! 그 묘사와 그 힘과 그 상상력이라니! 원작보다 훨씬 낫잖아. 보통 때 얘기하는 걸 들어보면 단어 선택도 제대로 못해서 우물거리더니. 그런데 세상에! 그런 글을 쓰다니!" 다음에 만났을 때 랠프는 우리가 장난친 거라고 사실대로 밝혔고 그 일로 오스본은 놀림 꽤나 받았다.

이 일로 랠프는 시인이 되겠다는 결심을 더욱 굳혔다. 나는 어떻게든 말리려고 했지만 랠프는 아랑곳하지 않고 계속 시를 끼적거렸다. 포프가 《우인열전》에서 혹평을 하고 나서야 랠프는 시에 대한 미련을 버렸다. 대신 그는 훌륭한 산문 작가가 되었다. 랠프에 대한 얘기는 다음에 더 하기로 하자. 하지만 나머지 두 친구에 대해서는 다시 얘기할 기회가 없을지도 모르니 여기서 잠깐 이야기해야겠다. 왓슨은 그로부터 몇 년 뒤에 내 품에서 죽었다. 우리 가운데 가장 훌륭한 친구의 죽음이어서 슬픔이 컸다.

오스본은 서인도 제도로 가서 유명한 변호사가 되었고 돈도 많이 벌었지만 그 역시도 젊은 나이에 세상을 떠났다. 그 친구와 내가 굳게 약속한 것이 한 가지 있었다. 둘 중 먼저 죽는 사람이 뒤에 남은 사람을 찾아와 저세상에서 본 것들을 얘기해주기로 했다. 하지만 그 친구는 약속을 지키지 않았다.

무책임한 키드 주지사의 속임수에 넘어가다

주지사는 나와 어울리는 것이 좋았는지 나를 자주 자기 집으로 초대했고 그럴 때마다 내게 인쇄소를 차려주는 걸 기정사실처럼 이야기했다. 나는 영국에 갈 때 주지사의 친구들에게 보여줄 추천장과 함께 인쇄기, 활자, 종이 등을 구입하는 데 필요한 돈을 마련하기 위한 신용장을 가져가기로 했다. 그래서 주지사가 서류를 완성하는 대로 그때마다 가서 받기로 했지만, 주지사는 매번 미루기만 했다. 배 역시 몇 차례 연기되다가 겨우 출항하게 되었는데 주지사는 그 때까지도 필요한 서류를 주지 않았다. 출발을 앞두고 작별 인사도 하고 서류도 받을 겸 해서 들렀더니 지사의 비서인 바드 박사가 나와서 지사는 지금 글을 쓰느라 몹시 바쁘며 배보다 뉴캐슬에 먼저 도착할 테니 거기에서 서류를 받으라고 했다.

랠프는 그때 결혼해서 아이도 하나 있었지만 나와 함께 가기로 했다. 나는 랠프가 그쪽 사람들과 거래를 터서 위탁판매할 물건을 받으려고 가는 것인 줄 알았다. 그런데 나중에 알고 보니 아내와 사이가 나빠져서 그녀 곁을 떠나 다시는 돌아오지 않을 작정이었다. 나는 친구들에게 작별 인사를 하고 리드 양과 몇 가지 약속을 주고

받은 뒤에 배를 타고 필라델피아를 떠났다. 뉴캐슬에 도착해보니 약속대로 지사는 이미 도착해 있었다. 하지만 그의 숙소를 찾아갔을 때 이번에도 나를 맞은 사람은 그의 비서였다. 비서는 공손하기 이를 데 없는 지사의 말을 전해주었다. 주지사는 아주 중요한 일을 하고 있기 때문에 나를 만날 수 없으며 대신 배로 서류를 보내주겠으니 편안하게 여행하고 속히 돌아오기를 진심으로 바란다는 내용이었다. 나는 조금 당황해서 배로 돌아왔지만 여전히 별다른 의심은 하지 않았다.

우리 배에는 필라델피아의 유명한 변호사 앤드류 해밀턴 씨가 아들과 함께 타고 있었다. 이들 부자와 함께 퀘이커 교도 상인 데넘, 메릴랜드에서 철강업을 같이 하는 어니언 씨와 러셀 씨가 넓은 일등선실에 있었다. 나와 랠프는 삼등선실에 자리를 잡았다. 그 배에서 우리는 아는 사람 하나 없었고 아무도 우리에게 관심을 갖지 않았다. 그런데 해밀턴 변호사가 압류당한 선박을 찾아달라는 거액의 사례금이 걸린 의뢰를 받아 아들(그 아들의 이름은 제임스였고 나중에 주지사가 되었다)과 함께 뉴캐슬에서 필라델피아로 돌아갔다. 그리고 배가 출항하기 직전에 프렌치 대령이 배에 탔는데 나를 굉장히 정중하게 대하는 바람에 다른 사람들도 우리를 새삼 눈여겨보았다. 일등선실에 머물던 신사들이 자리가 있다며 나와 랠프를 일등선실로 불러주어서 우리는 그쪽으로 옮겼다.

프렌치 대령이 주지사의 편지를 갖고 배에 탔을 거라고 생각하고는 선장에게 내 앞으로 되어 있는 편지들을 찾아봐달라고 부탁했다. 선장은 편지들이 모두 화물로 묶여 있기 때문에 당장은 찾을 수가 없고 영국에 도착해 배에서 내리기 직전에 꺼내갈 수 있을 거라고 했다. 그 말에 나는 아무 걱정 하지 않고 여행을 계속했다. 선실에서는 모두들 친근하게 대해주었다. 게다가 해밀턴 씨가 음식을 모두 두고 간 덕에 아주 풍족하게 지낼 수 있었다. 특히 데넘 씨와 각별한 사이가 되었는데 그때 맺은 우정은 그가 죽을 때까지 계속되었다. 하지만 배를 타고 가는 내내 날씨가 굉장히 험악해서 항해가 그리 편안치는 않았다.

드디어 영국 해협에 도착했을 때 선장이 내게 약속했던 대로 짐을 뒤져 주지사의 편지를 찾아보게 해주었다. 그런데 내 이름이 적힌 편지는 한 통도 없었다. 나는 필체로 봐서 내가 찾는 것이라고 생각되는 편지 예닐곱 통을 골랐다. 특히 그중 하나는 왕실의 인쇄업자인 배스킷 앞으로 되어 있었고 또 한 통은 어떤 서적상 앞으로 되어 있었다. 우리는 1724년 12월 24일 런던에 도착했다. 나는 우선 서적상을 찾아가 키드 주지사가 보낸 것이라며 편지를 전달했다. 서적상은 처음에는 모르는 사람이라고 하더니 편지를 뜯어보고는 말했다. "아, 리들스덴이 보낸 편지로군요. 나도 얼마 전에 알았는데, 이자는 아주 못된 인간이라고 하더군요. 이자하고는 엮일 일이 없으니 편지도 받을 일이 없습니다."

그러더니 편지를 내 손에 쥐여주고는 그대로 등을 돌려 다른 손님들을 상대했다. 나는 그 편지가 주지사의 편지가 아니라는 걸 알고 깜짝 놀랐다. 여러 정황들을 되짚어 생각해보니 그제야 주지사의 진실성이 의심스러워졌다. 나는 친구 데넘 씨를 찾아가 모든 사정을 털어놓았다. 데넘 씨는 키드 주지사가 어떤 사람인지 얘기해주면서 그가 나를 위해 편지를 써주었을 리가 없다고 말했다. 그를 아는 사람들은 아무도 그를 믿지 않는다고 했다. 신용이라고는 찾아볼 수도 없는 사람이 무슨 신용장을 주느냐며 헛웃음을 웃었다. 내가 앞으로 어떡해야 할지 걱정하자 데넘 씨는 인쇄소에서 일자리를 구해보라고 조언했다. 그가 말했다. "이곳 인쇄업자들과 일하다 보면 실력이 늘 걸세. 그러면 나중에 아메리카에 가서 개업할 때 훨씬 수월할 거야."

내가 잘못 알고 가져온 편지 때문에 아까 그 서적상 말대로 리들스덴이라는 변호사가 아주 나쁜 사람이라는 걸 알게 되었다. 리드 양의 아버지에게 동업을 하자고 꼬드겨서 파산 지경에 이르게 한 자였다. 편지 내용으로 보건대 해밀턴 변호사(그때 우리와 함께 오기로 했던)를 곤경에 빠뜨리려는 음모가 진행되고 있는 것 같았다. 이 음모에는 리들스덴뿐만 아니라 키드 주지사도 관련되어 있었다. 해밀턴 변호사의 친구인 데넘 씨는 그에게 이 일을 알려줘야 한다고 생각했다. 그래서 얼마 뒤에 해밀턴 변호사가 영국에 도착했을 때, 나는 한편으로는 키드 주지사와 리들스덴에 대한 분노와 적의 때문에 그리고 또 한편으로는 해밀턴에 대한 호의 때문에 그를 만나 편지를 보여주었다. 해밀턴 변호사는 중요한 정보를 주었다며 진심으로 고마워했다. 그때부터 그는 내 친구가 되었고 훗날 내게 여러 가지로 큰 도움을 주었다.

그런데 주지사라는 사람은 어떻게 그처럼 치졸한 장난을 치고 불쌍한 어린아이를 그렇게 비열하게 속일 수 있었을까! 그게 그 사람의 버릇이었다. 모든 사람에게 잘 보이고는 싶은데 정작 줄 것은 없고 하니까 기대감만 주는 거였다. 그런 점만 아니면 똑똑하고 이해가 빠르고 글도 굉장히 잘 쓰는 사람이었다. 영주들의 훈령을 가끔 무시하기는 했어도 시민들에게는 훌륭한 지사였다. 그는 우리 주의 훌륭한 법안 몇 개를 임기 중에 입안해서 통과시키기도 했다.

랠프와의 우정과 여자 문제로 인한 결별

런던에서 랠프와 나는 둘도 없는 친구가 되었다. 우리는 리틀 브리튼에서 3실링 6펜스를 내고 함께 하숙을 했는데 당시에 우리 형편으로는 그 정도 집밖에 구할 수가 없었다. 랠프는 영국에 친척들이 있긴 했지만 다들 가난해서 도움이 되지 못했다. 그때서야 랠프는 영국에 계속 있을 생각이며 필라델피아로는 절대 돌아가지 않을 거라고 털어놓았다. 그에게는 돈이 한 푼도 없었다. 필라델피아에서 가져온 얼마 안 되는 돈은 뱃삯으로 모두 써버렸다. 내게는 15피스

톨이 있었다. 랠프는 일자리를 찾는 동안 가끔씩 내게 돈을 빌려 생활비로 썼다. 처음에 그는 자기에게 배우의 소질이 있다고 생각하고 극단에 들어가려고 했다. 하지만 랠프가 지원한 극단에 있던 윌크스는 랠프에게 배우로 성공할 가망이 없으니 그만 포기하라고 진심 어린 충고를 해주었다. 다음에 랠프는 페이터노스터 로의 출판업자인 로버츠에게《스펙테이터》같은 주간지에 글을 쓰게 해달라고 부탁하면서 몇 가지 조건을 제시했지만 로버츠는 거절했다. 그 다음에는 법률 학교 근처의 출판사나 변호사 사무실에서 문서 작성 일을 찾아보았지만 역시 빈자리가 없었다.

나는 당시 바솔로뮤 클로스에서 꽤 유명했던 파머 씨의 인쇄소에 금방 일자리를 얻어 1년 가까이 일을 했다. 정말 열심히 일했지만 랠프와 함께 연극 구경을 가거나 여기저기 놀러 다니느라 번 돈의 대부분을 썼다. 결국 가지고 있던 금화마저도 바닥이 나서 그날 벌어 그날 먹고사는 신세가 되었다. 랠프는 아내와 아이를 완전히 잊은 것 같았고, 나도 리드 양과 한 약속들을 서서히 잊었다. 그녀에게는 편지 한 통 보낸 것이 다였다. 그나마도 당분간은 돌아갈 수 없을 것 같다는 내용이었다. 이것은 내 인생에서 또 하나의 실수였다. 다시 그때로 돌아갈 수만 있다면 그런 실수는 절대 하지 않을 것이다. 사실 랠프와 둘이서 돈을 너무도 헤프게 써댄 탓에 고향으로 돌아갈 여비조차 없었다.

파머 씨의 인쇄소에서는 영국의 논리학자 월라스턴의《자연의 종교》 재판을 찍고 있었고 내가 식자 일을 맡았다. 그런데 월라스턴의 논증 중에 이해가 가지 않는 부분이 있었다. 나는 그런 점을 언급하는 추상적인 소논문 한 편을 썼다. 논문의 제목은 '자유와 필연, 쾌락과 고통을 논함'이라고 정했다. 그리고 '랠프에게 바친다'라는 말을 넣어서 몇 부를 인쇄했다. 이 일로 파머 씨는 나를 꽤 똑똑한 청년으로 생각하면서도 내 논문에서 몇 가지 부분은 마음에 들지 않는다며 신랄하게 지적했다. 하지만 이 소논문을 인쇄한 것은 또 하나의 실수였다. 리틀 브리튼에서 하숙을 할 때 나는 근처에서 서점을 하던 윌콕스라는 사람과 알게 되었다. 그의 서점에는 헌책들이 굉장히 많이 쌓여 있었다. 그때는 순회도서관도 없던 시절이었다. 나는 그의 서점에 있는 책들을 가져다 읽어보고 돌려주기로 그와 계약을 했다. 몇 가지 조건을 걸고 계약을 맺었는데 어떤 조건이었는지는 지금 기억이 나지 않는다. 어쨌든 그때는 내게 유리한 계약이라고 생각하고는 최대한 이용했다.

내 논문이 어떤 연유로《인간 판단의 정확성》이라는 책의 저자이자 의사인 라이언스의 손에 들어갔고, 이 인연으로 우리 두 사람은 아는 사이가 되었다. 라이언스는 나를 꽤 높이 평가해서 자주 찾아와 내 논문과 관련된 주제로 토론을 하곤 했다. 한번은 치프사이드가에 있는 혼즈라는 허름한 술집으로 나를 데려가《꿀벌의 우화》를 쓴 맨더빌 박사를 소개해주기도 했다. 맨더빌 박사는 그 술집에서 모임을 갖는 어느 클럽의 핵심 역할을 했는데 농담도 잘하고 재미

있는 사람이었다. 라이언스는 뱃슨의 커피숍에서 내게 펨버튼 박사도 소개해주었다. 펨버튼 박사가 언제든 기회가 되면 아이작 뉴턴을 만나게 해주겠다고 해서 나는 한껏 들떠 그런 기회가 오기만을 기다렸다. 하지만 그런 일은 절대 일어나지 않았다.

나는 영국에 갈 때 진기한 물건들을 몇 개 가지고 갔는데, 그중 가장 특별한 것은 불 가까이 대면 빛이 나는 석면으로 만든 지갑이었다. 한스 슬론 경[의사이자 박물학자. 그의 소장품이 기반이 되어 대영 박물관이 세워짐]이 소문을 듣고 찾아와 블룸스베리 광장에 있는 자기 집으로 나를 초대했다. 한스 슬론은 내게 온갖 희귀한 물건들을 보여주더니 내 지갑도 자신의 수집품에 넣고 싶다고 했다. 그는 값을 후하게 쳐주었다.

우리 하숙집에는 T라는 젊은 부인이 있었다. 클로이스터에서 모자 가게를 운영하는 여자였다. 가정교육을 잘 받아 몸가짐이 얌전하고 현명했으며 성격도 활발했고 무엇보다 대화가 잘 통했다. 랠프가 저녁이면 그녀에게 희곡을 읽어주곤 하더니, 두 사람은 어느새 가까운 사이가 되었다. 어느 날 여자가 하숙집을 옮기자 랠프도 따라가버렸다. 두 사람은 한동안 같이 살았다. 그때까지도 랠프는 하는 일이 없었으므로 여자의 수입만으로 아이까지 세 사람이 먹고살기에는 빠듯했다. 결국 랠프는 런던을 떠나 시골로 가서 학교를 열기로 했다. 글도 잘 쓰고 산수에도 능하니 아이들을 가르치는 일에 적격이라고 생각했던 것이다.

하지만 랠프는 그 일이 자기 수준에 비해 격이 떨어진다고 여겼다. 훗날에는 분명 더 그럴듯한 일을 하게 될 텐데 그때가 되어 예전에 초라한 일을 했다는 것이 알려지면 안 된다고 생각해 이름을 바꾸었다. 그는 영광스럽게도 내 이름을 가명으로 썼다. 랠프가 떠난 지 얼마 안 되어 편지 한 통이 날아왔다. 편지에서 랠프는 작은 마을(버크셔였던 걸로 기억하는데, 거기에서 한 사람당 일주일에 6펜스를 받고 열 명에서 열두 명의 아이들에게 읽기와 쓰기를 가르친다고 했다)에 정착했다고 하면서 T부인을 잘 돌봐달라고 부탁했다. 그리고 자기에게 편지를 보낼 때는 어느 어느 학교의 프랭클린 선생 앞으로 보내달라는 말도 덧붙였다.

랠프는 그 뒤로도 자주 편지를 보냈다. 그때마다 지금 쓰고 있는 시라면서 긴 서사시를 함께 보내며 평가와 수정을 해달라고 했다. 나는 이따금씩 시에 대한 평과 수정 내용을 보내면서도 랠프가 시 쓰기를 단념하게 만들려고 고심했다. 바로 그 무렵에 영국의 시인 영이 쓴 풍자시가 출간되었다. 나는 랠프에게 영의 시 대부분을 적어 보냈다. 뮤즈의 힘을 빌려 출세하기를 바라면서 뮤즈를 찾아다니는 사람들의 어리석음을 비판한 시였다. 하지만 소용없었다. 랠프는 여전히 편지를 보낼 때마다 여러 장의 시를 동봉했다. 그러는 동안 랠프 때문에 친구도 일자리도 잃은 T부인은 생활고에 시달리다 못해 내게 와 돈을 빌리곤 했다. 나는 그녀와 있는 것이 점점 좋아졌다. 그때만 해도 종교에 얽매이지 않았고 T부인에게는 내가 꼭 필요한 존재라고 생각했기 때문에 도가 넘는 행동을 하고 말았다(이건 또 하나의 실수였다). T부인은 당연히 화를 내며 나를 거부했고 내가 한 짓을 랠프에게 고해바쳤다. 이 일로 우리 사이에는 금이 갔다. 그리고 랠프는 다시 런던에 돌아와서는 자신이 내게 지고 있던 모든 의무는 취소되었다고 말했다. 그렇게 해서 나는 랠프에게 빌려준 돈을 한 푼도 받지 못하게 되었다. 어차피 랠프는 그 돈을 갚을 능력이 없었기 때문에 크게 달라질 것은 없었다. 그리고 그와의 우정이 끝난 것이 나는 오히려 짐을 벗은 듯 홀가분했다. 이제 돈을 조금씩 모아야겠다는 생각이 들었다. 더 벌이가 좋은 일자리를 얻을 마음에 파머 인쇄소를 그만두고 링컨스 인 필즈에 있는 와츠 인쇄소에 취직했다. 파머 인쇄소보다 규모가 훨씬 큰 곳이었다. 나는 런던을 떠날 때까지 이 인쇄소에서 일했다.

아침 식사는 맥주 대신 영양 만점 죽으로

와츠 인쇄소에 들어가서 처음 맡은 일은 인쇄였다. 아메리카에서는 식자 일과 인쇄 일이 함께 이루어졌지만 영국에서는 그렇지가 않았기 때문에 일을 하는 동안 신체 활동이 부족해질 것 같아서였다. 나는 일을 할 때 물만 마셨지만, 쉰 명 가까이 되는 다른 직공들은 맥주를 엄청나게 마셔댔다. 때때로 나는 커다란 활자판을 양손에 하나씩 들고 계단을 오르내렸지만 다른 직공들은 두 손으로 겨우 하나만 날랐다. 내 모습을 보면서 직공들은 '물만 마시는 아메리카인'(그들은 나를 이렇게 불렀다)이 진한 맥주를 마시는 자신들보다 더 힘이 센 것을 의아하게 여겼다!

인쇄소에는 맥주집 점원이 항상 대기하고 있다가 직공들에게 맥주를 가져다주었다. 인쇄소 동료 하나는 매일 맥주를 아침 식사 전에 1파인트, 치즈 바른 빵으로 아침을 먹으면서 1파인트, 아침과 저녁 식사 사이에 1파인트, 저녁 식사 때 1파인트, 여섯 시쯤 1파인트, 그리고 하루 일을 마치고 1파인트를 마셨다. 내가 보기엔 아주 나쁜 습관이었다. 하지만 그는 지치지 않고 힘든 일을 하려면 진한 맥주를 마셔야 한다고 고집했다. 나는 맥주를 마셔서 얻는 힘이라고 해봐야 맥주 안에 녹아 있는 보리 알갱이나 가루 양만큼일 뿐이라고 설명해주었다. 빵 1페니어치에 든 밀가루 양만큼도 안 되었다. 그러니 맥주 1쿼터를 먹는 것보다 물 1파인트와 빵을 먹는 편이 기운을 얻는 데 더 효과적이라는 의미였다. 그렇게 얘기를 해도 그 동료는 계속 맥주를 마셨고 토요일 밤마다 술값으로 급료에서 4~5실링을 썼다. 나는 그런 돈을 쓸 필요가 없었다. 그러니 그 불쌍한 사람들은 가난에서 언제까지고 헤어 나오질 못했다.

몇 주 뒤에 와츠가 나더러 식자실에서 일해달라고 해서 나는 인쇄공들과 헤어졌다. 식자실로 옮긴 첫날 식자공들은 나를 환영하는 술자리를 가져야 한다며 5실링을 내라고 했다. 나는 인쇄실에서도 그런 이유로 냈기 때문에 부당한 요구라고 생각했다. 주인인 와츠도 내 생각과 같다며 돈을 내지 말라고 했다. 나는 2~3주 동안 돈을 내지 않고 버텼다. 그러자 직공들은 나를 따돌리기 시작했고 내가 잠시라도 자리를 비우면 활자를 아무렇게나 섞어놓거나 페이지를 바꿔놓거나 활자판을 부셔놓는 등 온갖 심술을 다 부렸다. 그래놓고는 모두 다 인쇄소 유령 짓이라면서 그 유령은 정식으로 들어오지 않은 직공에게 붙어다닌다고 했다. 사정이 이렇다 보니 주인이 나를 봐준다 해도 앞으로 계속 같이 일할 사람들과 불편하게 지내는 건 현명한 행동이 아니라는 판단이 들어 결국 그들이 하라는 대로 돈을 내고 말았다.

그제야 다른 직공들과 사이가 편안해졌고 이내 상당한 영향력을 발휘하게도 되었다. 나는 직공들끼리 예배당이라고 부르던 인쇄소의 규칙을 합리적으로 고치자고 제안했고 모든 반대를 무릅쓰고 실행에 옮겼다. 예를 들자면, 직공들 대부분이 맥주와 빵과 치즈로 이루어진 형편없는 아침 식사를 그만두고 나처럼 빵 조각과 버터를 넣고 후추를 뿌린 따끈하고 큼직한 죽 한 그릇을 맥주 1파인트 값, 그러니까 1페니 반을 주고 이웃집에 주문해 먹었다. 이렇게 아침을 먹으면 돈이 적게 들 뿐 아니라 속도 편안하고 머리도 맑아졌다. 여전히 하루 종일 맥주를 달고 사는 직공들은 술값을 제대로 내지 않아 술집 출입을 할 수 없게 되면 내게 술값을 빌려달라고 조르곤 했다. 그들 말을 빌리면 "불이 나갔다"고 했다. 나는 토요일 밤이면 경리 책상을 지키고 있다가 빌려준 돈을 받아냈는데 어떤 때는 일주일에 30실링 가까이 되었다. 그런데다 다들 나를 아주 익살맞고 말 잘하는 풍자꾼으로 여겼기 때문에 인쇄소에서 내 존재는 훨씬 더 중요해졌다. 내가 월요병을 핑계 삼아 쉬는 일 한번 없이 매일 출근했기 때문에 주인도 나를 마음에 들어 했다. 그리고 식자 속도가 유달리 빨라서 급한 일이 들어오면 모두 내 차지가 되었고 그럴 경우에는 대개 돈을 더 많이 받았다. 나는 아주 만족스럽게 하루하루를 보냈다.

새로 구한 하숙집과 런던에서의 근면한 생활

리틀 브리튼의 하숙집에서 인쇄소까지 너무 멀어서 듀크 가의 로마 성당 맞은편에 새 하숙집을 구했다. 이탈리아 식료품점 건물의 3층 뒤편이 내 방이었다. 주인 여자는 딸 하나를 데리고 하녀와 함께 살았다. 식료품점을 관리하는 점원도 하나 있었지만 다른 곳에서 하숙을 했다. 주인 여자는 내 예전 하숙집에 내 성품을 알아본 뒤에 하숙비로 예전과 똑같이 일주일에 3실링 6펜스를 내라고 했다. 남자가 하숙생으로 있으면 든든하기 때문에 싸게 받는 거라고 했다. 주인 여자는 나이가 지긋한 미망인이었다. 아버지가 목사여서 개신교도로 자랐지만 결혼한 뒤에는 남편을 따라 가톨릭교로 개종했다. 여자는 남편과의 추억을 아주 소중하게 간직하고 있었다. 예전에 수많은 유명 인사들 사이에서 살았다고 하는데 그래서인지 찰스 2세 때부터 이어지는 그들의 일화를 많이 알고 있었다. 주인 여자는 통풍으로 다리를 절어서 방 밖으로 거의 나가지 않았다. 그래서 이따금씩 말벗을 원했다. 그녀와 얘기를 나누면 굉장히 재미있어서 그녀가 원하기만 하면 함께 저녁 식사를 했다. 저녁 식사라고 해봐야 생선 반 토막과 아주 작은 버터 바른 빵 한 조각을 먹고 맥주 반 파인트를 둘이 나눠 먹는 게 전부였다. 하지만 그녀의 이야기가 있어서 식탁은 풍성했다. 내가 항상 시간을 잘 지키고 별 말썽을 일으키지 않으니 주인 여자는 내가 계속 그 집에 있어주기를 바랐다. 한번은 인쇄소에서 더 가깝고 일주일에 2실링밖에 안 하는 하숙집이 있다는 얘기를 듣고는 그 정도만 절약해도 꽤 도움이 될 거라고 얘기하자, 주인 여자는 일주일에 2실링을 깎아줄 테니 옮길 생각은 하지 말라고 했다. 그래서 나는 런던에 있는 동안 그 집에서 일주일에 1실링 6펜스로 지낼 수 있었다.

그 집의 다락방에는 일흔 된 할머니 한 분이 살고 있었다. 미혼인 그분은 세상과 거의 연을 끊고 살았다. 주인 여자 말을 들어보니 할머니는 가톨릭 신자였으며 젊은 시절 수녀가 되기 위해 외국에 있는 수녀원에 들어갔다고 했다. 하지만 그 나라의 생활이 맞지 않아 다시 영국으로 돌아왔는데, 영국에는 수녀원이 없었기 때문에 주어진 상황 속에서 할 수 있는 한 수녀의 삶을 살기로 맹세했다고 한다. 그래서 전 재산을 자선단체에 기부하고 1년 생활비로 12파운드만 남겨놓았으며, 이마저도 가난한 사람들을 돕는 데 대부분을 쓰면서 자신은 죽으로 연명했고 불도 죽을 끓이는 데에만 사용했다. 할머니는 여러 해 동안 그 다락방에서 살았지만 공교롭게도 그 집의 주인들이 모두 가톨릭 신자여서 할머니 같은 분과 함께 사는 것을 은총으로 여긴 덕에 집세를 내지 않아도 되었다. 신부가 매일 찾아와 할머니의 고해를 들었다. 하루는 주인 여자가 "할머니처럼 사시는 분이 무슨 고해를 그렇게 많이 하세요?"라고 물었더니 할머니는 "쓸데없는 생각들이 도무지 없어지지가 않아요"라고 대답했다고 한다. 나는 할머니의 방에 딱 한 번 들어가볼 기회가 있었다. 할머니는 쾌활하고 예의 바른 분이었고 말도 재미있게 잘했다.

방은 말끔했고 가구라고는 침대, 십자가상과 책이 놓인 탁자 하나, 내게 앉으라고 권한 의자 하나가 전부였다. 그리고 성 베로니카가 손수건을 펼쳐 들고 있는 그림 한 점이 난로 위에 걸려 있었는데, 그 손수건에는 신기하게도 피를 흘리는 예수의 얼굴이 나타난다고 할머니는 아주 진지하게 얘기했다. 할머니는 안색이 창백하긴 했어도 아픈 곳은 없었다. 적은 수입으로도 얼마든지 건강하게 살 수 있다는 걸 할머니의 삶이 또 한번 보여주는 거라고 생각한다.

와츠의 인쇄소에서 일하는 동안 와이게이트라는 똑똑한 청년과 사귀었다. 와이게이트는 부자 친척을 둔 덕에 다른 직공들보다 공부를 더 많이 했다. 라틴어도 꽤 잘했고 프랑스어도 할 줄 알았으며 책 읽기를 좋아했다. 와이게이트와 그의 친구에게 강에서 수영을 가르쳐주었더니 두 사람은 두 번 만에 수영을 능숙하게 했다.

이 두 친구가 내게 신사 몇 분을 소개해주었다. 대학과 돈 살테로의 골동품을 보기 위해 시골에서 배를 타고 첼시에 온 사람들이었다. 돌아오는 길에 와이게이트가 내 수영 실력을 떠벌렸는데, 그 말을 듣고 사람들이 궁금하다며 재촉하는 바람에 나는 옷을 벗고 강에 뛰어들었다. 첼시 근처에서 블랙프라이어까지 헤엄치면서 물 위 아래를 오가며 온갖 묘기를 보여주었다. 사람들은 그런 모습을 처음 보아서 신기했던지 무척 재미있어했다.

나는 어릴 적부터 헤엄치는 걸 좋아해서 프랑스 작가 테베노의 책에 나와 있는 동작과 자세를 관찰하고 연습했다. 나중에는 거기에 따라하기 쉬우면서도 우아하고 매끄러운 동작을 만들어 첨가했다. 나는 그 기회에 사람들에게 내가 가진 모든 재주를 보여주었고 사람들의 칭찬에 한껏 우쭐해졌다. 공부하는 것이 비슷했고 수영도 배우고 싶어 했던 와이게이트는 이 일로 나와 더 가까워졌다. 어느 날 와이게이트는 현지 인쇄소에서 일을 해 경비를 조달하면서 유럽 전역을 여행해보자는 제안을 했다. 그 말을 듣는 순간 솔깃해졌다. 하지만 그즈음 시간이 날 때마다 만나던 데넘 씨에게 이 얘기를 했더니 데넘 씨는 나를 말리며 펜실베이니아로 돌아갈 생각이나 하라고 했다. 자신도 곧 돌아갈 거라고 했다.

여기서 잠깐 사람 좋은 데넘 씨에.대해 한 가지 얘기를 해야겠다.

데넘 씨는 예전에 브리스톨에서 장사를 하다가 실패하는 바람에 빚더미에 앉게 되었다. 다행히 채권자들과 합의해 빚을 정리한 그는 곧 아메리카로 건너갔다. 그곳에서 열심히 장사에만 매달린 끝에 몇 년 지나지 않아 큰 재산을 모았다.

나와 같은 배를 타고 영국에 돌아온 데넘 씨는 예전 채권자들을 불러 대접하면서 그처럼 너그럽게 빚을 탕감해준 것을 감사했다. 채권자들은 식사 대접 외에는 기대하지 않았지만 첫 번째 요리가 치워졌을 때 그들의 접시 밑에는 갚아야 할 빚과 이자를 합한 액수가 적힌 수표가 있었다.

데넘 씨는 이제 필요한 물건을 잔뜩 싣고 필라델피아로 돌아가서 상점을 열 거라고 했다. 그러면서 나더러 자기 상점에서 일하면서 장부 정리를 하고 문서를 복사하고 상점 관리를 맡아달라고 했다. 장부 정리는 자기가 가르쳐주겠다고 했다. 또 내가 장사에 익숙해지면 서인도로 가서 밀가루와 빵 등을 거래하게 해주고 그 밖에 돈벌이가 될 만한 장사도 알선해주겠다고 했다. 내가 잘만 하면 번듯하게 독립시켜주겠다고도 했다.

내게는 더할 나위 없이 좋은 제안이었다. 그즈음 런던에 싫증이 난 데다 비록 몇 달이었지만 펜실베이니아에서 보냈던 행복한 시간들이 그리워서 다시 가보고 싶었다. 그래서 펜실베이니아 돈으로 1년에 50파운드를 받는다는 조건으로 그 자리에서 합의했다. 사실 그때 식자공을 하면서 받는 돈보다 적은 액수였지만 대신 장래성이 있을 듯했다.

인쇄소를 그만두면서 이제 인쇄 일과는 영원히 작별이라 생각했다. 나는 새 사업에 뛰어들어 매일같이 데넘 씨와 함께 상인들을 상대하며 물건을 구입하고 배에 싣고 심부름을 하고 일꾼들을 시켜 문서를 발송하는 등의 일을 했다. 물건을 배에 모두 싣고 나니 며칠간의 여유가 생겼다. 그때 정말 뜻밖에도 내가 이름만 알고 있던 유명 인사인 윌리엄 윈덤 경이 나를 만나고 싶다는 연락을 해와 그를 만나게 되었다. 윌리엄 윈덤 경은 어떻게 들었는지 내가 첼시에서 블랙프라이어까지 헤엄친 일이며 와이게이트와 그의 친구들에게 몇 시간 만에 수영을 가르친 일 등을 다 알고 있었다. 그는 자기에게 아들이 둘 있는데 곧 여행을 떠나려고 한다면서 그 아이들에게 수영을 가르쳐주면 사례는 후하게 해주겠다고 했다.

그의 아들들이 아직 런던에 오기 전이었고 내가 그곳에 언제까지 있게 될지 확실히 알 수가 없어서 그 제안을 받아들이지 못했다. 하지만 그 순간 영국에서 수영 학교를 연다면 큰돈을 벌 수 있을 거라는 느낌이 강하게 들었다. 아마도 윈덤 경의 제의를 일찍 받았더라면 좀 더 런던에 남았을지도 모른다. 그런데 그로부터 몇 년이 지난 뒤에 우리 부자는 윌리엄 윈덤 경의 두 아들 중 나중에 에그레몬트 백작이 된 아들과 중요한 인연을 맺게 되는데, 이 얘기는 나중에 기회가 되면 하겠다.

그렇게 나는 런던에서 18개월을 보냈다. 대부분 열심히 일했다.

연극과 책을 보는 시간을 제외하면 나를 위한 시간이 거의 없었다. 그런데도 친구 랠프 때문에 가난뱅이가 되었다. 그 친구가 빌려간 27파운드는 돌려받을 가망이 없어 보였다. 얼마 안 되는 내 수입에서 보면 굉장히 큰 액수였는데 말이다! 그래도 나는 그 친구를 좋아했다. 사랑스러운 면이 많은 친구였다. 런던에서 지내는 동안 큰돈을 벌지는 못했지만 그래도 아주 똑똑한 친구들을 여럿 사귀었고 그들과 대화를 하면서 나 자신이 많이 성장했다. 그리고 책도 굉장히 많이 읽었다.

데넘 씨와 함께 상점을 운영하다

우리는 1726년 7월 23일에 그레이브센드 항을 출발했다. 배 안에서 있었던 일들에 대해서는 일기에 상세하게 기록해놓았다. 그 일기의 가장 중요한 부분은 '인생 계획'인데, 앞으로 인생을 어떻게 살아갈지를 그날 배를 타고 가며 정리해놓은 것이다. 그렇게 어린 나이에 세운 계획을 이 나이가 될 때까지 철저하게 지켜왔다는 사실이 스스로도 놀라울 따름이다.

10월 11일에 필라델피아에 도착해서 보니 많은 것들이 달라져 있었다. 키드는 지사직에서 물러났고 고든 소령이 그 자리를 이어받았다. 평범한 시민이 된 키드 지사를 길에서 마주쳤는데, 그는 나를 보고 조금 쑥스러워하더니 아무 말 없이 그냥 지나갔다. 아마 리드 양을 만났더라면 나도 그렇게 쑥스러워했을 것이다. 리드 양의 친구들이 내가 보낸 편지를 보고 내가 돌아오기는 틀렸다며 그녀를 부추겨 로저스라는 도공과 결혼하게 하지 않았다면 말이다. 리드 양은 내가 없는 동안 그렇게 결혼을 했다. 하지만 결혼 생활은 불행했고 두 사람은 얼마 안 가 헤어졌다. 남편에게 또 다른 아내가 있다는 말을 듣고 리드 양은 남편과 같이 사는 것도, 남편의 성을 따르는 것도 거부했다. 로저스는 훌륭한 기술자여서 리드 양의 친구들이 마음에 들어 했지만 사실 별 볼 일 없는 인간이었다. 그는 빚을 잔뜩 지고 1727년인가 1728년에 서인도 제도로 도망쳤다가 그곳에서 죽었다. 키머는 더 좋은 건물로 인쇄소를 옮기고 문방구와 새 활자도 많이 들여놓고 썩 쓸 만해 보이지는 않았지만 직공들도 많이 둔 걸로 봐서 사업이 꽤 잘되는 것 같았다.

데넘 씨는 워터 가에 상점을 얻었고 우리는 그곳에 물건들을 채워 넣었다. 나는 부지런히 일했고 셈하는 법도 배웠다. 조금 지나니 물건 파는 일에도 익숙해졌다. 데넘 씨와 나는 한집에서 지냈다. 데넘 씨는 꼭 아버지처럼 나를 진심으로 걱정하고 보살펴줬다. 나도 그를 존경하고 사랑했다. 그렇게 계속 행복하게 지냈더라면 좋았을 텐데, 1727년 2월 초 그러니까 내 나이 스물한 살을 갓 지났을 때 우리 둘 다 병에 걸렸다. 나는 늑막염에 걸렸는데 정말 죽는 줄 알았다. 고통이 너무 심해서 반쯤은 체념하고 있었던 터라 몸이 회복

되자 이제 또 하기 싫은 일을 다시 해야 한다는 생각에 얼마간은 실망스럽기까지 했다. 데님 씨는 어떤 병이었는지 잊어버렸다. 아무튼 데님 씨는 오래도록 병으로 고통받다가 끝내 숨을 거뒀다. 그는 구두로 유언을 하면서 나에 대한 애정의 표시로 약간의 유산을 남겼다. 그렇게 해서 나는 또 한번 넓은 세상에 홀로 남겨졌다. 상점은 데님 씨의 유언 집행인들 손에 넘어갔기 때문에 그의 죽음과 함께 내 일자리도 없어졌다.

견습공으로 팔려온 옥스퍼드 학생

그때 필라델피아에 있던 자형 홈즈는 내게 원래 하던 일을 다시 하라고 충고했다. 키머는 연봉을 후하게 줄 테니 인쇄소를 맡아달라고 제안해왔다. 그렇게 해주면 자신은 문구점 일에 전념하겠다고 했다. 런던에 있을 때 키머의 부인과 부인의 친구들에게서 그의 못된 성격에 대해 들은 터라 그와 엮이는 게 내키지 않았다. 그래서 상점의 점원 자리를 알아보았지만 여의치가 않았다. 어쩔 수 없이 다시 키머의 인쇄소로 들어갔다. 그때 인쇄소에 있던 직공들의 면면을 얘기하자면 이렇다. 휴 메레디스는 웨일즈계 펜실베이니아 사람으로 나이는 서른 살이었고 농사일을 배웠다고 했다. 정직하고 똑똑하고 생각도 건전하고 책도 좀 읽는 사람이었지만 술을 좋아하는 게 흠이었다. 스티븐 포츠는 성년을 갓 지난 시골 청년으로 휴 메레디스처럼 농사일을 배웠다. 체격이 유달리 좋았고 재치와 유머 감각도 뛰어났지만 좀 게으른 편이었다. 두 사람은 아주 낮은 급료를 받는 대신 숙련 정도에 따라 석 달에 1실링씩 올려 받는다는 조건으로 계약을 맺었다. 키머는 언젠가 많은 급료를 받을 수 있다는 기대감을 주어 그들을 끌어들였던 것이다. 메레디스는 인쇄 일을 맡고 포츠는 제본 일을 맡았다. 키머가 그들을 가르쳐주기로 계약이 되어 있었지만 그는 인쇄도 제본도 전혀 몰랐다. 인쇄소 직공 중에는 존 아무개라는 아일랜드 사람도 있었는데 성격이 난폭한 데다 인쇄 기술도 전혀 없었다. 키머가 4년 고용 계약으로 어느 배의 선장에게서 사왔다고 하는데 인쇄 일을 맡기로 되어 있었다. 조지 웹이라는 옥스퍼드 학생도 있었다. 이 청년도 4년 계약으로 고용되었고 식자공 일을 하기로 했다. 이 청년에 대해서는 나중에 다시 얘기하겠다. 그리고 시골에서 올라와 견습공으로 일하고 있던 데이비드 해리도 있었다.

키머가 전례 없이 높은 급료를 줘가며 나를 고용한 속셈은 곧 드러났다. 아무것도 모르는 직공들을 낮은 급료로 일단 채용해놓고는 나를 이용해 그들에게 기술을 가르칠 생각이었던 것이다. 그들은 어느 정도 기술을 익힌다 해도 계약으로 묶여 있으니 내가 없어도 인쇄소를 꾸려나갈 수 있다는 계산이었다. 그렇다 해도 나는 아주 즐겁게 일을 하면서 엉망이었던 인쇄소의 질서를 바로잡았고, 직공들도 점차 집중해 일을 제대로 해나갔다.

옥스퍼드 학생이 견습공으로 팔려온 것이 나는 아무래도 이상해 보였다. 기껏해야 열여덟 살 정도밖에 안 된 그 청년은 내게 자기 얘기를 들려주었다. 그는 글로스터에서 태어나 그곳에서 중등학교를 다녔다. 학교 연극에서 자신의 역할을 훌륭하게 해내어 주목을 받았다. 위티 클럽 회원으로 활동하면서 산문과 시를 썼는데 이 글들이 글로스터 신문에 실리기도 했다. 옥스퍼드 대학에 진학해 1년을 다녔지만 만족하지 못했고 오직 런던에 가서 배우가 되고 싶다는 생각밖에 없었다. 결국 4분기 학비인 15기니를 받자 빚도 갚지 않고 그 도시를 떠났다. 교복은 가시덤불 사이에 감춰두고 런던을 향해 걸어갔다. 하지만 조언해줄 친구 하나 없는 런던에서 그는 나쁜 친구들과 어울리면서 가진 돈을 전부 탕진해버렸다. 배우들을 만나볼 방법도 없었고 사정은 점점 궁핍해졌다. 빵을 살 돈도 없었고 급기야 옷을 전당포에 맡기는 처지까지 되었다. 이제 뭘 어떻게 해야 할지 막막한 마음으로 주린 배를 움켜쥐고 거리를 걷는데 유괴 알선업자의 전단지가 눈에 들어왔다. 거기에는 아메리카에서 견습공으로 일하면 그날부터 음식과 보수를 제공한다고 쓰여 있었다. 그는 곧장 달려가 계약서에 서명을 했다. 그리고 친구들에게 어디로 가는지 알리는 편지 한 줄 쓰지 않은 채 배에 실려 아메리카로 왔다. 그는 활달하고 재치 있고 성격이 좋아서 같이 지내기 편했지만 게으르고 생각이 모자라고 그럴 수 없이 경솔했다.

아일랜드 사람 존은 얼마 견디지 못하고 도망을 갔다. 하지만 나머지 사람들과 나는 아주 사이좋게 지냈다. 키머는 누굴 가르칠 실력이 안 되지만 내게서는 매일 뭔가를 배울 수 있다는 걸 알고는 모두들 나를 더욱 존중했다. 키머의 안식일인 토요일에는 인쇄소 문을 닫았기 때문에 나는 휴일 이틀 동안 책을 읽었다. 그 마을에서 똑똑한 친구들도 많이 사귀었다. 키머는 내게 친절하게 대했고 적어도 겉으로는 배려를 해주는 척했기 때문에 불편한 건 전혀 없었다. 하지만 여전히 갚을 길이 없는 버논 씨의 돈을 생각하면 마음이 무거웠다. 그나마 다행스럽게도 그에게서 돈을 돌려달라는 연락은 오지 않았다.

인쇄소에서는 활자가 부족할 때가 종종 있었다. 당시 아메리카에는 활자를 만드는 곳이 없었다. 나는 런던에 있을 때 제임스의 인쇄소에서 활자를 주물로 뜨는 것을 본 적이 있긴 했는데 별로 눈여겨보지는 않았다. 그래도 한번 만들어보기로 했다. 우선 틀을 만들고 우리 인쇄소에 있던 활자들을 각인기로 찍어서 납을 부어 모형을 만들었다. 그런 식으로 부족한 부분들을 그런대로 메울 수 있었다. 나는 또 필요할 때면 조각을 하거나 잉크를 만들기도 했으며 심지어 창고지기도 하는 등 온갖 일을 했다. 한마디로 막일꾼이었다.

그렇지만 내가 아무리 일을 잘한다 해도, 다른 직공들이 일에 능숙해지면서 내 역할은 하루가 다르게 비중이 줄어들었다. 어느 날 키머는 두 번째 사분기 급료를 주면서 인쇄소 운영이 어렵다며 내

급료를 줄여야겠다고 말했다. 그 뒤로 차츰 나를 함부로 대하면서 주인 노릇을 하려 했고 툭하면 트집을 잡고 까탈을 부렸다. 언제든 나를 쫓아버릴 기회만 엿보는 것 같았다. 그래도 나는 인쇄소 형편이 안 좋아서 그런 거라고 생각하고 꾹 참았다. 그러다 결국 사소한 일로 우리 두 사람의 관계는 완전히 끝이 났다. 어느 날 재판소 근처에서 시끄러운 소리가 나기에 나는 창문 밖으로 머리를 내밀고 무슨 일인지 보았다. 그때 마침 밖에 있던 키머가 나를 보더니 일이나 하라고 소리를 지르고 욕설을 해댔다. 사람들이 다 보는 데서 그런 꼴을 당하니 화가 치밀어올랐다. 키머는 곧장 인쇄소로 올라와서는 계속 욕을 퍼부었고 우리 둘 사이에 고성이 오갔다. 키머는 계약 조건에 있는 대로 3개월 뒤에 해고하겠다고 경고하더니 공연히 경고 기간을 그렇게 오래 잡았다며 억울해했다. 나는 당장 그만둘 테니까 억울해할 필요 없다고 대꾸하고는 모자를 집어 들고 인쇄소를 나왔다. 아래층에 있던 메레디스가 내 짐을 챙겨서 가져다줄 거라고 생각했다.

짐작대로 메레디스가 그날 저녁에 찾아왔기에 그와 함께 내 앞날에 대해 이야기를 나누었다. 메레디스는 평소에 나를 굉장히 좋아해서 내가 인쇄소를 그만둔 걸 무척 섭섭해했다. 내가 고향으로 돌아갈까 생각 중이라고 했더니 메레디스는 키머의 사정을 얘기하며 말렸다. 인쇄소 물건들은 모두 빚을 내 사들인 것인데 키머 씨에게 돈을 빌려준 사람들이 불안해한다고 했다. 키머는 당장 돈이 필요하면 밑지는 장사도 하고 걸핏하면 기록도 안 하고 외상을 주는 등 인쇄소 운영을 엉망으로 하고 있다고 했다. 그러니 곧 망할 것이고 그러면 그 빈자리를 이용할 수 있을 거라고도 했다. 하지만 내게는 자금이 없었다. 메레디스는 자기 아버지가 나를 굉장히 신뢰한다면서 언젠가 얘기를 해봤는데 나와 동업을 하면 자금을 대줄 것 같다고 말했다. "봄에 키머와 계약이 끝나니까 그때가 되면 런던에서 인쇄기와 활자를 들여올 수 있을 거야. 내가 기술자가 못 된다는 건 알아. 자네만 좋다면 자네가 기술을 대고 나는 자금을 대서 이익을 반반씩 나누는 거야."

그럴듯한 제안이어서 나는 받아들였다. 마침 그곳에 와 있던 메레디스의 아버지도 우리의 계획을 듣고 찬성했다. 메레디스의 아버지는 아들이 나를 잘 따라서 오랫동안 술도 안 마시는 걸 보고 나와의 동업을 선뜻 승낙하신 것이다. 당신 아들이 나하고 같이 있으면서 나쁜 버릇을 완전히 끊기를 바랐다. 나는 메레디스의 아버지에게 필요한 물건의 목록을 주었고, 그는 그 목록을 상인에게 전했다. 물건을 주문했고, 그 물건들이 도착하기 전까지 비밀에 부치기로 했다. 그동안 나는 다른 인쇄소에서 일자리를 찾아보려고 했다. 하지만 어디에도 빈자리가 없었다. 며칠 동안 빈둥거렸다. 그즈음 키머는 뉴저지에서 지폐 인쇄 주문을 받을 예정이었는데 그 작업을 하려면 여러 가지 문양과 글자를 넣어야 했고 그걸 할 수 있는 사람은 나밖에 없었다. 혹시라도 브래드퍼드가 나를 고용한다면 일을 그에게 뺏길 수도 있었다. 사정이 그렇게 되자 키머는 내게 공손한 편지를 보내왔다. 오래된 친구들이 순간적으로 화가 나서 내뱉은 말 몇 마디 때문에 헤어져서는 안 된다며 자기 인쇄소로 다시 와주기를 바란다는 내용이었다. 메레디스는 내가 키머의 인쇄소에서 일하면 자기도 나에게 기술을 더 배울 수 있으니 그의 말대로 하라고 했다. 그래서 나는 키머의 인쇄소로 다시 갔고, 우리는 당분간은 이전보다 잘 지냈다. 키머는 결국 뉴저지 일감을 얻었다. 나는 그 작업을 위한 동판을 짰는데 그 나라에서는 처음 선보이는 거였다. 다음에는 지폐에 들어갈 몇 가지 문양과 표시를 새겼다. 우리는 함께 벌링턴으로 가서 모든 일을 만족스럽게 해냈다. 그 일 덕분에 키머는 큰돈을 벌 수 있었고 한동안은 빚을 지지 않고 인쇄소를 꾸려갈 수 있었다.

벌링턴에서 나는 그 지방의 여러 유력자들과 친분을 맺었다. 그 중 몇 명은 주의회가 임명한 위원들로, 인쇄소에 와서 법률이 정한 수량 이상으로 지폐가 인쇄되는지 감시하는 일을 했다. 그들은 교대로 인쇄소에 나오면서 대개는 친구 한두 명을 데리고 왔다. 나는 책을 많이 읽은 덕에 키머보다 사고 수준이 높았는데, 아마도 그런 이유로 그들이 내 얘기를 더 존중해주었던 것 같다. 그들은 나를 집으로 초대해서 친구들을 소개해주었고 최대한 예의를 갖춰 나를 대했다. 키머는 주인이면서도 조금은 무시당했다. 말이 나왔으니 말인데, 그는 별난 데가 있는 사람이었다. 세상 물정에 어두웠고 다들 좋다는 의견에는 무조건 반대했으며 항상 지저분했고 종교의 어떤 문제에는 광적으로 집착했을 뿐만 아니라 심술도 많았다.

벌링턴에서 석 달 가까이 지내는 동안 나는 앨런 판사, 주 장관인 새무얼 버스틸, 아이작 피어슨, 조지프 쿠퍼, 주의회 의원인 스미스 집안사람들, 측량감독관 아이작 디코와 사귀었다. 아이작 디코는 빈틈없고 예민한 노인이었다. 그는 어렸을 적에 벽돌 공장에서 진흙 나르는 일을 하다가 성년이 되어서야 글을 배웠으며 측량 기사들 밑에서 측쇄를 나르며 측량법을 배웠다고 내게 얘기했다. 부지런히 일하고 배운 덕에 지금은 큰 재산을 모았다면서 이런 말을 덧붙였다. "내가 보기에 자네는 머지않아 사장보다 더 성공해 필라델피아에서 큰 재산을 모을 것 같군." 내가 필라델피아에서든 다른 어디에서든 인쇄소를 차리려고 한다는 것을 노인은 전혀 모르고 있을 때였다. 그때 만난 친구들 모두 내가 그들에게 준 것 이상으로 내게 큰 도움을 주었다. 그들은 평생 나를 보살펴주었다.

이신론을 반박하는 책을 읽고 이신론에 관심을 갖다

이제부터 내가 사업을 시작한 얘기를 하려고 하는데, 그전에 당시의 내 마음 상태와 생활신조, 도덕관이 어떠했는지를 먼저 말해두는 게 좋겠다. 그때의 생각들이 이후의 내 삶에 얼마나 큰 영향을 미쳤는지를 알 수 있도록 말이다. 부모님은 내가 아주 어릴 적부터 종교적인 모습을 보여주셨고 나를 비국교도로 이끄셨다. 하지만 열다섯 살쯤 되었을 무렵, 이런저런 교리들이 의심스러워졌고 그것들을 논한 여러 책을 읽으면서는 종교 그 자체에 의심이 생기기 시작했다. 그러다가 이신론(理神論)을 반박하는 책 몇 권을 읽게 되었다. 보일의 강연 내용이 담긴 책들이었다. 그런데 나는 이신론을 반박하는 그 책들을 읽고 오히려 이신론에 관심이 생겼다. 반박하기 위해 실린 이신론자들의 주장이 내게는 반박 그 자체보다 훨씬 더 설득력 있어 보였다. 결국 난 철저한 이신론자가 되었다. 나의 논리 때문에 몇몇 사람들이 나쁜 길로 빠지기도 했는데, 특히 콜린스와 랠프가 그랬다. 이들은 나중에 내게 큰 잘못을 해놓고도 전혀 거리낌이 없었다. 그리고 또 한 사람의 자유사상가인 키드가 내게 한 행동과 내가 버논 씨나 리드 양에게 한 행동을 보면 이 교리가 비록 진실일지는 몰라도 그리 유용하지는 않다는 생각이 들기도 했다. 내가 버논 씨나 리드 양에게 한 짓 때문에 때때로 많이 괴로웠다. 내가 런던에서 쓴 소논문의 제사에는 드라이든[1631~1700 : 영국의 시인 · 극작가 · 비평가]의 시구가 적혀 있다.

존재하는 것은 뭐든 정당하다. 그러나 우둔한 인간은
사슬에서 자기와 가장 가까이 있는 고리만을 볼 뿐,
모든 것의 균형을 잡고 있는

저울에 인간의 눈은 미치지 않는다.

그리고 신의 무한한 지혜와 자비, 권능에서 볼 때 이 세상 어떤 것도 나쁠 수 없으며 선과 악은 공허한 구분일 뿐이고 그러한 것들은 존재하지 않는다는 결론을 내렸다. 당시에는 썩 잘 쓴 논문이라고 생각했는데 나중에 보니 그런 것 같지도 않았다. 형이상학적인 추론들이 흔히 그렇듯 내 논리에도 내가 인식하지 못한 어떤 오류가 숨어 있어서 뒤의 내용들 모두를 망쳐놓은 것은 아닌지 의심이 들기도 했다.

행복한 삶에서 가장 중요한 것은 진실, 성실, 완전함으로 맺어진 인간관계라는 믿음이 시간이 갈수록 강해졌다. 그래서 그에 필요한 결심을 적어놓고는 평생 실천하며 살기로 마음먹었다. 그때 적은 글이 지금도 일기에 남아 있다. 성경 그 자체는 내게 별로 중요하지 않았다. 어떤 행동을 성경에서 금한다고 해서 그것이 악한 행동이 아니며 성경에서 명한다고 해서 선한 행동이 아니라는 생각이 들었다. 어떤 행동을 금하는 것은 그 행동의 본질과 주변 환경을 고려해 보았을 때 우리에게 해롭기 때문이며 어떤 행동을 명하는 것은 우리에게 유익하기 때문이다. 하나님의 은총이나 수호천사 때문이었는지, 우연히 상황과 형편이 좋아서였는지 아니면 이 모든 것이 합해진 덕분이었는지 모르겠지만 아무튼 이런 신념 덕분에 나는 위험할 수도 있는 젊은 시절을 무사히 지났다. 종교를 갖지 않았는데도 고의로 부도덕하거나 부정한 행동을 하지 않았고 아버지와 멀리 떨어져 살아 보호와 조언을 받지 못한 채 낯선 사람들과 섞여 살았는데도 위험한 상황에 말려들지 않았다. 여기서 '고의로'라고 말하는 이유는 앞서 얘기한 잘못들이 내가 어리고 미숙했던 탓이었거나 다른 이들의 속임수에 넘어가서 나도 모르게 저지른 것이었기 때문이다. 그렇게 해서 나는 괜찮은 품성을 가지고 세상을 다시 살아갈 수 있었다. 나는 이 품성을 귀하게 여겼고 잘 간직하리라 다짐했다.

재능 있는 지인들과 함께 전토 클럽을 설립하다

필라델피아에 돌아오고 얼마 안 있어 런던에서 새 활자가 도착했다. 우리는 키머에게 그만두겠다고 얘기하고는, 키머가 소문을 듣기 전에 그의 동의를 얻고 인쇄소를 나왔다. 시장 근처에 세들어 살 집도 정했다. 처음 들어갈 때는 1년에 24파운드였던 집세가 나중에는 70파운드까지 올랐다. 집세를 줄여볼 요량으로 유리장이인 토머스 고드프리 가족을 들여 집세의 상당 부분을 부담하게 했다. 그들은 우리의 식사도 준비해주었다. 활자들을 간신히 다 꺼내놓고 인쇄기를 막 설치하려고 하는데 조지 하우스라는 친구가 길에서 인쇄소를 찾고 있더라며 시골 사람 하나를 데려왔다. 자질구레한 물건들을 사느라 돈을 전부 써버렸기 때문에 그 시골 사람은 우리에게 반가운 단비 같았다. 그에게서 받은 5실링은 우리의 첫 수입이 되었고 그 이후에 받은 어떤 돈보다도 큰 기쁨을 주었다. 그날 우리를 도와준 조지 하우스에 대한 고마움 때문에 그 후부터는 젊은 나이에 처음 시작하는 사람들을 보면 언제든 기꺼이 도와주었다.

어느 곳에나 비관론자들은 있게 마련이고 그들은 늘 파멸을 이야기한다. 필라델피아에도 그런 사람이 하나 있었다. 새무얼 믹클이라는 노인이었는데 지혜로워 보였고 말투도 점잖았다. 어느 날 이 노인이 한번 만난 적도 없는 나를 찾아와서 최근에 인쇄소를 개업한 젊은이가 맞느냐고 물었다. 내가 그렇다고 대답하자 노인은 인쇄업이라는 것이 돈이 많이 들어가는 일인데 그 돈을 다 잃게 생겼으니 참 딱하게 되었다며 혀를 찼다. 필라델피아는 기울어가는 도시라 반은 이미 파산을 했고 나머지도 파산 직전이라고 했다. 겉으로 보면 건물들이 새로 생기고 집세도 오르는 것 같지만 알고 보면 모두 가짜라는 것이다. 바로 그런 것들이 사람들을 파멸시킬 거라고 했다. 그러면서 현재 일어나고 있거나 곧 일어날 재앙을 어찌나 상세하게 설명하던지 그 얘길 듣고 있노라니 우울증에 빠질 지경이었다. 인쇄소를 열기 전에 그 노인을 알았더라면 아마 절대로 일을 벌이지 못했을 것이다. 노인은 그 뒤로도 계속 그 망해가는 도시에 살면서 내게 했던 얘기를 떠들고 다녔고 모두 다 파멸할 거라며 오랫동안 집도 사지 않았다. 그러더니 결국 그렇게 떠들고 다닐 때보다 다섯 배나 더 비싼 값을 주고 집을 사는 것을 보고는 얼마나 통쾌했는지 모른다.

앞에서 미처 못한 얘기를 해야겠다. 그 전해 가을에 나는 재능 있는 지인들을 모아 서로의 발전을 도모하기 위한 클럽을 만들었다. 클럽 이름은 비밀결사를 의미하는 '전토(JUNTO)'로 정했다. 우리는 매주 금요일 저녁에 만났다. 내가 작성한 규칙에 따라 모든 회원은 자기 차례가 되면 도덕, 정치, 자연과학에 관해 한두 가지 논제를 제시해야 했다. 그러면 모두 모여 그 논제를 놓고 토론을 벌였다. 또 석 달에 한 번은 어떤 주제로든 에세이 한 편을 직접 써서 발표하기로 했다. 토론은 회장의 주도 하에 이루어졌으며, 단순히 논쟁을 위한 논쟁을 벌이거나 상대를 이기는 것을 목표로 하지 말고 순수하게 진실을 추구한다는 마음으로 토론에 임하기로 했다. 토론이 필요 이상으로 과열되는 것을 막기 위해 자기 의견만을 독단적으로 내세우거나 상대의 의견을 직접적으로 반박하는 행위는 금했고 이를 어길 때에는 약간의 벌금을 내기로 했다.

클럽의 초창기 회원은 이런 사람들이었다. 공증인 밑에서 필경사로 일했던 조지프 브린트널은 서글서글하고 사교성이 좋은 중년 남자였다. 시를 무척 좋아했으며 무슨 책이든 눈에 보이는 대로 읽었고 꽤 괜찮은 글도 몇 편 썼다. 작은 장신구를 만드는 재주가 뛰어났고 말을 재치 있게 잘했다.

토머스 고드프리는 독학으로 수학자가 된 사람이었고 그 방면에서는 대가로 통했으며 훗날 '해들리의 사분의(四分儀)'라는 것을 발명했다. 수학 외에는 아는 것이 별로 없었고 상대하기에 기분 좋은 사람은 아니었다. 내가 알던 대부분의 위대한 수학자들처럼 그 역시 보편적이고 정확한 것만 얘기해야 한다고 생각했다. 그래서 사사건건 부정하거나 세세한 일까지 따지고 들어서 토론 전체를 망쳐버리곤 했다. 그는 얼마 안 가 클럽을 탈퇴했다.

측량사였던 니콜라스 스컬은 훗날 측량 감독관이 된 사람인데 책을 좋아했고 이따금씩 시를 쓰기도 했다.

구두 수선공 윌리엄 파슨스는 책 읽기를 좋아했고 수학에도 능력이 뛰어났다. 처음에는 점성술을 공부하기 위해 수학을 배웠지만

사람들과 어울리는 프랭클린

전토 클럽 회원들과 함께 있는 프랭클린(오른쪽)을 표현한 1848년의 판화.

나중에는 점성술을 비웃었다. 그 역시 훗날 측량 감독관이 되었다.

가구장이 윌리엄 모그리지는 그 분야에서 최고의 기술자였으며 성실하고 현명한 사람이었다.

휴 메레디스, 스티븐 포츠, 조지 웹도 우리 클럽 회원이었는데 이들에 대해서는 앞서 설명한 바가 있다.

상당한 재력을 지닌 젊은 신사 로버트 그레이스는 너그럽고 활기차고 재치 있는 사람이었다. 말장난과 친구들을 좋아했다.

그리고 상점 점원인 윌리엄 콜먼은 내 나이 또래였는데, 그는 내가 본 어떤 사람보다도 냉철하고 명석한 두뇌와 온화한 품성, 빈틈없는 몸가짐을 갖춘 사람이었다. 나중에 그는 큰 영향력을 지닌 상인이자 우리 주의 판사가 되었다. 그가 죽는 날까지 40년이라는 세월 동안 우리 두 사람의 우정은 오래도록 지속되었다. 클럽도 그만큼 오래 지속되면서 철학과 도덕과 정치에 관한 한 그 지역 최고의 토론장이 되었다. 모임 일주일 전에 논제가 발표되면, 각자 그 논제와 관련된 책들을 집중적으로 읽었기 때문에 주제에 맞는 토론을 할 수 있었다. 그런 과정을 거치면서 우리의 대화 태도도 점점 다듬어졌다. 모든 토론과 공부는 서로에게 불쾌감을 주는 태도를 금한다는 규칙에 따라 이루어졌다. 바로 이런 이유 때문에 우리 클럽이 장수할 수 있었는데, 여기에 대해서는 앞으로도 자주 이야기하게 될 것이다.

내가 여기에서 클럽 이야기를 하는 이유는 그 클럽으로부터 많은 도움을 받았기 때문이다. 회원들 모두 내게 일거리를 가져다주기 위해 애를 많이 써주었다. 특히 브린트널은 퀘이커 교도들의 역사서 중 40장 분량을 내가 맡을 수 있도록 주선해주었다. 나머지는 키머 인쇄소에서 맡았다. 가격이 낮았기 때문에 우리로서는 아주 힘든 작업이었다. 역사서는 2절지판이었고 활자 크기는 12포인트, 주석의 활자 크기는 10포인트였다.

내가 하루에 한 장씩 활자를 짜면 메레디스가 그것을 인쇄했다. 다음 날 할 작업을 위해 활자를 모두 해체하고 나면 대개 밤 11시쯤 되었다. 친구들이 가져다주는 자질구레한 일들까지 해야 하는 날이면 그보다 더 늦기도 했다. 하지만 무슨 일이 있어도 하루에 한 장씩은 조판하기로 마음먹었다. 어느 날 밤에는 조판을 다 완성하고 나서 하루 일을 마쳤다고 생각하고 있는데 갑자기 판 하나가 부러지면서 두 장이 뒤섞여버리는 일도 있었다. 나는 얼른 두 개의 판을 풀고 다시 짜 맞춘 다음에야 잠자리에 들었다. 이렇게 열심히 일하는 모습을 보면서 마을 사람들은 차츰 우리를 믿고 인정하기 시작했다. 나중에 들은 소리인데, 매일 저녁 상인들이 모이는 클럽에서 새 인쇄소가 생긴다는 얘기가 나오자 다들 이미 키머와 브래드퍼드의 인쇄소가 있기 때문에 분명 망할 거라고 했다고 한다. 그런데 베어드 박사(언젠가 그분의 고향인 스코틀랜드의 세인트앤드루스에서 함께 만난 적이 있는데 기억할지 모르겠다)가 다른 의견을 말했다. "나는 프랭클린처럼 부지런히 일하는 사람을 본 적이 없습니다. 내가 클럽에서 집으로 돌아갈 때에도 그는 일을 하고 있고 사람들이 일어나기 전에 벌써 일을 시작합니다."

클럽 사람들 모두 그의 얘기에 고개를 끄덕였고, 그중 한 사람은 나중에 우리 인쇄소를 찾아와 문방구를 대겠다고도 했다. 하지만 그때는 소매업까지 손을 댈 수가 없었다.

내가 부지런히 일했다는 얘기를 이렇게 몇 번이고 강조해서 하는 이유는 내 자랑을 하고 싶어서가 아니라 후손들이 내 글을 읽고 근면이 얼마나 유익한 미덕인지를 깨닫길 바라기 때문이다.

설립한 인쇄소에서의 첫 신문 발행

그사이에 여자 친구를 사귄 조지 웹은 여자 친구에게 빌린 돈으로 키머와 남은 계약 기간을 해지하고 우리에게 와서 직공으로 일하겠다고 했다. 그때 우리는 사람을 쓸 형편이 못 되었다. 그런데 나는 조지 웹을 그냥 보내지 못하고 어리석게도 내가 곧 신문을 발행할 거라는 비밀을 말해주면서 그렇게 되면 그를 쓰겠다는 말을 해버렸다. 신문을 내면 보나마나 성공할 거라고 큰소리도 쳤는데, 거기에는 이유가 있었다. 당시 그 지방에는 브래드퍼드가 발행하는 신문밖에 없었는데 수준이 형편없고 관리도 엉망이며 재미도 없었다. 그런데도 이익을 내고 있었다. 그러니 괜찮은 신문이 나오기만 하면 실패할 리가 없다고 생각했다. 이 얘기를 조지 웹에게 하면서 아무한테도 말하지 말라고 당부했다. 하지만 웹은 키머에게 가서 비밀을 말했다. 키머는 선수를 쳐서 재빨리 신문 발행 계획을 발표하고 조지 웹을 고용했다. 그걸 보고 있자니 부아가 치밀었다. 그들에게 복수할 방법을 궁리하다가 내 신문이 아직 나오기 전이므로 대신 브래드퍼드의 신문에 '주제넘은 자'라는 제목으로 재미있는 글 몇 편을 실었다. 그리고 브린트널이 이어서 몇 달 동안 썼다. 이 글 덕에 사람들의 이목은 브래드퍼드의 신문에 쏠렸고, 우리가 비웃고 조롱한 키머의 신문 발행 계획에는 아무도 관심을 두지 않았다. 어쨌든 키머는 신문을 발행했지만 아홉 달이 지나서도 구독자 수는 90명을 넘지 못했다. 결국 키머는 신문사를 내게 헐값으로 넘기겠다고 제안했다. 나는 진즉부터 인수할 준비를 하고 있던 터라 즉석에서 그의 제안을 받아들였다. 그리고 2~3년 만에 큰 수익을 내는 신문으로 키웠다.

메레디스와 동업을 했으면서도 계속 '나'라는 주어를 쓰는 데는 이유가 있다. 사실상 모든 일을 나 혼자 떠맡았기 때문이다. 메레디스는 식자는 전혀 하지 못했고 인쇄 솜씨도 별로였다. 그런데다가 취해 있는 날이 그렇지 않은 날보다 더 많았다. 친구들은 내가 메레디스와 같이 일하는 걸 안타까워했지만 나는 최선을 다하려고 했다.

우리의 첫 신문은 이전의 그 어떤 신문들과도 확연히 달랐다. 활자체도 좋았고 인쇄 상태도 깨끗했다. 나는 당시 버넷 지사와 매사추세츠 의회 간에 벌어지던 논쟁에 관한 글을 써서 신문에 실었는데, 그 용기 있는 발언이 지역 인사들 사이에서 큰 화젯거리가 되면서 우리 신문과 발행인이 유명세를 탔고 몇 주 만에 그들 모두 구독자가 되었다.

지역 인사들을 따라 일반 시민들도 우리 신문을 보면서 구독자 수는 계속 늘어났다. 글 쓰는 노력을 꾸준히 해온 덕을 비로소 본 셈이었다. 그뿐만이 아니었다. 지도층 인사들은 글을 쓸 줄 아는 내가 펴내는 신문을 보고는 나를 도와주고 후원해주는 편이 낫다고 생각했다. 그때도 브래드퍼드는 투표용지나 법률 문서 인쇄 등 정부 관련 일을 하고 있었다. 한 번은 주의회가 지사에게 보내는 청원서 인쇄를 맡아놓고 완전히 엉망으로 일을 했다. 우리는 그 청원서를 보기 좋고 정확하게 다시 인쇄해 의원 모두에게 보냈다. 의원들은 한눈에 차이를 확인했다. 여기에 의회에 있는 친구들도 적극 나서준 덕분에 그 다음 해부터는 우리 인쇄소가 주의회 일을 맡았다.

주의회 친구들 중 앞에서도 얘기했던 해밀턴 씨를 잊을 수가 없다. 그는 영국에서 돌아와 주의회 의원으로 일하고 있었다. 해밀턴 씨는 내가 의회 일을 맡도록 적극 힘을 써주었고 그 뒤로도 여러 번 나를 도와주었다. 그는 세상을 떠날 때까지 그렇게 나를 지원해주었다.

이즈음 버논 씨가 내게 빚 얘기를 넌지시 비쳤지만 독촉은 하지 않았다. 나는 잊지 않고 있으며 조금만 더 참아달라고 솔직하게 부탁하는 편지를 보냈다. 버논 씨는 내 말대로 해주었고 나는 형편이 풀리자 곧 원금에 이자를 더해서 빚을 갚고는 몇 번이나 감사 인사를 전했다. 그렇게 해서 내가 저지른 잘못 하나를 바로잡았다.

그러던 중 전혀 생각지도 못한 문제가 생겼다. 인쇄소를 차릴 때 자금을 대주기로 했던 메레디스의 아버지는 총 비용 200파운드 중 절반인 100파운드만 현찰로 지불했고 나머지는 아직 지불하지 못하고 있었다. 그러자 더는 참지 못한 상인이 우리 모두를 고소했다. 일단은 보석금을 내고 풀려나긴 했지만 기한 내에 돈을 마련하지 못하면 소송이 진행되고 곧이어 판결이 나고 집행이 될 상황이었다. 그렇게 되면 인쇄기와 활자가 강제 매매되어 아마도 원래 가격의 반밖에 건지지 못할 테니 우리의 희망도 영원히 사라져버리는 것이었다.

이 일로 실의에 빠져 있을 때 친구 두 명이 나를 찾아왔다. 나는 이 친구들의 친절을 지금껏 한순간도 잊어본 적이 없고 살아 있는 동안 앞으로도 절대 잊지 못할 것이다. 그들은 상대 모르게 따로따로 나를 찾아와서는 내가 부탁도 안 했는데 나 혼자 인쇄소를 인수하는 데 필요한 돈을 전부 빌려주겠다고 했다. 하지만 그들은 내가 메레디스와 동업하는 걸 못마땅해했다. 메레디스가 술에 취해 돌아다니거나 술집에서 도박하는 걸 여러 번 봤다면서 그 때문에 인쇄소의 신용이 많이 떨어졌다고 했다. 이 두 친구는 바로 윌리엄 콜먼과 로버트 그레이스였다. 나는 메레디스 부자가 우리의 계약을 지키려고 하는 한 내가 먼저 결별을 통보할 수는 없다고 했다. 그들이 내게 해준 일에 깊이 감사하고 있었으며, 그들은 할 수만 있다면 내게 더 큰 도움을 주었을 거라고 생각했기 때문이다. 대신 그들이 도저히 계약을 이행하지 못해서 동업 관계를 끝내야 하는 상황이 된다면 그때 친구들의 도움을 받는 것을 생각해보기로 했다.

아무것도 결정하지 못한 채 며칠을 보내다가 결국 메레디스에게 말했다. "혹시 아버님께서 우리가 동업하는 게 마땅치 않아서 당신 아들이 혼자 하는 일 같으면 자금을 대줄 수 있는 걸 해주시지 않는 건 아닐까요? 그런 거라면 얘기해주세요. 이 인쇄소를 모두 당신에게 넘기고 난 다른 일을 찾아볼게요." 메레디스가 대답했다. "그런 게 아니야. 아버지는 이번 일로 크게 낙담하고 계셔. 정말로 우리를 도와줄 힘이 없는 거야. 나도 더 이상은 아버지를 괴롭히고 싶지 않아. 인쇄소 일은 내게 안 맞는 것 같아. 애초에 농사짓던 사람이 나이 서른에 다른 기술을 배워보겠다고 도시로 온 게 어리석은 짓이었어. 우리 웨일스 사람들이 땅값이 싼 노스캐롤라이나에 많이들 가서 정착하고 있어. 나도 거기 가서 원래 하던 일을 하면서 살고 싶어. 자네는 도움을 줄 만한 친구들을 찾을 수 있을 거야. 자네가 인쇄소 부채를 떠맡고 아버지가 대준 100파운드를 돌려주고 내 자질구레한 빚을 갚아주고 내게 30파운드와 새 말안장을 마련해주면 동업 관계는 없던 걸로 하고 모든 권리를 자네에게 넘기겠네." 나는 그의 조건을 받아들이기로 했다. 지체하지 않고 서류를 작성해서 서명하고 봉인했다. 나는 메레디스의 요구대로 다 해주었고, 메레디스는 곧 노스캐롤라이나로 떠났다. 다음 해에 메레디스는 아주 긴 편지 두 통을 보내왔다. 편지에는 노스캐롤라이나의 기후, 토양, 농업 등이 아주 생생하게 묘사되어 있었다. 메레디스는 그런 쪽으로 모르는 게 없었다. 나는 그의 편지를 신문에 실었고 독자들로부터 좋은 반응을 얻었다.

메레디스가 떠나자마자 나는 두 친구를 찾아갔다. 두 사람 중 누구의 기분도 상하게 하고 싶지 않아서 둘 다에게서 그들이 제시한 액수의 반씩 빌렸다. 그 돈으로 인쇄소의 부채를 갚았다. 그리고 동업 관계가 끝났음을 정식으로 알린 뒤에 나 혼자 인쇄소를 계속 꾸려나갔다. 이때가 1729년 즈음이었을 것이다.

이 무렵 펜실베이니아 주에서는 지폐를 더 발행하라는 요구가 높아졌다. 당시 겨우 1만 5천 파운드의 지폐만 회전되고 있었는데 그나마도 더 줄어들 상황이었다. 부자들은 지폐를 더 찍는 것을 반대했다. 뉴잉글랜드의 선례에서 보았듯 지폐를 더 발행하면 가치가 하락해 모든 채권자들이 손해를 본다는 이유에서였다. 전토 클럽에서도 이 문제를 토론했는데 나는 지폐를 더 찍어야 한다는 쪽이었다. 1723년 소액 화폐가 처음 발행되었을 때 교역과 고용이 증대되고 지역 주민이 늘어났다. 이제 빈집들이 사라지고 새 건물이 계속 들어서고 있었다. 처음 필라델피아에 도착해 빵을 먹으면서 거리를 다닐 때만 해도 1번가와 2번가 사이의 월넛 가 집들에는 거의 다

'세입자 구함'이라고 적힌 종이가 붙어 있었다. 체스트넛 가나 다른 거리들도 마찬가지여서 도시의 주민들이 하나둘씩 그곳을 버리고 떠나는 게 아닌가 하는 생각이 들 정도였다.

한동안 나는 이 문제에 완전히 몰두해 '지폐의 성격과 필요성'이라는 제목의 소논문을 써서 익명으로 신문에 실었다. 일반 시민들은 내 글에 적극 호응했다. 하지만 부자들은 그렇지 않았다. 내 글이 지폐를 더 발행해야 한다는 주장을 확산하는 역할을 하는데도 그들 중에는 대응하는 글을 쓸 만한 사람이 없어서 반대 주장이 힘을 잃었기 때문이다. 결국 그 안건은 의회에서 다수결로 통과되었다. 이 과정에서 내 역할을 인정한 주의회의 친구들은 지폐 찍는 일을 내게 맡겨서 보답하려고 했다. 이윤이 꽤 많이 남는 일이어서 큰 도움이 되었다. 또 한번 글을 쓸 줄 아는 덕을 본 셈이었다.

시간이 지나 지폐의 유용성을 분명하게 체험하면서 논쟁은 사라졌다. 얼마 안 가 지폐의 양이 5만 5천 파운드로 늘었고 1739년에는 8만 파운드가 되었다. 그 뒤 전쟁을 지나면서 35만 파운드 이상으로 늘었고 동시에 교역과 빌딩과 인구도 늘어났다. 하지만 지금은 지폐의 양이 어느 한계점을 넘어서면 오히려 해를 미친다고 생각한다.

빚을 갚아가며 조금씩 번창하는 인쇄소 사업

그로부터 얼마 지나지 않아 친구 해밀턴 씨의 도움으로 뉴캐슬의 지폐를 인쇄하는 일을 맡았다. 이 일 역시 그때의 내게는 고맙기만 했다. 곤궁한 형편에 있는 사람에게는 작은 일도 대단하게 보이는 법이다. 그리고 무엇보다 내게 큰 용기를 주니 다시없이 고마운 일이었다. 해밀턴 씨는 정부의 법률 문서나 투표용지의 인쇄 일도 주선해주었고, 내가 인쇄소를 하는 동안 계속 일을 맡겨주었다.

나는 작은 문구점도 하나 열었다. 가게 안에 모든 종류의 서식 용지를 갖추어놓았는데, 브린트널 덕분에 그 일대에서 가장 정확했다. 그리고 종이와 양피지, 행상용 책 등도 구비해놓았다. 그때 예전 런던에서 알고 지내던 화이트매시라는 솜씨 좋은 식자공이 찾아와서 함께 일하게 되었다. 그는 늘 한결같고 부지런했다. 그 외에도 아킬라 로즈의 아들을 견습공으로 데리고 있었다.

인쇄소를 차릴 때 진 빚을 그 무렵부터 조금씩 갚기 시작했다. 상인으로서의 신용과 평판을 잃지 않기 위해 실제로도 부지런하고 검소하게 생활했을 뿐만 아니라 그렇게 보이는 데도 신경을 썼다. 옷을 수수하게 입었고, 한가하게 노는 곳에는 얼씬도 하지 않았다. 낚시나 사냥도 하지 않았다. 책에 빠져서 일을 잠시 미뤄두는 때도 있긴 했지만 아주 드문 일이었던 데다가 사람들 눈에 띄지 않게 조심했기 때문에 구설수에 오르지는 않았다. 그리고 인쇄소 일을 언제나 열심히 한다는 것을 보여주기 위해 가게에서 산 종이 뭉치를 수레에 싣고 집에 오기도 했다. 그렇게 해서 부지런하고 장래성이 있는 젊은이라는 평판을 얻었고 물건 값을 반드시 제때에 지불했기 때문에 문방구를 수입하는 상인들은 서로 내게 물건을 대주려고 했다. 책을 대주겠다고 하는 상인들도 있었다. 모든 일이 순조롭게 풀렸다. 반면 키머의 신용과 사업은 나날이 추락했고 결국은 빚 때문에 인쇄소를 팔아야 하는 처지가 되었다. 그는 바바도스 섬으로 가서 처음 몇 년 동안 아주 궁핍하게 살았다.

내가 키머 인쇄소에서 일할 때 기술을 가르쳐줬던 견습공 데이비드 해리가 키머의 인쇄 장비를 사들여서 필라델피아에 인쇄소를 차렸다. 해리에게는 능력이 뛰어난 친구들이 있었고 연줄도 꽤 있었기 때문에 나는 그가 강력한 경쟁 상대가 될 거라고 생각했다. 그래서 동업을 제의해보았더니 그는 코웃음을 치며 거절했다. 나중에 보니 오히려 내게는 잘된 일이었다. 해리는 굉장히 거만했고 옷을 번지르르하게 입고 다녔으며 사치스러웠다. 게다가 툭하면 밖으로 놀러 다니다 보니 일은 늘 뒷전이었고 빚만 늘어갔다. 얼마 가지 않아 주문이 끊겨 할 일이 없어지자 그는 키머가 있는 바바도스 섬으로 가서 인쇄소를 차리고 키머를 고용했다. 견습공 출신이 옛 주인을 직공으로 고용한 것이다. 이 둘은 걸핏하면 싸움질을 했다. 해리는 그곳에서도 빚에 시달렸고 결국은 활자를 다 팔고 펜실베이니아로 돌아와 농사를 지었다. 키머는 해리의 활자를 인수한 사람 밑으로 다시 들어갔지만 몇 년 뒤에 세상을 떠났다.

이렇게 되니 필라델피아에서 내 경쟁 상대는 브래드퍼드 노인밖에 없었다. 돈 많고 느긋한 브래드퍼드는 이제 드문드문 인쇄 일을 할 뿐 사업에 별로 신경 쓰지 않았다. 하지만 그는 우편국을 하고 있었기 때문에 새로운 소식을 접할 기회가 많을 거라고 사람들은 생각했다. 뿐만 아니라 그의 신문에 광고를 내는 것이 효과가 더 좋을 거라고 다들 생각해서 내 신문보다 그의 신문에 광고가 훨씬 많았다. 그에게는 유리하고 내게는 불리한 상황이었다. 사실은 나도 우편국을 통해 신문을 받고 보냈지만 사람들의 생각은 그렇지 않았다. 어쩔 수 없이 나는 배달원에게 뇌물을 주고 내 신문을 배달하게 했다. 그러나 브래드퍼드 노인은 고약하게도 그마저 못하게 했다. 이 일로 나는 마음이 상했고 브래드퍼드 노인이 너무 비열하다고 여겼다. 그래서 훗날 그 노인의 입장이 되었을 때는 그렇게 하지 않았다.

지참금 문제로 결혼이 무산된 후 새로운 동반자를 만나다

그때까지도 나는 고드프리와 한집에 살았다. 그는 아내와 자식들을 데리고 내 집 한 켠에 살면서 가게 한쪽에서 유리장이 일을 했다. 그런데 일은 거의 하지 않고 늘 수학에만 빠져 있었다. 고드프리 부인은 친척의 딸을 나와 맺어주려고 둘이 만나는 자리를 자주 마련했다. 나는 여자가 아주 마음에 들어서 어느 정도 만나다가 정식으로 청혼을 했다. 그녀의 부모는 기회가 있을 때마다 나를 저녁 식사에 초대해서 우리 둘만 있을 수 있게 자리를 비켜주었고 우리는 늦은 시간까지 얘기를 나누었다. 드디어 결혼이 결정되었다. 고드프리 부인이 양쪽 집을 오가며 필요한 심부름을 해주었다. 나는 여자 쪽에서 인쇄소의 남은 빚을 갚을 만큼 지참금을 가져왔으면 좋겠다고 고드프리 부인을 통해 전했다. 100파운드가 넘지 않았던 걸로 기억한다. 부인은 여자 집에 그만한 여유가 없다는 말을 내게 전했다. 나는 집을 저당잡히면 될 거라고 했다. 며칠 뒤에 여자 쪽에서 결혼을 승낙할 수 없다고 통보를 해왔다. 브래드퍼드에게 물어봤더니, 인쇄업이 벌이가 시원찮은 일이라는 소리를 들었다고 했다는 것이다. 활자가 금방 낡아서 새것을 계속 사야 하며, 그래서 키머와 해리가 차례로 망했고 나도 분명 머지않아 그렇게 될 거라고 했다고 한다. 그러면서 이제 자기 집에 오지도 말고 다시는 딸도 만나지 말라고 했다.

그들이 정말 마음이 변해서 그런 것인지 아니면 자기 딸과 내가 정이 많이 들어 헤어지지 못할 테니 둘이서 몰래 결혼하면 아예 지참금을 주지 않거나 원하는 대로 깎을 수 있을 거라고 생각해서 그런 건지 알 수가 없었다. 아무래도 후자일 것 같았다. 너무 화가 나서 다시는 그 집에 발걸음을 하지 않았다. 나중에 고드프리 부인은 그들이 알고 보면 좋은 사람들이라며 다시 나를 그들과 연결하려 했다. 하지만 나는 그쪽 집안사람들과 다시는 상종하지 않겠다고 딱 잘라 말했다. 이 일로 고드프리 부부는 나를 원망했다. 자연히 서로 사이가 불편해졌고 결국 그들은 이사를 나갔다. 집에 혼자 덩그러니 남았지만 더 이상은 세를 놓지 않기로 했다.

이 일로 결혼에 대한 생각이 바뀌었다. 주변도 둘러보았고 다른 곳에 사는 지인들에게 부탁도 해보았다. 하지만 대부분의 사람들이 인쇄업을 가난한 직업으로 생각하고 있기 때문에 신부에게 지참금을 바랄 수는 없다는 것을 깨달았다. 간혹 지참금을 가져오겠다는 여자가 있어도 내 마음에 들지 않았다. 그러는 동안 젊은 남자로서 육체적 욕구를 억제하기 힘들 때면 아무 여자나 사서 관계를 가졌는데 돈은 그렇다 쳐도 굉장히 꺼림칙했다. 다른 무엇보다 병에 걸릴까 봐 걱정이 많이 되었지만 정말 운이 좋게도 그런 일은 없었다.

나는 리드 씨 가족과 이웃이자 오랜 친구로 지내면서 여전히 가깝게 지내고 있었다. 내가 그 집에 처음 하숙하던 때부터 그들 가족은 내게 살갑게 대해주었다. 나는 종종 리드 씨 집에 놀러가서 이런저런 일에 의논 상대도 되어주고 가끔씩은 도움도 주었다. 그 집에 드나들면서 리드 양을 볼 때마다 안됐다는 생각이 들었다. 그녀는 늘 기운 없고 어두운 표정으로 집에만 틀어박혀 있었다. 리드 양이 그렇게 불행하게 된 것이 런던에서 경솔하고 변덕스럽게 굴었던 내 탓인 것만 같았다. 하지만 리드 양의 어머니는 내가 런던으로 가기 전에 우리 둘의 결혼을 반대했고 내가 없는 동안 딸을 다른 남자와 결혼시키려고 한 자기 책임이라고 생각했다. 서로에 대한 예전의 좋은 감정이 되살아났다. 그렇지만 우리가 다시 맺어지는 데는 큰 장애물이 있었다. 리드 양과 결혼했던 남자의 본처가 영국에 살고 있다고 하니 그 결혼은 무효로 볼 수 있겠지만 거리 때문에 사실 여부를 확인하기가 쉽지 않았다. 남자가 죽었다는 얘기도 있었지만 확실한 건 아니었다. 설령 사실이라 해도 만일 그 남자가 많은 빚을 남기고 죽었다면 뒤에 리드와 결혼하는 사람이 그 빚을 갚아야 했다. 이 모든 문제를 무릅쓰고 우리는 모험을 했다. 1730년 9월 1일 나는 리드 양을 아내로 맞았다. 걱정했던 일은 일어나지 않았다. 리드 양은 훌륭하고 믿음직한 동반자였으며 인쇄소에 나와서 일도 많이 도와주었다. 우리는 함께 성장해나갔고 서로를 행복하게 해주려고 노력했다. 이렇게 해서 내가 저지른 또 하나의 잘못을 바로잡았다.

모두에게 유익한 회원제 도서관 설립

이 무렵 우리 클럽은 선술집 대신 그레이스 씨 집의 작은 방에서 모임을 가졌다. 그레이스 씨는 우리 모임을 위해 그 방을 내주었다. 어느 날 나는 한 가지 제안을 했다. 토론 주제를 공부하면서 서로 책을 빌려보는 경우가 많으니 모임 장소에 책들을 다 가져다놓고 필요할 때마다 찾아보면 편리할 거라는 내용이었다. 그런 식으로 공동 서재를 만들어 책을 모아놓으면 다른 사람들의 책을 언제든 볼 수 있어 그 책들을 전부 소유하는 것이나 마찬가지니 서로에게 이익이었다. 다들 내 제안에 찬성했고 우리는 방 한쪽 구석에 내놓을 수 있는 책들은 거의 다 가져다두었다. 책이 기대했던 만큼 많지는 않았어도 이 공동 서재는 아주 유용했다. 하지만 관리가 제대로 되지 않아 자꾸 문제가 생기는 바람에 1년쯤 뒤에는 각자의 책들을 도로 집으로 가져가야 했다.

이 일을 계기로 나는 회원제 대출 도서관이라는 공적 성격의 일에 처음으로 발을 내딛었다. 내가 계획안을 작성했고 유능한 공증인 찰스 브록덴이 형식에 맞게 다듬어주었다. 전토 클럽 친구들의 도움으로 50명의 회원을 확보했다. 도서관 회원은 가입비 명목으로 처음에 40실링을 내고 다음 해부터는 50년 동안 1년에 10실링씩 내야 했다. 도서관이 50년 정도는 갈 거라고 생각했다. 도서관은 이후에 법인이 되었고 회원도 100명으로 늘어났다. 또한 우리 도서관은 오늘날 북미에서 흔히 볼 수 있는 회원제 도서관의 모태가 되기도 했다. 도서관 규모는 나날이 커졌고 다른 도서관들도 계속 생겨났다. 이 도서관들의 영향으로 국민의 대화 수준이 전반적으로 높아졌고 평범한 상인과 농부들도 다른 나라의 지식인들 못지않은 교양을 갖추었다. 여러 식민지 주민들이 자신의 권리를 지키기 위해 일어선 데도 이 도서관들이 어느 정도는 역할을 했을 것이다.

• 메모 : 여기까지는 처음에 밝힌 의도에 따라 쓴 부분이기 때문에 다른 이들에게는 별로 중요하지 않은 자질구레한 가족 이야기가 실려 있다. 하지만 이후의 글은 여러 해 뒤에 쓴 것으로 아래 소개한 편지들의 요청을 받아들여 일반 독자를 염두에 두고 쓴 것이다. 중간에 공백이 생긴 것은 독립전쟁이 발발했기 때문이다.

에이블 제임스 씨의 편지

다음은 내가 파리에 있을 때 받은 에이블 제임스 씨의 편지다. 내 자서전 원고 일부와 비망록이 동봉되어 있었다.

친애하는 내 친구에게

당신에게 편지를 써야 한다고 몇 번이나 마음을 먹었지만 선뜻 그렇게 하기가 어려웠습니다. 만에 하나라도 편지가 영국인의 손에 들어가 인쇄업자나 남의 일에 참견하기 좋아하는 사람들이 편지 내용의 일부를 흘려서 당신에게 피해를 주고 그래서 내가 책망 듣게 되는 일이 생기지 않을까 우려되었기 때문이지요.

그러던 차에 정말 반갑게도 얼마 전 당신의 자필 원고 스물세 장 정도를 우연히 손에 넣을 수 있었습니다. 거기에는 아들에게 들려주는 가문 이야기와 인생 이야기가 기록되어 있었습니다. 그런데 이야기가 1730년에서 끝나 있더군요. 원고와 함께 역시 당신이 기록한 비망록도 함께 있어서 복사본을 동봉합니다. 자서전을 계속해서 쓰실 예정이라면 앞뒤를 연결하는 데 도움이 되길 바랍니다. 혹시 아직 그런 계획이 없다면 어서 시작하시기 바랍니다. 목사들의 말처럼, 인생은 누구에게나 불안한 여정입니다. 그렇기 때문에 자애롭고 인간적이며 너그러운 벤저민 프랭클린이 그의 친구들과 세상 사람들에게 이토록 재미있고 유익한 이야기를 들려주지 않는다면 세상은 뭐라고 할까요? 두세 사람이 아니라 몇백만 명의 사람들이 당신의 이야기에서 즐거움과 유익한 가르침을 얻을 수 있을 텐데 말입니다. 인생에서 많은 것을 이룬 사람의 글이 젊은이들에게 미치는 영향은 실로 엄청납니다. 그리고 내가 볼 때 우리 모두의 친구인 당신의 글만큼 그런 영향력을 발휘할 수 있는 것은 없습니다. 젊은이들은 당신의 글을 읽으면서 당신만큼 훌륭하고 뛰어난 사람이 되고자 자신도 모르게 결심할 것입니다. 당신의 자서전이 출간되어(틀림없이 그렇게 되리라고 생각합니다) 젊은이들이 젊은 시절의 당신처럼 부지런하고 절제된 삶을 살아갈 수 있다면 아, 이 얼마나 큰 축복일까요? 이 나라의 젊은이들에게 근면, 검소, 절제라는 위대한 정신을 불어넣어주고 젊은 나이에 자신의 일을 찾아 매진할 수 있도록 하는 데 당신만큼 큰 영향력을 발휘할 사람은 내가 알기로 아무도 없습니다. 여러 사람이 힘을 합한다 해도 그런 힘을 발휘할 수는 없습니다. 물론 당신의 글이 그런 용도로만 가치 있고 쓸모 있다는 뜻이 아닙니다. 다만 그런 역할이 다른 무엇보다도 중요하다는 겁니다.

위의 편지와 거기에 동봉된 비망록을 한 친구에게 보여주었더니 그 친구가 다음과 같은 편지를 보내 왔다.

벤저민 보건 씨의 편지

다음은 벤저민 보건 씨가 1783년 1월 31일 파리에서 보낸 편지다.

친애하는 선생님에게

퀘이커 교도 친구분인 에이블 제임스 씨가 선생님에게 보낸 편지와 비망록을 읽고서 그 친구분 말대로 나 역시 그 글이 꼭 완성되어 세상에 나와야만 하는 이유를 적어 보내겠다고 약속한 바 있습니다. 한동안 이런저런 사정 때문에 편지를 쓰지 못했습니다. 사실 내 글이 선생님의 결정에 도움이 될지 어떨지도 잘 모르겠습니다. 어쨌든 시간 여유가 난 참에 이 편지를 쓰면서 나만이라도 재미를 느끼며 배우려 합니다. 혹시라도 내가 사용하는 단어들이 선생님의 마음을 다치게 할 수도 있으므로, 선생님만큼이나 선하고 훌륭하지만 선생님보다는 좀 더 편하게 얘기할 수 있는 가상의 어떤 이에게 말한다고 생각하겠습니다. 나는 그 사람에게 이렇게 말하고 싶습니다.

내가 당신에게 인생 이야기를 들려달라고 조르는 이유는 다음과 같습니다. 당신의 삶은 참으로 놀라운 것이어서 당신이 그 이야기를 들려주지 않는다면 분명 다른 누군가가 그 이야기를 쓰려고 할 것이기 때문입니다. 아마도 그렇게 된다면 당신이 직접 쓰는 것에 비해 훨씬 못할 게 뻔합니다. 당신이 써야만 당신 나라의 내부 사정이 상세하게 설명될 것이고 그래야 고결하고 용감한 젊은이들이 그 나라로 가서 정착하고 싶어 할 테지요. 많은 사람들이 당신 나라에 대해 하나라도 더 알고 싶어 하는 때에 당신처럼 높은 명성을 지닌 사람의 자서전만큼 효과적인 광고는 아마도 없을 겁니다. 또한 당신이 살아오면서 겪은 모든 일에는 새롭게 일어서고 있는 나라에 사는 사람들의 사고방식과 상황이 그대로 담겨 있습니다. 이런 점에서 보자면, 인간 본성과 사회를 정확하게 인식하는 데 당신의 글이 시저나 타키투스[로마 제정 시대의 역사가]의 글보다 낫다고 생각합니다. 하지만 당신의 인생이 미래의 훌륭한 인물을 키워내는 발판이 된다는 사실에 비하면 위에 말한 이유들은 아주 사소한 것에 불과합니다. 당신이 출판하려고 하는 책《덕의 기술》과 함께 자서전은 개개인의 인격을 닦는 데 도움을 줄 것이며 그 결과 사회와 가정의 행복을 가져올 것입니다. 이 두 권의 책은 특히 독학하는 사람들에게 귀중한 지침과 본보기의 역할을 해줄 겁니다. 학교를 비롯한 온갖 교육기관에서는 잘못된 원칙을 고수하며 잘못된 목표를 이루기 위해 어설픈 교육 방식으로 아이들을 가르칩니다. 그에 비해 당신의 가르침은 명확하고 목표는 진실합니다. 부모와 젊은이들이 합리적인 인생 진로를 정하고 준비할 수 있는 올바른 방법을 찾지 못할 때에, 개개인의 힘이 가장 중요하다는 당신의 이야기는 가장 귀중한 가르침이 될 것입니다! 인생의 후반기에 접어든 사람에게는 어떤 가르침을 준다고 해봐야 별 의미도 없을뿐더러 큰 변화를 줄 수도 없습니다. 중요한 습관이나 선입견은 젊은 나이에 형성되는 겁니다. 직업과 목표, 결혼에 관한 가치관도 젊은 시절에 결정됩니다. 인생의 전환기도 젊은 시절에 해당됩니다. 다음 세대까지 영향을 주는 교육이 가능한 것도 젊은 시절입니다. 사적인 문제와 공적인 문제에 관해 견해가 형성되는 것도 바로 이 시기입니다. 젊은 시절 형성된 가치관이 평생을 가기 때문에 그 시작이 좋아야 합니다. 특히 중요한 인생 목표들을 정하기 전에 모든 것이 바로잡혀야 합니다. 그리고 당신의 자서전이 스스로 배우는 법만을 가르치지는 않을 것이며 지혜로운 사람이 되는 길도 알려줄 것입니다. 아무리 지혜로운 사람이라 해도 다른 지혜로운 이의 행동을 보면서 영감을 얻고 더 나은 사람이 될 수 있습니다. 아주 오랜 세월 동안 이정표 하나 없는 어둠 속을 헤매고 있는 약한 인간들에게서 도움의 손길을 거둘 수는 없는 노릇이지 않을까요? 자식들과 부모들에게 할 일이 얼마나 많은지 알려주십시오. 지혜로운 이들은 당신처럼 되게 이끌어주고 어리석은 이들에게는 지혜를 가르쳐주십시오. 정치가나 군인들이 인간에게 한없이 잔인하고 저명한 사람들이 주위 사람들에게 터

무니없이 어리석은 짓을 저지르는 이런 때에 얼마든지 평화롭고 원만하게 살아갈 수 있다는 사실을 알려준다면 도움이 될 것입니다. 그리고 훌륭한 사람이 되면서도 얼마든지 가정적일 수 있고, 사람들의 부러움을 받을 만한 위치에 있으면서도 누구에게나 다정할 수 있음을 알려주는 것도 도움이 될 겁니다.

개인적인 소소한 일들을 들려준다고 해도 일상생활에서 신중하게 행동하는 데 크게 도움이 될 것입니다. 당신이 이런 사소한 일들에 어떻게 대처했는지 보는 것도 재미있는 일이 될 테지요. 당신의 이야기들은 누구든 살아가면서 한 번은 겪을 수 있는 일들을 알려주어서 사람들이 통찰력을 지니고 현명하게 대처할 수 있도록 해주는, 말하자면 삶의 지침서 같은 역할을 해줄 겁니다. 다른 사람의 흥미로운 인생 경험을 보는 것은 그 삶을 직접 살아보는 것과 크게 다를 바가 없습니다. 당신의 글이 이런 역할을 할 수 있습니다. 사람이 살아가면서 어떤 일을 경험하고 거기에 대처하는 과정은 단순해 보일 수도 있고 중요해 보일 수도 있는데 어떤 경우라 해도 큰 울림을 갖게 마련입니다. 당신이 인생사에서도 정치나 철학을 논할 때처럼 자신만의 독특한 방법으로 모든 문제를 해결했을 거라고 나는 확신합니다. 뭐가 중요하고 뭐가 잘못인지를 경험하고 정리하는 데 다른 이의 인생살이만큼 가치 있는 것이 뭐가 있겠습니까?

도덕적이지만 무모한 사람이 있는가 하면 생각이 깊지만 현실적이지 못한 사람이 있고 영리하지만 사악한 사람이 있습니다. 당신은 현명하면서도 실제적이고 선한 모습만을 우리에게 보여주실 거라고 나는 자신합니다. 당신이 말하는 당신의 이야기는(벤저민 프랭클린 박사님과 성격뿐만 아니라 개인사 또한 비슷하다고 생각합니다) 자신의 출신을 절대 부끄러워하지 않음을 보여줄 것입니다. 이는 굉장히 중요한데, 행복, 미덕, 위대함을 얻는 데 출신은 아무 상관없다는 것을 증명해주기 때문입니다. 수단 없이는 목적을 이룰 수 없습니다. 그러므로 우리는 당신이 계획을 세우고 그 계획에 따라 노력한 끝에 그처럼 훌륭한 분이 되었다는 사실을 알게 될 것입니다. 그러면서 동시에 거대한 성과라 해도 인간의 지혜로 생각할 수 있는 단순한 수단으로 이루어진다는 사실도 알게 될 것입니다. 다시 말해 성향과 장점, 사고와 습관에 달려 있다는 겁니다. 당신의 글은 또한 세상이라는 무대에 오를 적당한 때를 기다려야 한다는 것도 알려줄 겁니다. 우리의 감정은 지금 이 순간에만 매여 있습니다. 그래서 첫 순간 뒤에는 더 많은 순간들이 오기 때문에 어떤 행동을 할 때는 인생 전체를 고려해야 한다는 것을 잊고 삽니다. 당신은 자신의 기질을 인생과 잘 조화시켰으며 어리석은 조바심이나 후회로 괴로워하는 대신 만족하고 즐거워하면서 활기차게 살아온 것 같습니다. 인내심이 강한 위인들을 본받아 미덕을 쌓고 스스로를 단련하는 사람들이라면 이런 행동을 쉽게 본받을 수 있을 겁니다. 그 퀘이커 교도 친구분은 당신(여기서 다시 한번 프랭클린 박사님을 닮았다는 얘기를 해야 할 것 같습니다)의 검소함과 근면, 절제를 칭찬하면서 모든 젊은이들에게 본보기가 될 거라고 말했습니다. 하지만 그분이 당신의 겸허함과 공평무사함을 빼놓았다는 것이 이해가 되질 않습니다. 이런 미덕이 없었다면 성공하기까지 초조한 마음으로 기다렸거나 아니면 아예 기다리지 못했을 텐데 말입니다. 명예는 헛된 것이고 마음을 다스리는 것이 중요하다는 가르침을 깊이 깨닫게 됩니다.

이 편지를 받는 분이 당신의 명성에 대해 저만큼만 알고 있었다면 아마도 이렇게 말했을 겁니다. "당신이 이전에 쓴 글들과 태도를 지켜본 사람들은 《자서전》과 《덕의 기술》에 관심을 가질 것이며 반대로 《자서전》과 《덕의 기술》을 읽은 사람들은 당신의 글과 태도에 관심을 가질 겁니다." 바로 이것이 여러 품성을 갖춘 사람이 갖는 이점이며, 그 품성들이 한데 어우러져 더 큰 역할을 할 수 있습니다. 대부분의 사람들이 시간이나 뜻이 없어서가 아니라 마음과 인격을 닦는 방법을 몰라 방황하므로 당신의 글은 더욱더 필요합니다. 마지막으로 하나만 더 말씀드리자면, 당신이 살아온 인생은 그 자체로 한 편의 전기가 될 것입니다. 자서전류의 글이 조금 유행이 지난 듯도 하지만 그럼에도 아주 유익합니다. 당신의 자서전이라면 특히 더 유익할 겁니다. 잔인한 흉악범과 권모술수가, 어리석고 자학적인 수도사와 허영으로 가득 찬 엉터리 작가들의 인생과 뚜렷한 대조를 이룰 테니까요. 당신의 자서전을 시작으로 더 많은 자서전들이 나오고 그 결과 더 많은 사람들이 자서전에 실릴 만한 삶을 살려고 한다면 《플루타르코스 영웅전》을 모두 합한 것만큼이나 가치가 있을 겁니다. 이 세상에서 단 한 사람만이 가진 모든 특징을 갖춘 어떤 인물을 상상하는 것이 지겨워지려고 합니다. 그 사람을 직접 칭찬할 수가 없으니까요. 그러니 가상의 인물에게 쓰는 편지는 여기서 마치고 이제부터는 프랭클린 박사님 바로 당신에게 직접 쓰기로 합니다.

선생님, 제가 진심으로 바라는 것은 그 고귀한 인품을 선생님 스스로 세상에 알리는 겁니다. 세상 사람들이 그 일을 한다면 선생님의 인품이 잘못 그려질 수도 있고 혹은 비방으로 얼룩질 수도 있습니다. 선생님의 연세와 신중한 성품과 독특한 사고방식을 고려해 볼 때 선생님 자신 말고는 그 누구도 선생님이 삶에서 겪었던 일이나 마음속에 품었던 뜻을 제대로 표현해낼 수가 없을 겁니다. 뿐만 아니라, 지금과 같은 극심한 변혁의 시대에 사람들은 자서전의 주인공에게 관심을 갖게 마련입니다. 그렇기 때문에 자서전에서 도덕적인 원칙들을 주장하고 그것이 어떤 영향을 미쳤는지를 보여줄 수 있는 분이 그 주인공이 되어야 합니다. 선생님은 그 인격만으로도 모두가 돌아보는 분이므로 영원히 존경을 받아 마땅합니다(영국과 유럽뿐만 아니라 새롭게 일어서는 광대한 선생님 나라에도 그 영향력이 미쳐야 합니다). 우리가 더 큰 행복을 누리려면 지금 이 시대에도 인간은 악하고 혐오스러운 동물이 아니며 잘만 다듬는다면 누구라도 훨씬 더 나은 존재가 된다는 사실을 증명해야 한다고 나는 늘 주장했습니다. 그리고 바로 그런 이유 때문에, 나는 이 세상에는 훌륭한 사람들이 있다는 것을 모두에게 알리기를 바라는 겁니다. 모든 사람들이 악하다고 한다면, 선한 사람들도 희망이 없다고 생각해 더 이상 노력하지 않을 것이며 이 어지러운 세상에서 자기 몫만 챙기거나 자기만 편하면 그만이라고 생각할 겁니다. 그러니 존경하는 선생님, 하루빨리 이 일을 시작해주십시오. 선생님이 선한 만큼 그 선함을 보여주십시오. 그리고 절제하며 살아온 만큼 그 절제를 보여주십시오. 무엇보다도 어려서부터 정의와 자유와 화합을 사랑했으며 언제나 변함없고 자연스럽게 그것에 따라 행동하였음을 증명해주십시오. 우리가 지난 17년 동안 그런 선생님의 모습을 보아왔던 것처럼 말입니다. 영국 사람들이 선생님을 존경할 뿐 아니라 사랑하게 만드십시오. 그들이 당신 나라의 개개인을 좋게 생각할 때 나라 자체도 더 가깝게 느낄 것입니다. 그리고 영국 사람들에게 좋은 모습으로 비춰진다는 걸 알 때 선생님 나라 사람들 역시 영국을 가깝게 느낄 겁니다. 더 멀리 넓게 바라봐주십시오. 영어권 사람들에만 머물지 말고 자연과 정치에 대한 관점들을 정리한 다음에는 인류 전체의 개선까지 생각해주십시오. 선생님의 자서전을 읽은 것도 아니고 인품만을 아는 저인지라 이런 글을 쓰기가 조심스럽습니다. 하지만《자서전》과《덕의 기술》은 제 기대에 절대 어긋나지 않을 거라고 믿습니다. 위에서 언급한 여러 관점들을 기초로 글을 쓰신다면 그 이상이 될 것입니다. 선생님의 열렬한 찬미자들 모두가 선생님의 자서전에서 희망을 얻을 수는 없겠지만, 선생님의 글은 분명 사람들의 관심을 끌 것입니다. 사람들에게 순수한 즐거움을 줄 수 있는 사람이라면 자칫 걱정으로 어두워지고 고통으로 일그러질 수도 있는 삶을 환하게 만들 수 있습니다. 그러니 이 편지에 담은 제 바람에 꼭 귀 기울여주시기를 간곡하게 부탁합니다.

벤저민 보건

THE AUTOBIOGRAPHY OF

BENJAMIN FRANKLIN

_1784년 파리 근교 파시에서
계속되는 나의 인생 이야기

2

"어떤 목표를 이루기 위해 사람들의 도움을 받아야 할 때
자신을 내세우면, 상대는 우리가 자신들보다
조금이라도 더 유명해질까 봐 선뜻 도우려 하질 않는다."

작은 도서관에서 한 걸음 나아가 공공 도서관으로

앞의 편지 두 통을 받은 지는 꽤 되었지만 그동안 너무 바빠서 그들의 요청을 받아들일 여유가 없었다. 집에 있었더라면 자료들을 뒤져보며 기억을 되살릴 수 있고 날짜도 정확하게 알 수 있었을 테니 훨씬 좋았을 뻔했다. 하지만 언제 집으로 돌아가게 될지 확실히 알 수 없고 마침 조금 여유가 생겨서 기억이 허락하는 데까지 써보기로 했다. 살아서 집에 돌아간다면 그때 다시 수정하고 다듬으려 한다.

앞에 썼던 원고가 내게 없는 탓에 필라델피아 공립 도서관을 세우기 위해 썼던 방법들을 얘기했는지 잘 모르겠다. 그 도서관이 시작은 보잘것없었지만 지금은 굉장한 규모로 발전했다. 내가 기억하기로 도서관을 만든 즈음(1730년)까지 얘기했던 것 같으니 거기에

서부터 시작하기로 하자. 나중에 봐서 이미 얘기한 내용이라면 삭제하면 될 것이다.

내가 펜실베이니아에 정착했을 때만 해도 보스턴 남쪽 지역에는 괜찮은 책방이 하나도 없었다. 뉴욕과 필라델피아의 인쇄소들은 사실 문구점이나 다름없었다. 거기에서 파는 거라고는 종이, 달력, 민요집, 교과서 몇 가지 종류 등이 다였다. 그래서 읽고 싶은 책이 있으면 영국에 따로 주문해야 했다. 하지만 전토 클럽 회원들은 다들 책을 어느 정도 가지고 있었다. 우리는 처음에는 술집에서 만나다가 나중에는 방을 하나 빌렸다. 나는 회원들 모두의 책을 그 방에 가져다놓고는 토론할 때 언제든 참고도 하고 집에 가서 읽고 싶으면 자유롭게 빌려갈 수 있게 하자고 제안했다. 그렇게 하면 모두에게 이익이 될 듯했다. 우리는 내 제안대로 책을 모아놓고 한동안은 만족스럽게 이용했다.

이 작은 도서관이 쓸모 있는 걸 보고 나는 회원제 공공 도서관을 만들어 좀 더 많은 사람들이 책을 볼 수 있게 하자고 제안했다. 내가 도서관 운영에 필요한 계획과 규칙의 초안을 짰고 그 초안을 바탕으로 유능한 공증인 찰스 브록덴이 회원 가입 동의 조항을 만들었다. 이 조항에 따라서 각 회원은 처음 책을 구입할 때 일정액의 돈을 내고 그 다음부터는 매년 회비를 내야 했다.

당시 필라델피아에는 책을 읽는 사람이 별로 없었고 대부분의 사람들이 아주 가난했기 때문에 아무리 부지런히 돌아다녀도 50명 정도박에는 모을 수 없었다. 그중 대부분이 젊은 상인들이었는데 그들은 처음에 40실링을 내고 해마다 10실링씩 내기로 했다. 우리는 이렇게 적은 기금으로 시작했다. 책은 해외에서 사들였다. 도서관은 일주일에 한 번씩 문을 열고 회원에게 책을 빌려주었으며, 회원들은 정해진 기한 내에 책을 반납하지 않으면 책값의 두 배를 물어야 했다. 얼마 안 가 우리 도서관의 효과적인 운영이 소문나면서 다른 지역에서도 따라하기 시작했다. 도서관에는 기증받은 책들이 점점 쌓여갔고 사람들 사이에서는 독서 열풍이 불었다. 그때만 해도 별다른 오락거리가 없었던 터라 사람들은 쉽게 책과 친해졌다. 불과 몇 년 만에 이 나라 사람들은 다른 나라의 비슷한 위치에 있는 사람들과 비교했을 때 더 높은 교양과 지성을 갖추었다는 평가를 받았다.

우리가 위에서 말한 회칙을 최종 결정할 때였는데, 우리와 우리 후계자들이 50년 동안 그 회칙을 지키기로 한 것을 두고 공증인 브록덴이 말했다. "여러분들이 지금은 젊지만 이 회칙의 유효기간이 끝날 때까지 살아 있을 사람은 별로 없을 겁니다." 하지만 많은 사람이 아직 살아 있다. 어쨌든 그로부터 몇 년 뒤에 도서관이 법인체가 되면서 영속하게 되었기 때문에 이 조항은 무효가 되었다.

그때 회원들을 모으기 위해 많은 사람들을 만났는데 그들 대부분이 거절을 하거나 싫은 내색을 하는 걸 보면서 아무리 유익한 사업이라 해도 자신을 내세워서는 원하는 결과를 얻을 수 없다는 사실을 깨달았다. 어떤 목표를 이루기 위해 사람들의 도움을 받아야 할 때 자신을 내세우면, 상대는 우리가 자신들보다 조금이라도 더 유명해질까 봐 선뜻 도우려 하질 않는다. 그래서 가능하면 나 자신을 드러내지 않으려고 했다. 친구 몇 명이 하는 일인데 당신이 책을 좋아하니 나더러 찾아가보라고 해서 온 거라고 말했다. 이렇게 하니 일이 쉽게 풀렸다. 그 다음부터 사람을 모아야 할 일이 있을 때면 이 방법을 썼다. 열에 아홉은 성공을 거둔 방법이므로 진심으로 추천하고 싶다. 잘난 체하고 싶은 마음을 잠깐만 억누르면 나중에 더 큰 보상을 받는다. 어떤 일의 공이 누구에게 있는지 불확실할 때 허영심 많은 누군가가 나서서 자기가 했노라고 주장할지도 모른다. 그러면 우리를 시기하는 사람이라 해도 가짜를 가려내고 우리에 대해 올바른 평가를 내릴 것이다.

도서관 덕분에 나는 꾸준히 책을 읽으면서 발전할 수 있었다. 매일 한두 시간씩은 꼭 책을 읽었다. 그 옛날 아버지가 마음과는 달리 나를 학교에 많이 보내지 못한 탓에 부족했던 공부를 어느 정도는 보충했다. 독서는 내가 스스로에게 허락한 유일한 오락이었다. 술집에도 가지 않았고 노름도 안 했으며 어떤 놀이도 즐기지 않았다. 부지런하고 끈기 있게 인쇄소 일을 했다. 인쇄소 때문에 빚이 있었고 공부시켜야 할 아이들이 있었으며 나보다 먼저 자리 잡은 두 인쇄소와 경쟁도 해야 했다. 그래도 내 형편은 조금씩 나아졌다. 내가 천성적으로 검소했기 때문이다. 어릴 적에 아버지는 기회가 있을 때마다 솔로몬의 잠언을 말씀하셨다. "네가 자기 일에 능숙한 사람을 보았느냐. 이러한 사람은 왕 앞에 설 것이요, 천한 자 앞에 서지 아니하리라." 그때부터 나는 근면만이 부와 명성에 이르는 길이라고 생각했고, 언제나 이 말을 기억하며 용기를 얻었다. 하지만 글자 그대로 왕 앞에 서리라고는 생각하지 않았다. 그런데 그런 일이 실제로 일어났다. 나는 다섯 분의 왕 앞에 섰고, 그중 덴마크 왕과는 식사를 함께 하는 영광을 누리기도 했다.

나만의 작은 기도서

영국 속담에 "성공하려면 좋은 아내를 만나야 한다"는 말이 있다. 그러니 나만큼이나 부지런하고 검소한 아내를 만난 것은 정말 행운이었다. 아내는 늘 즐겁게 일을 도왔다. 소책자를 접거나 제본하고, 가게를 보고, 넝마를 사들였다가 제지업자에게 팔기도 했다. 우리는 꼭 필요한 직공만 고용했고 식사는 검소하고 간단하게 했으며 가구도 싼 것만 들여놓았다. 예를 들어 나는 오랫동안 아침 식사로 빵과 우유를(차는 마시지 않았다) 2페니짜리 값싼 질그릇에 담아 백랍 수저로 먹었다. 이렇게 절제를 하며 살긴 했지만 어느 사이엔가 우리 집에도 사치가 점점 스며들었다. 어느 날 아침 식사를 하려고 보니 식탁에 도자기 그릇과 은수저가 놓여 있었다! 아내가 나 몰래 23실링이라는 거금을 주고 산 것이었다. 거기에 대해 아내는 아무 변명이나 사과를 하지 않았다. 자기 남편도 다른 사람들처럼 도자기 그릇과 은수저를 쓸 자격이 있다고 생각한 것이다. 이렇게 해서 우리 집안에 최초로 도자기 접시가 등장했고, 세월이 흘러 재산이 불어나면서 이런 그릇들도 점점 늘어 나중에는 몇백 파운드어치가 되었다.

나는 장로교 교육을 받으며 자랐다. 그 교리 중에 신의 영원한 뜻, 선민사상, 영벌(永罰) 같은 것들은 이해하기 힘들었고 어떤 것은 의심스럽기도 했다. 더구나 일요일은 공부하는 날로 정한 터라 진즉부터 예배에 나가지 않았다. 하지만 그렇다고 해서 종교적인 원칙들을 모두 부정한 것은 절대 아니었다. 예를 들어 신은 존재한다는 것, 신이 세상을 창조했고 섭리로 다스린다는 것, 신이 가장 기뻐하는 봉사는 다른 이에게 선을 행하는 일이라는 것, 우리의 영혼은 불멸하며 모든 죄악은 반드시 벌을 받는다는 것, 덕행은 살아서가 아니라면 죽어서라도 반드시 보답을 받는다는 것 등은 한 번도 의심해보지 않았다.

나는 이런 것들이 모든 종교의 본질이라고 생각한다. 우리 나라의 종교 모두에 이런 요소들이 있기 때문에 나는 모든 종교를 존중했다. 하지만 그 존중의 정도가 다 같진 않았다. 내가 볼 때 어떤 종교는 위의 본질을 다른 교리들과 뒤섞어서 인간의 도덕성을 고취하고 촉진하고 강화하기는커녕 오히려 분열과 서로에 대한 미움을 조장했기 때문이다. 나는 아무리 나쁜 종교라도 좋은 점이 있다는 생각으로 모든 종교를 존중했으므로 상대가 그의 종교에 대해 품고 있는 경외심을 해칠 만한 논쟁은 피했다. 우리 지역의 인구가 계속 늘어나면서 교회도 계속 늘어나야 했는데 그 대부분이 자발적인 기부금으로 세워졌다. 나는 교회 건립을 위한 용도라면 교파를 가리지 않고 적은 금액이라도 기부했다.

나 자신은 예배에 거의 나가지 않았지만 예배가 올바르게만 행해진다면 정당하고 유익하다고 생각했기 때문에 필라델피아에 있던 유일한 장로교회 목사와 교회 예배를 후원하는 기부금을 해마다 보냈다. 그 목사는 이따금씩 친구로 나를 찾아와서 교회에 나오라고 권했다. 그럴 때면 솔깃해지기도 해서 가끔씩 교회에 가보기도 했고 한 번은 5주 동안 계속 나간 적도 있었다. 그 목사가 마음에 들었다면 비록 일요일을 공부하는 날로 정했더라도 시간을 내서 계속 갔을 것이다. 그런데 목사의 설교는 신학적인 논쟁이나 장로교의 교리에 대한 설명뿐이어서 굉장히 건조하고 지루했으며 유익하지도 않았다. 도덕적인 원칙은 전혀 가르치거나 역설하지 않아서 사람들을 훌륭한 시민이 아닌 장로교 신도로 만들려고 하는 것 같았다.

그 목사가 하루는 〈빌립보서〉 4장의 한 구절을 설교했다. "끝으로 형제들아 무엇에든지 참되며 무엇에든지 경건하며 무엇에든지 옳으며 무엇에든지 정결하며 무엇에든지 사랑받을 만하며 무엇에든지 칭찬할 만하며 무슨 덕이 있든지 무슨 기림이 있든지 이것들을 생각하라." 이 구절로 설교를 한다면 분명 도덕규범 얘기가 나오려니 생각했다. 하지만 목사는 사도 바울의 가르침이라며 다음의 다섯 가지 계율만 쭉 얘기하고는 그만이었다.

첫째, 안식일을 거룩하게 지킬 것.

둘째, 성경을 부지런히 읽을 것.

셋째, 예배에 꼭 참석할 것.

넷째, 성찬식에 참석할 것.

다섯째, 하나님의 사절인 목사를 존경할 것.

좋은 말이긴 했지만 내가 그 구절에서 기대했던 말은 아니었다. 아무래도 거기에서는 원하는 바를 얻을 가망이 없을 것 같아 실망한 나는 두 번 다시 그 예배에 나가지 않았다. 그 몇 해 전, 그러니까 1728년쯤에 나는 작은 기도서를 직접 만들어 사용하고 있었다. 기도서의 제목은 '신앙 조항과 종교 의식'이라고 붙였다. 나는 다시 그 기도서를 사용하기로 하고 교회에는 더 이상 나가지 않았다. 내 행동이 비난받을 수도 있지만 변명하고 싶은 마음은 없다. 사실 그대로를 이야기하려는 것일 뿐 내 행동을 뉘우치려는 것은 아니다.

도덕적으로 완벽해지겠다는 바람과 13가지 덕목 표

이즈음 나는 도덕적으로 완벽해지겠다는 무모하고도 힘든 계획을 세워놓고 있었다. 어떤 경우라도 잘못을 저지르지 않는 완전한 삶을 살고 싶었다. 타고난 것이든 친구들 때문에 얻은 것이든 나쁜 성향이나 습관이 있다면 모두 정복하고 싶었다. 나는 무엇이 옳고 그른지 알고 있었기 때문에, 아니 알고 있다고 생각했기 때문에 언제나 옳은 일을 행하고 그른 일을 피하는 것이 전혀 어렵지 않다고 믿었다. 그러나 얼마 안 가 내가 상상했던 것보다 훨씬 어려운 일이라는 것을 깨달았다. 한 가지 잘못을 저지르지 않으려고 조심하다 보면 어느샌가 생각지도 않은 잘못을 저질렀다. 조금만 방심하면 나쁜 습관이 나타났다. 성향은 이성으로 누르기에는 너무나 강력했다. 그래서 얼마 못 가 나는 완벽하게 도덕적인 사람이 되고자 하는 신념만으로는 실수를 막을 수 없다는 결론을 내렸다. 언제나 정확하고 일관되게 행동하려면 나쁜 습관을 없애고 좋은 습관을 몸에 익혀야 했다. 그러기 위해 다음과 같은 방법을 생각해냈다.

우선 그때까지 읽은 책에서 보았던 여러 덕목들을 열거해보았다. 같은 덕목이라도 그 덕목에 해당되는 항목의 종류와 수는 저자마다 다 달랐다. 예를 들어 '절제'라는 덕목이 있다고 할 때 어떤 이는 먹고 마시는 것에만 국한해서 이야기하는가 하면 어떤 이는 쾌락 식욕, 성향, 육체적·정신적 열정, 심지어 탐욕과 야심까지 조절하는 것으로 그 의미를 넓게 보았다. 나는 명확하게 인식하기 위해 적은 수의 덕목에 규율을 많이 나열하기보다는 덕목의 수를 여러 개로 하고 각 덕목에 해당되는 규율을 두세 가지로만 정하기로 했다. 당시에 내게 이롭거나 필요하다고 생각되는 덕목 열세 가지를 정하고 간단하지만 그 덕목의 의미를 충분히 담을 수 있는 구체적인 규율을 덧붙였다. 그 덕목과 규율은 다음과 같다.

1. 절제 | 배부르도록 먹지 마라. 취하도록 마시지 마라.
2. 침묵 | 자신이나 남에게 유익하지 않은 말은 하지 마라. 쓸데없는 말은 하지 마라.
3. 질서 | 모든 물건을 제자리에 놓아라. 모든 일은 시간을 정해놓고 하라.
4. 결단 | 해야 할 일이 있으면 반드시 하기로 결심하라. 결심한 것은 반드시 실행하라.
5. 절약 | 자신과 다른 이들에게 유익하지 않은 일에는 돈을 쓰지 마라, 즉 절대 낭비하지 마라.
6. 근면 | 시간을 허비하지 마라. 언제나 유용한 일을 하라. 불필요한 행동은 끊어버려라.
7. 진실 | 남을 일부러 속이지 마라. 순수하고 공정하게 생각하라. 말과 행동이 일치하게 하라.
8. 정의 | 남에게 피해를 주지 말며, 응당 주어야 하는 이익이라면 반드시 줘라.
9. 중용 | 극단을 피하라. 상대가 잘못했다고 생각되더라도 화를 내며 상처를 주어서는 안 된다.

10. 청결 | 몸과 의복과 거처를 늘 깨끗하게 하라.

11. 평정 | 사소한 일이나 일상적인 사건 혹은 불가피한 일을 두고 걱정하지 마라.

12. 순결 | 건강이나 자손 때문이 아니라면 성관계를 피하라. 감각이 무뎌지거나 몸이 허약해지거나 자신과 다른 사람들의 평화와 평판을 해칠 정도까지 하지 마라.

13. 겸손 | 예수와 소크라테스를 본받으라.

위의 덕목 모두를 습관으로 만들자고 마음먹었다. 그러기 위해서는 전체를 한꺼번에 실천해보려다 흐지부지되는 것보다 한 번에 한 가지씩 집중해서 지키는 것이 효과적일 거라고 판단했다. 한 가지가 완전하게 습관이 되면 다음 항목으로 넘어가고 또 그 다음 항목으로 넘어가는 식으로 열세 가지를 정복해보기로 했다. 처음 항목을 습득하면 다음 항목의 습득이 용이하도록 덕목의 순서를 배열했다.

'절제'를 맨 앞에 놓은 것은 이 덕목을 실천하면 머리가 냉철하고 명석해져서 언제나 조심하기를 게을리하지 않고 오래된 습관에 휘둘리거나 유혹에 빠지지 않을 수 있기 때문이다.

이 덕목을 습득하고 나면 '침묵'을 실천하기가 쉬워진다. 나는 덕목을 습득하면서 동시에 지식도 얻고 싶었는데 그러기 위해 사람들과 대화를 할 때 말을 하기보다는 듣기로 했다. 그리고 쓸데없이 떠들거나 말장난과 농담을 즐기다 보면 주위에 별 볼 일 없는 친구들만 모이게 마련이므로 이런 버릇도 없애려 했다. 그래서 '침묵'을 두 번째에 놓았다.

'침묵'과 그 다음 덕목인 '질서'를 익힌다면 일과 공부에 더 많은 시간을 할애할 수 있게 될 것이다.

'결단'이 일단 습관이 되면 굳은 의지로 그 뒤의 덕목들을 완성할 수 있을 것이다.

'절약'과 '근면'을 익힌다면 남은 빚에서 해방되고 풍족한 생활과 독립을 얻을 수 있을 것이다.

그렇게 되면 '진실'과 '정의'를 비롯한 다음 덕목들을 실천하기가 더 수월해진다.

여기까지 정한 다음에는, 피타고라스가 《금언집》에서 "하루의 행동을 세 가지 측면에서 생각해보기 전에는 잠들지 말 것이다. 규칙에 어긋난 일이 있었는가? 오늘 한 일은 무엇인가? 할 일을 빠뜨린 것은 없는가?"라고 조언한 대로 매일 점검해보기로 했다. 그래서 다음과 같이 점검하는 방법을 만들어보았다.

우선 조그만 수첩을 하나 만든 다음 한 페이지에 덕목 한 가지씩을 적었다. 그리고 각 페이지마다 빨간 잉크로 가로로 7칸, 세로로 13칸을 만들어서 가로 칸에는 요일을 적고 세로 칸에는 덕목을 적었다. 그리고 매일 그날에 행한 덕목을 점검해보면서 잘못이 있었다면 해당 칸에 검은 표시를 했다.

덕목 표

절제							
배부르도록 먹지 마라							
취하도록 마시지 마라							
	일	월	화	수	목	금	토
절제							
침묵	*	*		*		*	
질서	*	*			*	*	*
결단		*				*	
절약		*				*	
근면			*				
진실							
정의							
중용							
청결							
평정							
순결							
겸손							

나는 한 주에 한 가지 덕목씩 집중해서 실천하기로 했다. 첫째 주에는 '절제'를 절대 어기지 않는 데 주로 신경을 쓰고 다른 덕목들은 보통 때 수준으로 지키는 식이었다. 그리고 매일 저녁 그날의 잘못을 반드시 표시했다. 첫 주에 '절제'에 해당하는 칸에 까만 표시가 하나도 없이 깨끗하다면 그 덕목이 완전히 습관이 되었고 반대되는 습관은 약해진 것으로 판단했다. 그리고 다음 주에는 다음 덕목을

집중적으로 실천해서 첫째, 둘째 칸을 모두 깨끗하게 만들려고 노력했다. 이런 식으로 마지막 덕목까지 완성하는데 13주가 걸렸고 1년에 이 과정을 네 번 반복할 수 있었다. 밭의 잡초를 뽑을 때 무리해서 한 번에 다 뽑으면 안 되고 한 구역을 끝내고 다음으로 넘어가야 하는 것처럼 나 역시도 한 칸 한 칸 깨끗해지는 표를 보면서 내가 한 가지씩 덕을 익혀간다는 기쁨을 느낄 것이며, 이 과정을 여러 번 반복해 13주째가 되면 모든 칸에 점 하나 찍히지 않은 깨끗한 표를 보게 되리라 기대했다.

나는 영국의 수필가인 에디슨의 《카토》에 나오는 몇 구절을 좌우명 대신 적어 놓았다.

나는 이렇게 말하려 한다. 우리 위에 신이 있다면
(그리고 만물은 신이 모든 것을 이루었다고 외치는도다)
신은 덕을 기뻐하리라.
신이 기뻐하는 것은 또한 행복하리라.

로마의 웅변가이자 철학자인 키케로의 말도 적어놓았다.

철학이여, 삶을 인도하는도다! 그대는 덕을 발견하고 악을 쫓는도다! 그대의 가르침에 따라 하루를 사는 것이 죄에 빠져 영생을 사는 것보다 나으리니.

솔로몬의 잠언에서는 지혜와 덕에 관한 글을 골라 적어놓았다.

그의 오른손에는 장수가 있고 그의 왼손에는 부귀가 있나니
그 길은 즐거운 길이요. 그의 지름길은 다 평강이니라.(3장 16~17절)

하나님이 지혜의 샘이므로 지혜를 얻기 위해서는 하나님께 간청해야 한다고 생각했기 때문에 다음과 같은 짤막한 기도문을 만들어 도표의 첫머리에 붙여놓았다.

전능하고 은혜로우신 하나님 아버지! 자비로우신 인도자시여! 나를 지혜로 채우시어 진심으로 추구하는 바를 찾게 하소서. 지혜가 가르치는 대로 행할 수 있도록 내 결심을 더 강하게 하소서. 당신의 다른 자녀들이 내 호의를 받아들이게 도우셔서 당신이 내게 쉼 없이 베푸시는 은혜에 내가 보답할 수 있게 하소서.

가끔씩은 영국 시인 톰슨의 시에 나오는 짧은 기도문을 사용하기도 했다.

빛과 생명의 아버지, 가장 높은 곳에 계시는 신이시여!
선이 무엇인지 당신이 어떤 분인지 가르치소서!
어리석음과 허영과 악과

모든 비천함에서 저를 구하소서. 저의 영혼을
지식과 마음의 평화와 순수한 덕으로 채워주소서.
거룩하고 충만하며 영원히 시들지 않는 축복을 주소서!

'질서'에 해당하는 규율인 '모든 일은 시간을 정해놓고 하라'를 지키기 위해 수첩의 한 페이지에 다음과 같이 하루 24시간의 계획을 적어놓았다.

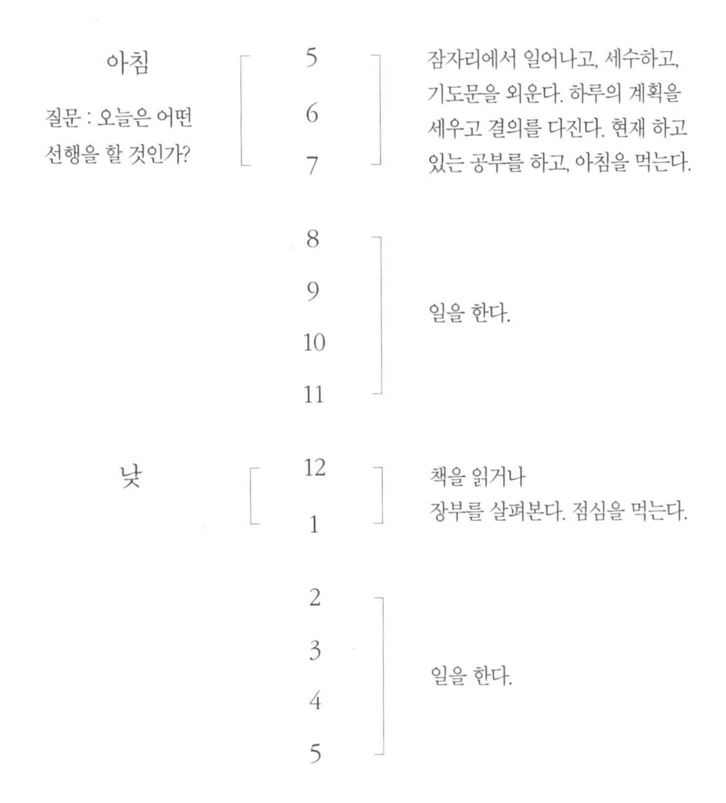

	시간	
아침 질문 : 오늘은 어떤 선행을 할 것인가?	5 6 7	잠자리에서 일어나고, 세수하고, 기도문을 외운다. 하루의 계획을 세우고 결의를 다진다. 현재 하고 있는 공부를 하고, 아침을 먹는다.
	8 9 10 11	일을 한다.
낮	12 1	책을 읽거나 장부를 살펴본다. 점심을 먹는다.
	2 3 4 5	일을 한다.

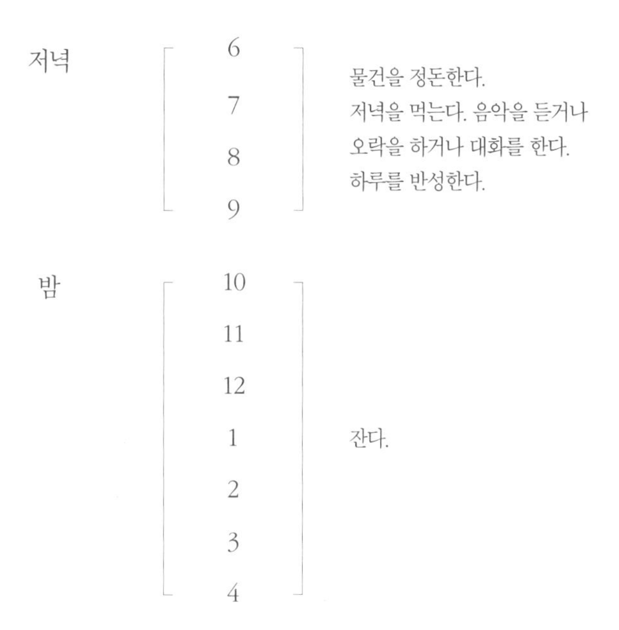

나는 자기반성을 위한 이 계획을 실천에 옮겼고, 잠깐잠깐 중단하기도 했지만 꽤 오랫동안 계속했다. 생각보다 내게 결점이 많은 걸 확인하고 놀랐지만 그 결점들이 차츰 줄어드는 것을 보면 뿌듯하기도 했다. 13주가 지나 처음부터 다시 시작할 때마다 이전에 표시해둔 점들을 긁어내고 그 자리에 새로 표시했는데 그러다 보니 수첩이 온통 구멍 천지가 되어 수첩을 계속 새로 만들어야 할 것 같았다. 그래서 상아로 만든 얇은 판에 지워지지 않도록 빨간 잉크로 표를 그리고 덕목과 규율을 옮겨 적은 다음 젖은 스펀지로 쉽게 지울 수 있도록 흑연 연필로 잘못을 표시했다. 얼마쯤 시간이 지나면서는 1년에 한 번밖에 실행하지 못했고 그 뒤로는 몇 년에 겨우 한 번씩 하다가 그나마도 나중에는 여행이니 해외출장이니 해서 돌아다닐 일이 많이 생기는 데다 이런저런 일들까지 겹쳐서 전혀 할 수가 없었다. 그래도 어딜 가든 수첩은 꼭 가지고 다녔다.

가장 지키기 어려운 덕목은 '질서'였다. 가령 인쇄공처럼 자기 시간을 따로 낼 수 있는 사람이라면 모를까 나 같은 주인은 세상 사람들과 어울려야 하고 뭐든 손님들의 시간에 맞춰줘야 하기 때문에 시간을 미리 계획하기가 거의 불가능했다. 종이나 그 밖의 물건들을 제자리에 정돈하는 일 역시 꽤 힘들었다. 어릴 적부터 그런 건 신경 쓰지 않고 살아온 데다 기억력이 뛰어나서 굳이 정리가 안 되어 있어도 별로 불편함을 느끼지 않았다. 그래서 이 '질서'라는 덕목은 애를 써도 좀처럼 지켜지지 않았고 칸을 빽빽이 채운 점들을 보노라면 초조해졌다. 시간이 지나도 좀처럼 나아지질 않았고 실패를 끊임없이 반복했다. 이제 그만 포기하고 이웃에 사는 어떤 남자처럼 결점이 있더라도 그냥 만족하고 넘어갈까 싶은 생각이 들기도 했다. 그 남자는 대장간에 도끼를 사러 와서는 도끼 전체를 끝의 날처럼 반짝거리게 해달라고 했다. 대장장이는 숫돌의 바퀴를 돌려주면 원하는 대로 도끼를 반짝거리게 갈아주겠다고 했다. 하지만 대장장이가 도끼의 넓적한 면을 돌 위에 힘껏 누르고 있어서 숫돌의 바퀴를 돌리기가 굉장히 힘들었다. 남자는 바퀴를 돌리다 말고 얼마나 윤이 나는지 보기를 몇 번 반복하더니 그냥 가져가겠다고 했다. 대장장이가 말했다. "아니, 계속 돌려요. 점점 더 윤이 날 겁니다.

아직은 얼룩덜룩하잖아요." 남자가 대답했다. "그렇긴 한데, 나는 이 얼룩덜룩한 도끼가 아주 마음에 든단 말이오." 내가 볼 때 많은 사람들이 이런 식인 것 같다. 내가 썼던 방법을 모르는 탓에 나쁜 버릇을 버리고 좋은 습관을 갖기가 힘이 드니까 노력하기를 포기하고 "얼룩덜룩한 도끼가 좋다"고 결정해버리는 것이다. 그들이 내세우는 핑계는 대개 이렇다. 내가 스스로에게 극단적인 완벽함을 강요하는 것이 어쩌면 도덕적 허영일지도 모르며, 남들이 알면 나를 비웃을지도 모른다. 완벽한 사람은 다른 사람들을 불편하게 만들고 질투와 증오의 대상이 될 수 있다. 사람은 조금 빈틈이 있어야 친구들이 친근함을 느끼고 좋아하는 법이다.

사실 '질서'에 관한 한 나는 구제불능이었다. 이제 나이가 들어 기억력이 나빠지니 '질서'가 얼마나 필요한 덕목인지 실감하게 된다. 그래도 이 덕목을 실천하려고 열심히 노력한 덕에 예전보다는 훨씬 행복하고 나은 사람이 되었다. 비록 그렇게 도달하고 싶어 했던 완벽함이라는 경지까지는 아직 멀었지만 시도조차 해보지 않았다면 이 정도도 절대 이루지 못했을 일이다. 글씨를 완벽하게 쓰고 싶을 때 인쇄된 글씨를 놓고 열심히 따라 하다 보면 인쇄본과 똑같이 쓸 수는 없다 해도 단정하고 읽기 편하게 쓸 수는 있게 되는 것과 마찬가지다.

나의 후손에게 꼭 들려주고 싶은 얘기는 그들의 조상인 내가 79세가 되도록 행복하게 살아온 것은 하나님의 은총과 더불어 이런 노력 덕분이라는 것이다. 남은 인생에 어떤 역경이 닥칠지는 오직 하나님만이 아신다. 그러나 역경이 닥친다 해도 이제껏 누려온 행복을 기억하면서 묵묵히 잘 견뎌낼 수 있을 것이다. 나는 '절제' 덕에 평생 건강하게 살았고 지금도 건강을 유지하고 있다. '근면'과 '절약' 덕에 젊은 시절 어려운 환경을 수월하게 극복했고 재산도 모았다. 공부를 게을리하지 않은 덕에 제 역할을 하는 시민이 되었고 지식인들 사이에서 상당한 명성도 얻었다. '진실'과 '정의' 덕에 나라의 신임을 얻어 명예로운 임무를 맡았다. 또 완전한 정도는 아니더라도 이 모든 덕목들을 모두 조화롭게 익힌 덕에 언제나 마음의 평정을 유지할 수 있었고 사람들과 기분 좋은 대화를 나눌 수도 있었다. 그런 까닭에 지금도 사람들은 나와 함께 있고 싶어 하고 젊은이들도 나와 사귀기를 좋아한다. 그래서 내 후손 중 몇 명이라도 이를 본받아 그 열매를 얻길 바란다.

내 계획에 종교적인 요소가 있긴 해도 특정 종파의 교리에 얽매이지는 않았다는 걸 꼭 얘기하고 넘어가야겠다. 그렇게 한 데는 이유가 있었다. 나는 종교에 관계없이 모든 사람이 이 방법을 활용해 큰 도움을 받기를 원했으며 또 언젠가 책으로 출간했을 때 어떤 종파의 사람이든 책의 내용에 편견을 갖는 일이 없기를 바랐다. 각 덕목에 짤막하게 내용을 적어놓아서 그 덕목을 습득할 때 얻는 이로움과 그 반대되는 악덕을 행했을 때 감당해야 하는 폐해를 보여주려 했을 뿐이다. 책 이름은 '덕의 기술'로 할 생각이었다. 덕만큼 사람을 성공으로 이끄는 것이 없으며 내 글에서 그 덕을 습득할 수 있는 방법과 태도를 알려주기 때문이다. 이는 선하라고 훈계만 하고 방법은 알려주지 않는 것과는 다르다. 굶주리고 헐벗은 형제에게 어디에서 옷과 먹을 것을 구해야 하는지 알려주지 않은 채 먹고 입으라고 말만 하는 것은 아무 소용이 없다.(〈야고보서〉 2장 15~16절)

이런 내용의 글을 써서 출판하려는 내 계획은 실현되지 못했다. 사실 책 쓸 때 써먹으려고 그때그때 떠오르는 대로 감상이나 추론 등을 짤막하게 메모해놓은 것이 있는데 그중 일부는 지금도 가지고 있다. 하지만 젊은 시절에는 개인적인 사업에, 그 뒤 나이가 들어서는 공익사업에 몰두하느라 책 쓰는 일은 계속 미룰 수밖에 없었다. 책 쓰는 일은 거대하고 광범위한 작업이라 온전하게 거기에만 매달려야 하는 것인데 생각지도 않은 일들이 끊임없이 생기는 바람에 지금까지도 완성을 하지 못했다.

내가 이 글에서 이야기하고 강조하고 싶은 말은 이것이다. 나쁜 행동은 금지되었기 때문에 해로운 것이 아니라 해롭기 때문에 금지된 것이며, 이런 행동은 오직 인간의 본성으로만 이루어지는 것이다. 그러므로 내세뿐 아니라 현세에서도 행복하기를 바라는 사람이라면 덕을 쌓는 것이 도움이 된다. 나는 이런 현실(이 세상에는 부유한 상인들, 귀족들, 지위가 높은 사람들, 왕들이 있고 그들은 정직하게 일을 처리해야 하지만 정작 그런 사람들은 아주 드문 현실)에서 정직과 성실이야말로 가난한 사람들을 성공으로 이끄는 자산임을 젊은 사람들에게 확실히 인식시켜주고 싶었다.

사실 처음에 내가 정한 덕목은 12가지였다. 그런데 퀘이커 교도 친구 하나가 슬쩍 일러주기를 내가 오만하다는 평이 있다고 했다. 그는 나더러 사람들과 대화할 때 자만심을 빈번하게 드러내며 어떤 주제에 대해 토론할 때 자신이 옳다는 것에 만족하지 못하고 안하무인 격으로 상대방을 이기려 한다고 몇 가지 예까지 들어가며 설명했다. 그 얘기를 듣고는 다른 결함이나 어리석은 습관과 함께 오만함도 고치기로 결심하고 '겸손'을 목록에 추가했다. 그리고 이 단어의 뜻을 넓게 해석했다.

이 덕목을 속속들이 습득했다고는 자신하지 못하겠지만 겉으로 봐서는 꽤 좋아진 듯했다. 나는 다른 사람의 의견을 직접적으로 반대하고 내 의견을 무조건 주장하지 않기로 했다. 또한 전토 클럽의 오래된 규칙에 따라 '확실히', '의심의 여지없이'처럼 딱 잘라서 자기 의견을 나타내는 표현도 하지 않기로 했다. 대신 '내가 알기로는', '내가 이해하기로는', '내가 생각하기에는 이러저러할 것 같다', '지금 내가 보기에는 이러이러하다'라는 식의 표현을 썼다. 상대가 내가 생각할 때 틀린 주장을 할 때도 그 자리에서 반박하며 그의 주장의 오류를 들춰내고 싶은 유혹을 억눌러 참았다. 그러고는 "당신의 주장이 어떤 특정한 경우나 상황에는 맞을 수도 있겠지만 지금 이 상황에는 맞지 않는 것 같다"는 식으로 대답했다. 이런 변화의 효과는 금방 나타났다. 사람들과 대화할 때 얘기가 훨씬 부드럽게 진행되었다. 또한 겸손한 태도로 의견을 말하자 사람들은 오히려 내 주장에 쉽게 동의했으며 반대도 점점 줄어들었다. 내가 틀린 주장을 했어도 덜 무안했고, 옳은 주장을 펼칠 때면 모두들 자신의 잘못을 선선히 시인하고 내 편이 되었다.

처음에는 이런 행동이 성격에 맞지 않아 힘들었지만 나중에는 습관이 되어 아무렇지도 않았다. 아마도 지난 50년 동안 내게서 독단적인 말을 들어본 사람은 아무도 없을 것이다. 새로운 제도를 제안하거나 낡은 제도를 개혁할 때 많은 시민들의 협력을 얻을 수 있었던 것이나 의원이 되었을 때 의회에서 그렇게 큰 영향력을 발휘할 수 있었던 것도 이 습관(성실함 다음으로) 덕이었다. 나라는 사람은 말도 서툴고 연설은 더더욱 익숙하지 않은 데다 어떤 단어를 선택해야 할지 몰라 늘 우물쭈물하고 어법도 정확하게 모르는 채 겨우 요점만 전달하는 정도였기 때문이다.

사실 인간의 감정 중 '자만심'만큼 정복하기 힘든 것도 없다. 아무리 감추고 맞붙어 싸우고 때려눕히고 질식시키려 해도 여전히 살아남아 여기저기서 불쑥불쑥 머리를 내민다. 어쩌면 이 글에서도 자만심이 때때로 모습을 보일 것이다. 내가 그것을 완전히 극복했다고 말한다면 그 또한 겸손하다는 자만일 테니까 말이다.

__여기까지는 1784년 파시에서 썼음

THE AUTOBIOGRAPHY OF

BENJAMIN FRANKLIN

_여기서부터는 1788년 8월에 시작하며 필라델피아에 있는 내 집에서 쓴다. 그런데 기록 대부분이 전쟁 중에 소실되고 이것밖에 남지 않아 기대했던 만큼 도움이 되지는 않았다.

3

"그 원칙이란, 우리가 다른 사람들의 발명품으로
큰 도움을 받고 있으므로 우리 또한 우리의 발명품으로
다른 사람들에게 기꺼이 도움을 주어야 하며 그것도
보수를 받지 않고 아낌없이 그렇게 해야 한다는 것이었다."

젊은 남성을 중심으로 한 '덕의 연합체'를 꿈꾸다

앞에서 내가 마음속에 품었던 위대하고 거창한 계획을 얘기했는데, 이제 그 계획의 내용과 목표를 이야기하려 한다. 처음 그 계획을 생각하면서 적어둔 내용이 다행히도 남아 있었다.

1731년 5월 19일, 도서관에서 역사책을 읽고 느낀 점

"전쟁이나 혁명 같은 세계적인 사건은 당파에 의해 일어나고 영향을 받는다.

이 당파들이 추구하는 바는 당면한 일반적인 이익이거나 그들이 보기에 그런 이익이라고 생각되는 것들이다.

여러 당파가 서로 다른 목표를 추구하면서 온갖 분쟁이 일어난다.

하나의 당파가 포괄적인 계획을 수행하고 있는 동안에도 당원들

은 각자 자신만의 이익을 추구한다.

당파가 목표를 달성하는 순간 당원들은 자신의 이익을 추구하는 데 혈안이 되어 다른 당원들을 방해하며 그 결과 당이 분열되고 혼란이 확대된다.

공적인 자리에 있는 사람들 중 겉으로 어떻게 행동하든 순수하게 국가의 이익을 위해서만 일하는 사람은 거의 없다. 그의 행동이 국가에 참된 이익이 되었다 해도 자신의 이익과 국가의 이익이 일치한다고 생각했기 때문에 그렇게 한 것이지 박애주의 원칙에 따라 한 것은 아니다.

인류 전체의 행복을 위해 일하는 공무원은 더더욱 없다.

지금이야말로 전 세계의 덕 있고 선량한 사람들이 주축이 되어 '덕의 연합체'를 만들 중대한 시기다. 그런 다음 합당하고 지혜로운 규칙으로 이 연합체를 통제한다면, 그들은 보통 사람들이 보통법을 지키는 것 이상으로 그 규칙을 잘 따를 것이다.

이 계획을 올바르게 지키려 하고 그럴 자격이 있는 사람이라면 반드시 하나님을 기쁘게 하고 성공할 것이다.

벤저민 프랭클린

이 계획이 한동안 머릿속에서 맴돌았고, 나중에라도 상황이 허락되면 실천에 옮겨야겠다는 마음에 이에 관한 생각을 그때그때 적어두었다. 그중 대부분을 잃어버렸지만 생각하고 있던 강령의 내용을 적어놓은 쪽지는 남아 있다. 여기에는 모든 종교의 본질이 담겨 있긴 하지만 특정 종교의 신도를 자극할 만한 내용은 전혀 없다.

> 하나님은 유일하시며 이 세상 만물을 창조하셨다.
> 하나님은 그 섭리에 따라 세상을 다스리신다.
> 그러므로 예배와 기도와 감사로 섬김을 받으셔야 한다.
> 그러나 하나님이 가장 좋아하시는 봉사는 다른 이에게
> 선행을 베푸는 것이다.
> 영혼은 불멸한다.
> 현세에서든 내세에서든 하나님은 선에는 상을 주시고
> 악에는 벌을 주신다.

당시 내 생각은 이런 것이었다.

첫째, 이 계획은 젊은 독신 남성들 사이에서 시작되어 퍼져나가야 한다. 둘째, 입회를 하려는 사람은 모두 이 강령에 동의해야 하며 앞에 나온 덕목 표에 따라 13주 동안 덕목을 실천하고 자기 점검을 해야 한다. 셋째, 부적합한 사람이 가입하지 못하도록 규모가 어느 정도 커질 때까지 단체의 존재는 비밀에 부친다. 대신 각 회원은 주변에서 똑똑하고 착한 청년들을 찾아내 신중하고 단계적으로 단체의 성격을 알린다. 넷째, 회원은 다른 회원들이 취미와 일과 자기 발전에서 성장할 수 있도록 후원과 지지를 아끼지 말아야 한다. 다섯

째, 우리 단체만의 특징을 살리기 위해 그 이름을 '자유인 모임'으로 한다. 여기서 '자유'란 덕을 실천하고 습관으로 만들어 악의 지배에서 벗어나는 것을 말한다. 그러니까, 근면과 절약을 실천하면 사람을 구속하고 채권자의 노예로 만드는 빚에서 벗어날 수 있다는 의미다.

내가 기억하는 것은 이 정도가 전부다. 한 가지만 덧붙이자면, 이 계획의 일부를 두 젊은이에게 얘기했더니 그들은 열정적인 관심을 보였다. 하지만 그때 내가 일 때문에 옴짝달싹할 수 없는 처지였던지라 계획의 실행은 자꾸 미루어지기만 했다. 게다가 공적, 사적으로 할 일이 잡다하게 많아서 계속 연기해야만 했다. 그러다가 지금에 이르렀고 이제는 늙어서 그런 과업을 감당할 만한 힘도 활동력도 남지 않게 되었다. 하지만 이 계획이 실행 가능했으며, 만일 실행되었더라면 훌륭한 시민을 많이 배출하는 아주 값진 역할을 했을 거라는 생각에는 변함이 없다.

또한 나는 계획이 너무 거대해 보인다고 해서 겁을 먹거나 하지는 않았다. 어느 정도의 능력을 갖춘 사람이라면 훌륭한 계획을 세우고 다른 오락이나 일에 한눈파는 일 없이 온 마음을 쏟아 연구하고 실천할 때 위대한 변화를 이룩하고 과업을 완수할 수 있다고 확신했다.

〈가난한 리처드의 달력〉 발행

1732년에 나는 리처드 손더스라는 이름으로 처음 달력을 발행했다. 이 달력은 그 후 25년 동안 발행되면서 '가난한 리처드의 달력'이라는 이름으로 불렸다. 재미있으면서도 쓸모 있게 만들려고 애쓴 보람이 있어서 달력은 해마다 1만 부 정도가 팔렸고 그 덕에 상당한 수입을 거뒀다. 대부분의 사람들이 그 달력을 보았고 달력이 없는 집이 별로 없을 정도가 되었다. 그러자 책을 거의 사지 않는 사람들에게 달력이 교훈을 전할 수 있는 좋은 매개체가 되겠다는 생각이 들었다. 그래서 특별한 날들 사이의 공간에 교훈이 될 만한 문구를 써넣었다. 주로 근면과 절약이 부를 얻고 덕을 쌓는 길이라는 내용이었다. 가령, 궁핍한 사람이 언제나 정직하기란 어려운 일임을 설명하기 위해 "빈 자루는 똑바로 서기 어렵다"라는 격언을 써넣는 식이었다.

나는 시대와 나라를 초월한 지혜가 담긴 이 격언들을 모아 지혜로운 노인이 경매장에 모인 사람들에게 하는 설교처럼 1757년 달력 앞부분에 실었다. 흩어져 있던 교훈들을 한데 모으니 사람들에게 더 큰 감명을 줄 수 있었다. 이 달력은 전 세계적으로 인기를 끌었다. 아메리카에서는 신문마다 이 달력을 인쇄해 실었고 영국에서는 집집마다 큰 종이에 인쇄해 벽에 붙였다. 프랑스에서는 두 가지 번역본이 나와 목사들과 지주들이 대량으로 사서 가난한 교구민과

소작인들에게 무료로 나누어 주었다. 펜실베이니아에서는 달력이 나오고 나서 몇 년 동안 화폐량이 눈에 띄게 증가했는데, 외제 사치품에 쓸데없는 돈을 쓰지 말라는 글귀가 달력에 있었기 때문이라고 다들 생각했다.

나는 우리 신문도 교훈을 전달하는 수단이 될 거라고 생각하고 《스펙테이터》지나 다른 교훈적인 작가들의 글을 신문에 자주 실었다. 가끔씩은 내가 전토 클럽에서 발표하려고 썼던 짤막한 글을 싣기도 했다. 그중에는 소크라테스식 문답 형식으로 쓴 글도 있었는데, 역할이나 능력이 어떻든 악한 사람은 분별 있는 사람이 될 수 없다는 내용이었다. 자기 극기에 대한 담론도 있었다. 미덕이 온전히 내 것이 되려면 그 미덕을 실천해 습관으로 만들고 반대의 성향에서 완전히 벗어나야 한다는 내용이었다. 이 글들은 1735년 초에 발

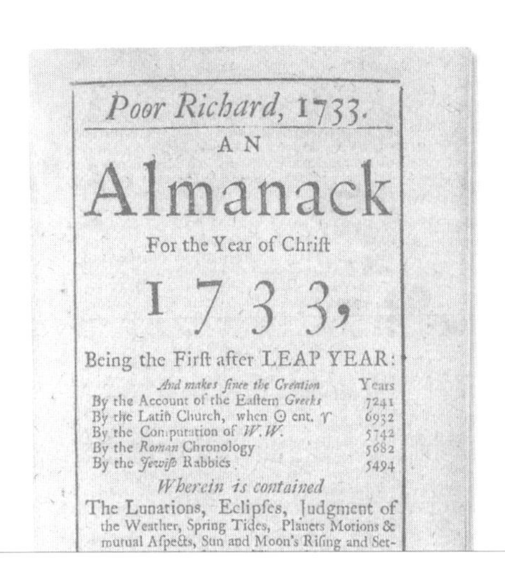
Poor Richard, 1733.

AN

Almanack

For the Year of Chrift

1733,

Being the Firft after LEAP YEAR:

And makes fince the Creation	Years
By the Account of the Eaftern *Greeks*	7241
By the Latin Church, when ☉ ent. ♈	6932
By the Computation of *W.W.*	5742
By the *Roman* Chronology	5682
By the *Jewifh* Rabbies	5494

Wherein is contained

The Lunations, Eclipfes, Judgment of the Weather, Spring Tides, Planets Motions & mutual Afpects, Sun and Moon's Rifing and Set-

벤저민 프랭클린이 발행한 〈가난한 리처드의 달력〉

행된 신문들에 실려 있다.

나는 신문을 발행하면서 남을 비방하거나 인신공격하는 글은 절대 싣지 않으려고 노력했다. 하지만 요즘 신문들을 보면 이런 일들이 자행되고 있는데 참 부끄러운 일이다. 나 역시 그런 글을 실어달라는 요구를 많이 받았다. 사람들은 표현의 자유를 내세우기도 하고 신문은 마차 같은 것이니 누구든 돈만 내면 탈 권리가 있다고 주장하기도 하면서 그런 부탁을 했다. 그럴 때면 나는 이렇게 대답했다. "원하신다면 따로 인쇄해드릴 테니 배포는 직접 하십시오. 나는 당신이 남을 비난하는 일에 끼어들고 싶지 않습니다. 유익하고 재미있는 기사를 제공하겠다고 구독자들과 약속한 이상 독자들과 관계없는 개인적인 논쟁을 실어 그들에게 피해를 줄 수는 없습니다." 요즈음의 인쇄업자들을 보면 개인의 원한을 풀어주기 위해 인격이 훌륭한 사람을 부당하게 비난하고 적개심을 돋우어서 결투를 초래하는 일을 서슴지 않는다. 뿐만 아니라 이웃하고 있는 주 정부에 대한 독설을 마구 찍어대는가 하면 심지어 가장 가까운 동맹국들까지 비난하는 일도 있다. 이런 분별없는 행동은 치명적인 결과를 초래할 수 있다. 내가 이런 얘기를 하는 이유는 인쇄업을 하는 젊은이들에게 주의를 주고 싶어서다. 그런 부끄러운 행동으로 신문을 더럽히거나 자신의 일을 욕되게 하지 말고 옳지 않은 요구는 단호하게 거절해야 한다. 내 경우를 보면 알 수 있듯 그런 태도가 결과적으로는 자신에게도 이롭다.

여성 교육의 필요성

1733년에는 인쇄 기술자가 부족했던 사우스캐롤라이나의 찰스턴에 내가 데리고 있던 직공 하나를 보냈다. 동업을 한다는 조건으로 나는 그에게 인쇄기와 활자를 대주었다. 그리고 경비의 3분의 1을 대주는 대신 수익의 3분의 1을 받기로 했다. 그 직공은 공부도 꽤 했고 정직한 사람이었지만 회계에 대해서는 아는 게 거의 없었다. 그는 내게 가끔씩 돈을 보낼 뿐 세상을 떠나는 날까지 회계 보고는 한 번도 하지 않았다. 우리의 동업 관계는 전혀 만족스럽지 못했다. 그 직공이 죽고 나서 부인이 인쇄소를 맡았다. 그 부인은 네덜란드에서 태어나고 자란 사람이었는데, 내가 알기로 그 나라에서는 여자들에게도 회계 교육을 시킨다고 한다. 부인은 이전 거래 기록을 찾는 대로 정확한 보고서를 보내왔을 뿐만 아니라 그 뒤로 분기마다 한 번도 빠짐없이 정확하게 회계 보고를 했다. 그녀는 사업에서 큰 성공을 거두었고 아이들을 남부럽지 않게 키웠으며, 계약이 끝난 뒤에는 내게서 인쇄소를 인수해 아들에게 물려주었다.

이 얘기를 하는 이유는 우리 나라에서도 젊은 여성들에게 이 분야의 교육을 하자는 제안을 하고 싶어서다. 남편을 먼저 보내고 혼자가 될 경우 음악이나 무용보다는 회계를 아는 편이 자신이나 아이들에게 더 도움이 될 것이다. 우선 교활한 사기꾼에게 속아 손해를 볼 일이 없을 테고 확실한 거래처를 두고 벌이가 좋은 장사를 계속하다가 자식이 성장하고 나서 물려준다면 계속 수익을 얻어 가계가 풍족해질 수 있기 때문이다.

헴필 목사에 대한 찬반양론

1734년 즈음 아일랜드에서 헴필이라는 젊은 장로교 목사가 우리 지역으로 부임해 왔다. 헴필 목사는 목소리가 좋은 데다 사전에 별 준비를 않고도 설교를 뛰어나게 잘해서 다른 교파의 신도들까지 몰려들어 그의 설교에 흠뻑 빠졌다. 나 역시도 그런 사람들 중 하나였다. 그는 설교를 할 때 교리를 강조하기보다는 덕의 실천이나 종교적 범주에서 선행이라고 불리는 행동을 주로 이야기했다. 나는 그런 점이 마음에 들었다. 그런데 정통 장로교도라고 자처하는 자들이 헴필 목사의 설교를 반대하고 나섰고 나이 든 목사들도 이에 동조했다. 그들은 헴필 목사의 입을 막기 위해 그를 교회 회의에 이단자로 고발했다. 나는 헴필 목사를 적극 지지하면서 한편으로는 그를 옹호하는 사람들을 모으기 위해 최선을 다했다. 우리는 이길 거라는 희망을 갖고 그를 위해 싸웠다.

이 일을 두고 사람들 사이에서 찬반양론이 많았다. 그런데 헴필 목사가 설교에는 능란해도 글 솜씨는 형편없다는 것을 알고 나는 목사 대신 두세 개의 논설을 써서 그중 하나를 1735년 4월호《가제트》지에 실었다. 당시에는 이런 식으로 논쟁거리를 다룬 글을 많이들 읽었는데 그것도 곧 시들해졌다. 그때 내가 썼던 글이 하나라도 남아 있는지 모르겠다.

그러던 중에 목사를 곤경에 빠뜨리는 불행한 사건이 일어났다. 반대자들 중 한 사람이 큰 갈채를 받았던 목사의 설교를 듣고는 그 비슷한 내용을 어디에선가 읽은 적이 있다고 생각한 것이다. 그는 조사를 시작했고 결국 영국의 어느 평론지에 실린 포스터 박사의 설교에서 인용된 거라는 사실을 밝혀냈다. 이 일이 발각되자 헴필 목사의 지지자들 대부분이 그에게 실망해 등을 돌렸고 우리 파는 교회 회의에서 완전히 패배했다. 하지만 나는 끝까지 그의 편을 들었다. 대개의 목사들이 자기가 직접 만든 형편없는 설교를 하는데 그보다는 차라리 남의 설교를 인용하더라도 좋은 설교를 하는 편이 낫다고 생각했다. 나중에 헴필 목사는 그가 한 설교 중에 직접 쓴 것은 하나도 없다고 내게 털어놓았다. 그러면서 자신은 기억력이 좋아서 어떤 설교든 한 번만 읽으면 외워서 그대로 할 수 있다고 했다. 우리 편이 패배하고 나서 목사는 더 나은 운명을 찾아 어딘가로 떠났고 나도 교회에 발길을 끊었다. 하지만 목사들을 후원하는 기부금은 그 뒤로도 여러 해 동안 보냈다.

외국어 교육은 프랑스어부터

1733년부터 나는 외국어 공부를 시작했다. 먼저 프랑스어를 혼자 익혀서 얼마 안 가 별 어려움 없이 책을 읽을 정도가 되었다. 그 다음에는 이탈리아어를 시작했다. 그런데 함께 이탈리아어를 공부하던 친구 하나가 걸핏하면 체스를 두자고 꼬드겼다. 체스를 두면 시간을 너무 많이 뺏겨서 공부를 할 수가 없었으므로 생각다 못해 나는 친구에게 체스를 두는 대신 조건을 하나 내걸었다. 게임을 해서 이긴 사람은 진 사람에게 문법 암기나 번역 같은 과제를 주고 진 사람은 다음번 만날 때까지 명예를 걸고 과제를 해와야 한다는 것이었다. 이 조건대로 하지 않으면 체스를 두지 않겠다고 했다. 두 사람의 체스 실력이 비슷했기 때문에 번갈아가며 서로에게 공부를 시켜주는 셈이 되었다. 그 다음에는 스페인어를 시작했는데 조금 고생을 하긴 했어도 역시 책을 읽을 정도는 되었다.

앞에서도 말했듯 나는 라틴어 학교를 1년, 그것도 아주 어린 나이에 다녔을 뿐 그 뒤로는 라틴어를 전혀 공부할 기회가 없었다. 그런데 프랑스어, 이탈리아어, 스페인어를 익히고 나서 라틴어 성경을 보았더니 뜻밖에도 생각보다 훨씬 잘 읽혔다. 이에 용기를 얻어 다시 라틴어 공부를 시작했는데 앞서 다른 언어들을 익힌 덕에 별 어려움이 없었다.

이런 과정을 겪으면서 나는 우리 나라의 언어 교육에 일관성이 부족하다는 생각이 들었다. 흔히 라틴어를 먼저 시작해서 완전히 익힌 다음에 그 언어에서 파생된 다른 언어들을 배우는 것이 효과적이라고들 한다. 그러면서도 라틴어를 쉽게 배우기 위해 그리스어부터 공부하지는 않는다. 어떻게 해서든 꼭대기에 오를 수만 있다면 내려올 때 계단을 하나하나 밟으면서 내려오기가 별로 어렵지 않은 것은 사실이다. 하지만 올라갈 때 맨 아래 계단부터 차근차근 밟아 올라가면 더 쉽게 꼭대기에 이를 수 있다. 그렇기 때문에 어린 학생들의 교육을 책임지는 사람들에게 나는 이런 제안을 하고 싶다. 라틴어부터 공부하는 학생들 대부분이 몇 년을 어영부영 보내다가 제대로 익히지도 못하고 포기해버린다. 그래서 그나마 배운 것도 아무 쓸모가 없어지고 시간만 허비하고 만다. 그러니 처음에 프랑스어부터 시작해서 그 다음에 이탈리어를 배우는 식으로 교육을 하는 편이 낫지 않을까? 그렇게 하면 설령 같은 시간을 지낸 뒤에 공부를 그만둬서 라틴어까지 익히지는 못한다고 해도 현재 실생활에서 요긴하게 쓸 수 있는 언어 한두 가지는 습득할 수 있을 테니 말이다.

조카를 지원함으로써 형에 대한 마음의 부채를 덜다

보스턴을 떠나온 지도 어느덧 10년이 지났다. 그동안은 정신없

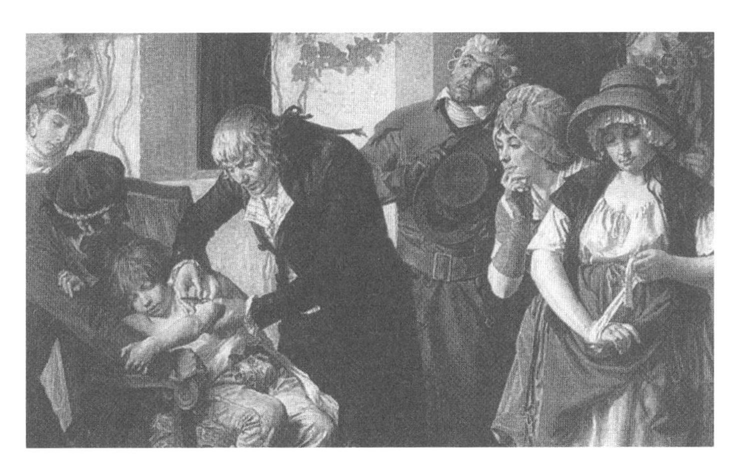

천연두 접종에 관한 논쟁
18세기 말, 왼쪽의 영국 의사 제너는 우두농 접종으로 천연두를 막을 수 있음을 입증했다. 그러나 1721년에 벌써 보스턴에서는 천연두 균을 이용한 천연두 접종에 관해 논쟁이 일었다.

이 바빠 도통 여유가 나지 않았지만 이제 생활도 그런대로 안정이 된 것 같아 가족도 볼 겸 보스턴에 다녀오기로 했다. 돌아오는 길에는 형을 만나러 뉴포트에 잠시 들렀다. 형은 그곳에서 인쇄소를 하고 있었다. 서로 아옹다옹하기도 했지만 그건 다 옛날 일이고 다시 만나고 보니 그렇게 푸근하고 반가울 수가 없었다. 형은 하루가 다르게 쇠약해져갔다. 형은 이제 오래 못 살 것 같으니 자기가 죽으면 이제 열 살밖에 안 된 조카를 맡아서 인쇄업을 가르쳐주라고 내게 당부했다. 나는 형과 약속한 대로 조카를 데려다가 몇 년 동안 학교에 보낸 뒤에 인쇄 일을 가르쳤다. 형이 떠난 다음에는 형수가 인쇄소를 맡아 하다가 조카가 장성한 뒤에 물려주었다. 조카가 인쇄소를 물려받을 때쯤 보니 형이 쓰던 활자들이 다 낡았기에 새 활자를 마련해주었다. 그 옛날 그렇게 일찍 형을 떠난 탓에 형에게 아무것도 해주지 못했다는 마음의 짐을 그렇게라도 덜어낼 수 있었다.

1736년에 나는 네 살짜리 아들을 천연두로 잃었다. 아이에게 예방접종을 하지 않은 것을 오랫동안 가슴 아파 했고 지금까지도 그 슬픔은 가시지 않았다. 혹시라도 아이가 잘못될까 봐 예방접종을 시키지 못하는 부모들이 있다면 이렇게 얘기해주고 싶다. 어느 쪽이든 후회되기는 마찬가지라면 조금이라도 안전한 쪽을 선택해야 한다고 말이다.

정보와 교훈을 제공하며 퍼져나가는 전토 클럽

우리 전토 클럽은 굉장히 유익한 모임이었다. 회원들도 모두 만족해서 몇 명은 자기 친구들을 가입시키고 싶어 했다. 하지만 그렇게 되면 우리가 적정 인원으로 생각했던 열두 명이 초과되었다. 처음부터 우리는 이 클럽을 비밀로 운영하기로 규칙을 정했고 회원들 모두 잘 지켰다. 그렇게 한 이유는 자격이 안 되는 사람이 가입하려 하는데 우리 쪽에서 거절하기 곤란한 경우가 생길까 봐였다. 나는 회원 수를 늘리는 것에 반대했다. 대신, 회원들 각자가 전토 클럽과 같은 규칙을 가진 종속 클럽을 만들고 그 회원들에게 전토 클럽

과의 관계를 숨기자는 제안을 했다. 그렇게 해서 거둘 수 있는 효과 몇 가지를 다음과 같이 설명했다. 첫째, 우리의 모임을 활용해 더 많은 젊은이들의 자질을 향상시킬 수 있다. 둘째, 전토 회원들이 각자의 클럽에서 자신의 관심사를 제시하고 거기에서 통과된 내용을 전토 클럽에 보고하면 특정 안건에 관한 주민들의 일반적인 정서를 더 쉽게 파악할 수 있다. 마지막으로, 더 많은 사람들을 회원으로 추천할 수 있으니 각자의 사업에도 이익이 될 것이며, 여러 클럽을 통해 전토의 의견을 퍼뜨릴 수 있으므로 공공 문제에 대한 우리의 영향력과 선행을 발휘할 수 있는 능력이 확대될 것이다.

내 제안에 전원이 찬성했다. 회원들은 저마다 클럽 만드는 일에 착수했다. 하지만 모두가 성공한 것은 아니었다. 대여섯 개의 클럽만이 조직되어 '바인', '유니언', '밴드' 등의 이름으로 활동했다. 클럽들은 그 나름대로 유익했고 꽤 많은 즐거움과 정보, 교훈을 주었다. 뿐만 아니라 특정 문제에 대한 여론을 조성할 때에도 굉장한 도움이 되었다. 이에 대해서는 앞으로 이야기를 해나가면서 필요할 때마다 언급하기로 한다.

체신장관으로 일하며 공공사업에 눈을 뜨다

내가 처음으로 공직을 맡은 것은 1736년 주의회 서기로 선출되면서였다. 그해에는 한 사람의 반대도 없이 당선되었다. 하지만 다음 해에 다시 추천을 받았을 때는(다른 의원들과 마찬가지로 1년에 한 번씩 선출되었다) 다른 후보를 지지하던 신참내기 의원 하나가 나를 반대하는 긴 연설을 했다. 하지만 나는 결국 당선되었다. 나로서는 기분 좋은 일이었다. 그 자리에 있는 동안은 서기 봉급을 받는 것 외에도 의원들과 친분을 쌓을 수도 있었고 투표용지나 법조문, 지폐, 공문서 같은 인쇄 일도 맡을 수 있어서 어느 모로 보나 이익이었기 때문이다.

그러니 나를 반대했던 그 신참내기 의원이 곱게 보일 리가 없었다. 그는 재산과 학식과 재능을 모두 갖추고 있어 머지않아 주의회에서 커다란 영향력을 행사할 사람처럼 보였고 실제로 그렇게 되었다. 하지만 그에게 아첨해서 잘 보이고 싶은 마음은 없었기에 시간이 좀 지난 뒤에 다른 방법을 써보았다. 그의 서재에 아주 진기한 책이 한 권 있다는 소문을 듣고는 그 책을 꼭 한번 읽어보고 싶으니 며칠만 빌려줄 수 없느냐는 편지를 보냈다. 그는 선뜻 책을 빌려주었고, 나는 일주일쯤 뒤에 정말 감사하다는 메모와 함께 그 책을 돌려주었다. 그러고 나서 의회에서 만났을 때 그는 아주 공손하게 말을 걸어왔다(전에는 한 번도 그런 적이 없었다). 그 뒤로는 모든 일에서 내 편이 되어주었고 우리는 친구가 되었다. 우리의 우정은 그가 죽을 때까지 계속되었다. 이 일을 보더라도 옛말 중에 틀린 말이 없다는 걸 또 한번 알 수 있다. "당신이 친절을 베풀어준 사람보다 당신에게 친절을 베푼 사람이 앞으로도 당신에게 친절을 베풀 것이다."
적의를 보이는 상대를 원망하고 되갚으면서 원한 관계를 지속하기보다는 신중하게 행동하면서 그 적의를 없애는 편이 훨씬 이롭다.

1737년 당시에는 예전 버지니아 주지사를 지냈던 스포츠우드 대령이 체신부 장관이었는데, 그는 필라델피아 우체국장을 근무 태만과 정확하지 못한 회계 처리를 이유로 해고하고 나에게 그 자리를 맡겼다. 나는 흔쾌히 받아들였고 굉장히 큰 이익을 얻었다. 비록 보수는 적었지만 통신이 용이해 신문의 질을 높일 수 있었고 그 결과 구독자 수와 광고 수요가 늘어나 결과적으로 수입이 훨씬 좋아졌다. 반면 오래된 경쟁자인 브래드퍼드의 신문은 그만큼 어려워졌다. 브래드퍼드는 우체국장 시절에 내 신문이 배달되지 못하게 했지만 나는 보복하지 않기로 했다. 어쨌거나 그는 회계에 철저하지 못했던 대가를 혹독하게 치렀으니 말이다. 그러므로 다른 사람 밑에서 일하는 젊은이들에게 꼭 해주고 싶은 충고가 있다. 회계 처리와 송금은 무슨 일이 있어도 명확하게 그리고 시간을 철저히 지켜서 해야 한다는 것이다. 그 경험은 새로운 일자리를 얻거나 사업을 확장할 때 가장 확실한 추천장이 되어준다.

이 무렵부터 나는 차츰 공공사업에 눈을 돌렸는데 우선은 작은 일부터 시작했다. 가장 먼저 해결하고자 했던 것은 도시의 야간 순찰 문제였다. 당시에는 각 구역의 경관들이 교대로 야간 순찰을 했고 그들이 함께 순찰할 일반 가정의 세대주들을 지명했다. 이때 순찰을 돌기 싫은 사람들은 경관에게 1년에 6실링을 내고 면제받았다. 이 돈은 그들 대신 순찰을 돌 사람들을 고용하는 데 쓰였다. 그런데 실제로는 이렇게 거둬들인 돈이 필요 이상으로 많아서 사람을 고용하고 남는 돈은 경관들의 주머니로 들어갔다. 돈을 챙긴 경관들은 걸핏하면 부랑자들에게 술값을 조금 찔러주며 자기 대신 순찰을 돌게 했고, 당연히 세대주들은 부랑자들과 함께 순찰 도는 것을 꺼렸다. 뿐만 아니라 경관들이 아예 순찰을 빼먹고 밤새 술을 마시는 경우도 허다했다. 나는 전토 클럽에서 발표할 생각으로 경관들이 저지르는 부정행위에 대한 보고서를 작성했다. 이 보고서에서 나는 경관들에게 내는 6실링이라는 세금이 불공평하다는 점도 강조했다. 야간 순찰로 보호받을 수 있는 재산이 기껏해야 50파운드밖에 안 되는 가난한 과부가 가게에 몇천 파운드어치의 물건을 쌓아놓고 있는 부유한 상인과 똑같은 돈을 내는 것은 공평치 않았다.

이 문제를 해결하기 위해 나는 적당한 사람을 고용해 급료를 주고 지속적으로 순찰을 맡기는 안을 제시했다. 그리고 여기에 소요되는 비용은 공정하게 재산에 비례해 세금을 징수하는 방법으로 충당하자고 했다. 전토 회원들은 내 제안을 지지했고 자신이 운영하는 클럽에서도 그 얘기를 했다. 하지만 전토 클럽의 존재는 비밀로 한 채 각자의 클럽에서 제안된 것으로 했다. 내 계획이 즉시 실행에 옮겨지지는 못했지만 사람들에게 변화가 필요하다는 인식을 심어주는 계기가 되었고, 몇 년 뒤 우리 클럽의 회원들이 더 큰 영향력을

유니언 소방대의 활약
프랭클린이 1736년에 필라델피아의 소방대를 조직했을 당시만 해도 이런 형태의 소방대는 새로운 개념이었다. 나중에 프랭클린은 보험 회사를 설립하고 '불 표시'가 있는 금속판으로 보험 계약자 집을 표시했다.

발휘할 수 있는 위치에 오르자 마침내 법률로 제정되었다.

이즈음 나는 온갖 사고와 부주의로 발생하는 화재에 관해 논문을 한 편 썼다(처음에는 전토 클럽 내에서 읽히다가 나중에 출간되었다). 화재에 대한 경각심을 불러일으키고 화재를 예방할 수 있는 방법을 제시하려는 게 그 목적이었다. 내 제안은 실효성이 있다는 평가를 받았고 즉시 구체적인 계획이 세워졌다. 언제든 화재를 진압할 수 있고 위험 상황에서 물건을 안전하게 옮길 수 있는 협력 체제를 갖춘 소방대를 조직한다는 내용이었다. 소방대원으로 참여하겠다는 지원자 수가 순식간에 서른 명에 이르렀다. 규약에 따라 모든 대원은 불이 났을 때 즉시 사용할 수 있도록 일정 개수의 가죽 물통, 튼튼한 가방과 바구니(물건을 담아 나르기 위한 것)들을 항상 준비해두어야 했다. 그리고 한 달에 한 번씩 저녁에 모여 화재시 효과적인 대처법을 비롯한 여러 문제들에 대해 의견을 교환하기로 했다.

얼마 안 가 이 조직의 유용성이 확인되자 지원자가 급격히 늘어 우리가 애초 정해놓은 적정 인원을 넘어섰다. 우리는 그들에게 소방대를 따로 하나 더 만들라고 권했고 그들은 우리 말대로 했다. 이런 식으로 새로운 소방대가 계속 생겨나더니 나중에는 재산이 있는 주민들 대부분이 소방대원일 정도로 그 수가 늘어났다. 이 글을 쓰는 지금 내가 유니언 소방대를 처음 만든 지 50년이 지났지만 그 소방대는 지금까지도 왕성하게 활동하고 있다. 나와 나보다 한 살 더 많은 사람 하나를 제외하고 초창기 대원들은 모두 세상을 떠났지만 말이다. 소방대에서는 모임에 빠지는 사람들에게 약간의 벌금을 거둬서 소방차와 사다리, 소방 기구 등 소방대에 필요한 물품을 구입하는 데 사용했다. 화재를 초기에 진압할 수 있는 소방시설을 우리만큼 잘 갖춘 도시가 전 세계에 또 있을지 의문이다. 실제로 소방대가 생긴 뒤로 우리 도시에서는 한 번의 화재로 두세 집씩 타버리는 일이 없어졌다. 화재가 어느 집에서 시작되든 반도 타기 전에 완전히 진압되었다.

감탄스러운 설교가 화이트필드 목사와의 우정

1739년에는 아일랜드에서 순회 목사로 이름을 떨치던 화이트필드 목사가 필라델피아로 왔다. 처음에 와서는 몇 군데 교회에서 허락을 받고 설교를 했지만, 그를 못마땅하게 여긴 목사들이 더는 교회를 빌려주지 않아 야외에서 설교를 해야 했다. 그가 설교를 하는 곳에는 종단과 교파를 가리지 않고 엄청난 수의 군중이 몰려들었다. 나 역시 그들 중 하나였는데, 목사가 청중들을 향해 반은 짐승이고 반은 마귀라며 저주를 퍼붓는데도 사람들이 그의 설교에 큰 감명을 받고 목사를 열렬하게 찬양하는 모습을 보며 놀라움을 금치 못했다. 더욱 놀라운 것은 목사가 온 지 얼마 되지 않아 나타난 주민들의 행동 변화였다. 얼마 전까지만 해도 종교에 별 생각이 없거나 무관심했던 사람들이 갑자기 신앙심으로 가득 찬 것처럼 행동했다. 저녁에 시내의 거리를 걷다 보면 집집마다 찬송가 소리가 흘러나왔다.

그런데 모이는 장소가 야외다 보니 날씨라도 궂은 날이면 여간 불편한 게 아니었다. 곧바로 교회를 짓자는 의견이 나왔고 모금 위원들이 임명되었으며 금세 돈이 모아져서 땅을 사고 길이 100피트, 폭이 70피트가량 되는 웨스터민스터 강당 크기의 교회 건물을 지을 수 있게 되었다. 공사는 아주 순조롭게 진행되어 예정보다 훨씬 빨리 완성되었다. 교회 건물과 땅은 관리 위원들에게 위탁되었는데,

어떤 종교의 어떤 설교자든 이 교회에서 필라델피아 시민들에게 하고 싶은 설교를 할 수 있도록 하기 위해서였다. 교회 건물은 특정 종파가 아닌 일반 시민을 위해 지어진 것이었다. 그렇기 때문에 콘스탄티노플의 회교 법전 이론가가 이슬람 교리를 전하러 왔다 해도 강단에 서서 설교할 수 있어야 한다는 생각이었다.

화이트필드 목사는 필라델피아를 떠나 각지를 다니며 설교를 하다가 조지아 주까지 갔다. 당시 조지아에는 사람들이 막 정착하기 시작하던 때여서 개척 사업에 맞는 힘세고 부지런한 일꾼들이 필요했지만 대개는 파산하거나 빚에 쪼들려 도망치거나 감옥에서 막 출소한 사람들이었다. 게으른 습관이 몸에 밴 이들은 산림을 개간해 정착할 곳을 마련해야 하는 힘든 개척지 생활을 이기지 못해 무더기로 죽어나갔고 어린이들만 의지할 곳 없는 채로 남았다. 이 비참한 상황을 보고 인정 많은 화이트필드 목사는 그곳에 고아원을 지어 아이들을 먹이고 가르쳐야겠다고 생각했다. 목사는 필라델피아로 돌아오면서 고아원 건립에 대한 설교를 해 많은 돈을 모금했다. 이번에도 그의 힘 있는 설교에 사람들은 깊은 감동을 받고 지갑을 열었으며 나 역시도 그랬다.

그런데 나는 화이트 목사의 계획에는 찬성했지만 방법에는 동의할 수가 없었다. 그때 조지아에는 자재와 인력이 부족했기 때문에 화이트 목사는 그런 것들을 필라델피아에서 보내자고 했다. 그러려면 막대한 비용이 필요했다. 나는 그러느니 필라델피아에 고아원을 짓고 아이들을 데려오는 편이 나을 거라고 판단했다. 그런 얘기를 목사에게 해보았지만 그는 내 충고를 거절하고 자신의 계획을 고집했다. 그래서 나도 기부금을 더 이상 내지 않았다. 그 일이 있고 나서 얼마 뒤에 목사의 설교를 듣게 되었다. 그가 설교를 마치고 기부금을 거두려고 하면 한 푼도 내지 않으리라 속으로 다짐했다. 그날 내 주머니에는 동전 한 줌과 은 달러화 서너 개와 금화 다섯 개가 있었다. 그런데 그가 설교를 계속하는 동안 마음이 약해져서 동전은 내기로 했다. 조금 있다가는 설교 중 어느 한 구절에 부끄러운 마음이 들어 은화까지는 내기로 작정했다. 마지막에는 그가 설교를 감탄스러울 정도로 훌륭하게 끝맺는 바람에 결국은 주머니에 있던 돈을 전부 기부하고 말았다. 그 자리에는 우리 전토 클럽 회원 하나도 있었는데, 나처럼 조지아에 고아원 짓는 것을 반대했기 때문에 모금을 하더라도 절대 내지 않으려고 아예 주머니를 비우고 집을 나섰다. 그런데 설교가 끝나가면서 기부를 하고 싶다는 충동이 강하게 일어 결국 옆에 있던 사람에게 돈을 좀 빌려달라고 했다. 그런데 그 사람은 하필이면 그 많은 청중 가운데 유일하게 목사의 설교에 흔들리지 않은 사람이었다. 그는 이렇게 대답했다. "홉킨슨 씨, 다른 때였다면 얼마든지 빌려주었겠지만 지금은 안 되겠습니다. 제가 보기에 굉장히 흥분하신 것 같아서요."

화이트필드 목사를 싫어하는 사람들은 그가 기부금을 개인적인 용도로 쓸 거라고들 말했다. 하지만 목사의 설교와 글 등을 인쇄하면서 그와 가까이 지낼 수 있었던 나는 그의 결백을 조금도 의심하지 않았다. 지금까지도 나는 목사가 한 치의 거짓도 없이 언제나 정직하게 행동했다고 굳게 믿는다. 우리가 종교로 이어진 관계가 전혀 아니기 때문에 그를 옹호하는 내 말에 더욱 신빙성이 있는 거라고 생각한다. 그가 나를 기독교인으로 만들어달라는 기도를 하기도 했지만 그 기도가 응답받았다고 믿을 만한 일은 절대 일어나지 않았다. 우리는 그냥 정중하고 진실한 우정으로 맺어진 관계였으며 그 우정은 목사가 세상을 떠날 때까지 이어졌다.

이 얘기를 하면 우리가 어떤 관계였는지 좀 더 분명하게 알 수 있을 듯하다. 화이트필드 목사는 영국에서 보스턴으로 오자마자 내게 편지를 보냈다. 곧 필라델피아로 가려고 하는데 늘 자기 집에 머물게 해주었던 오랜 친구 베너젯 씨가 저먼타운으로 이사를 가버려서 묵을 곳이 없다는 내용이었다. 나는 이렇게 답장을 보냈다. "누추해도 괜찮으시다면 우리 집에서 묵으시는 게 어떨까요? 전 언제든 진심으로 환영합니다." 목사는 내가 예수님을 위해 그처럼 친절을 베푸니 반드시 보답을 받을 거라고 답했다. 나는 다시 답장을 보냈다. "오해하지 마십시오. 예수님을 위해서가 아니고 목사님을 위해서 하는 일이니까요."

우리 둘 다를 알고 있던 어떤 사람은 나더러 이렇게 말했다. "도움을 받으면 부담을 벗어버리려고 하늘에 맡겨버리는 게 성직자들의 수법인 걸 알고는 땅에 묶어두려고 한 거군요."

화이트필드 목사를 마지막으로 본 것은 런던에서였다. 그때 그는 고아원 문제와 이와 관련해 대학을 짓겠다는 목표를 내게 상의했다.

화이트필드 목사는 목소리가 아주 크고 낭랑한 데다 단어와 문장을 또박또박 발음했기 때문에 상당히 멀리 떨어져 있어도 그의 설교를 알아들을 수가 있었다. 게다가 그의 청중은 그 수가 아무리 많아도 완벽하게 침묵을 지켰다. 어느 날 저녁 화이트필드 목사는 시장 거리 한가운데에 위치하며 동쪽으로는 2번가가 직각으로 교차해 있는 법원 계단 꼭대기에서 설교를 했다. 양쪽 길의 꽤 먼 곳까지 청중으로 들어찼다. 시장 거리의 맨 뒤쪽에서 듣고 있다가 그의 목소리가 어디까지 들릴지 문득 궁금해진 나는 길을 따라 강 쪽으로 계속 걸어가보았다. 프론트 가에 이를 때까지도 그의 목소리는 또렷하게 들렸다. 하지만 거리의 소음 때문에 무슨 말인지 알아들을 수는 없었다. 내가 온 거리를 반지름으로 해서 반원을 그린 다음 그 안에 청중을 가득 채웠다고 가정하고 한 사람이 차지하는 면적을 2평방피트로 잡아보니 최소한 3만 명은 그의 설교를 들을 수 있겠다는 계산이 나왔다. 그가 야외에서 2만 5천 명의 청중을 모아놓고 설교를 했다는 신문 기사를 보거나 장군들이 전 군대를 호령했다는 옛날이야기를 들을 때는 반신반의했는데 이제 그 말들이 믿어졌다.

화이트필드 목사의 설교를 자주 듣다 보니 어떤 설교가 새로 쓰인 것이고 어떤 설교가 순회하면서 자주 하던 것인지 쉽게 구분이 되었다. 자주 해봤던 설교는 아무래도 많이 다듬어지니까 억양이나 강조점, 목소리의 변화 등이 듣기 편하게 조절되어서 사람들은 그가 어떤 주제로 설교를 하든 집중하고 좋아했다. 마치 훌륭한 음악을 들을 때와 같은 희열을 느꼈다. 이것이 전속 목사에 비해 순회 목사가 갖는 이점이다. 전속 목사는 같은 설교를 여러 번 해볼 기회가 없으니 솜씨가 좀처럼 늘지 않는다.

화이트필드 목사는 가끔 글을 써서 발표하기도 했는데 이것이 적대자들에게 좋은 빌미를 제공했다. 설교를 할 때는 경솔한 표현이나 잘못된 의견을 말했다 해도 나중에 해명을 할 수 있고 보충 설명을 해서 문제를 가라앉힐 수도 있다. 아니면 부인할 수도 있다. 하지만 글은 영원히 남는다. 적대자들은 화이트필드 목사의 글을 매섭게 공격했다. 그들의 비난이 타당해 보였기 때문에 목사를 지지하던 사람들의 수도 점차 줄었고 다시는 늘지 않았다. 화이트필드 목사가 글을 쓰지만 않았더라도 아마 신자 수도 많고 영향력도 큰 교파 하나는 남겼을 것이다. 그리고 죽은 뒤에도 그의 명성은 더 높아졌을 것이다. 글이 없었더라면 남들이 그를 흠잡거나 깎아내릴 구실 또한 존재하지 않았을 것이며 광적인 추종자들은 자기들이 그에게 바라는 대로 온갖 장점들을 꾸며냈을 테니 말이다.

동업할 때의 유의점과 계약서의 중요성

그러는 동안 내 인쇄소는 계속 번창했고 형편도 나날이 좋아졌다. 우리 신문은 한동안 그 지역에서 유일한 신문이었기 때문에 꽤 많은 수익이 났다. 나는 "처음 100파운드만 모으면 다음 100파운드를 모으기가 훨씬 쉽다"라는 말이 틀리지 않다는 걸 경험했다. 말 그대로 돈이 돈을 낳았다.

캐롤라이나 주에서 시작했던 동업이 성공을 거둬 자신감을 얻은 터라 몇 군데로 더 확장해보기로 하고 평소 행실이 바른 직공 몇 명을 뽑아 각기 다른 주에 인쇄소를 차려주었다. 조건은 캐롤라이나 주 때와 같게 했다. 그들 대부분이 성공을 해서 6년의 계약 기간이 끝난 뒤에는 내게 활자를 사서 독립했다. 이를 터전으로 여러 가정이 기반을 잡고 살아갈 수 있었다. 동업 관계는 자칫하면 싸움으로 끝나기가 쉽다. 그런 점에서 나는 운이 좋았다. 내 동업은 늘 순조롭게 진행되었고 서로 기분 좋게 마무리되었다. 이렇게 된 데는 각자 해야 할 일과 서로에게 요구하는 일들을 계약서에 구체적으로 명시하는 방법이 큰 역할을 했다. 그랬기 때문에 분쟁의 소지가 전혀 없었다. 동업을 시작하려는 사람들에게 이 점을 강조하고 싶다. 계약 당시에야 서로를 누구보다 존중하고 신뢰한다 해도 시간이 지나다 보면 질투심과 미움이 생길 수 있다. 또한 사업을 하다가 신경 쓰이고 부담스러운 일이 생기면 자신만 손해 본다는 기분이 들고 그러다 보면 우정에 금이 가고 관계가 깨지고 심지어는 소송까지 가는 등 안 좋은 결과를 맞는 경우도 허다하다.

나는 여러 가지 이유로 펜실베이니아 주에 자리를 잡은 것이 만족스러웠다. 하지만 아쉬운 점도 한두 가지 있었다. 방위 제도와 젊은이들을 위한 교육 시설, 다시 말해 시민병과 대학이 없다는 점이 그랬다. 1743년에 나는 대학 설립 계획을 세웠다. 그리고 대학을 감독할 사람으로 피터스 목사를 염두에 두었다. 마침 피터스가 목사직을 그만둔 상태기도 해서 그에게 내 계획을 얘기해보았다. 하지만 피터스는 영주들의 일을 봐주는 것이 더 이익이라고 생각했는지 내 제안을 거절했다. 그의 생각이 맞기는 했다. 그 뒤로 다른 마땅한 사람을 찾지 못해 이 계획을 잠시 중단해야 했다. 그러다 다음 해인 1744년에 학술협회의 설립을 제안하고 실행할 수 있었다. 이 일을 추진하기 위해 내가 작성했던 제안서는 그동안 모아두었던 내 기록들 속에 있을 것이다.

"공직을 구걸하지도 거절하지도 사임하지도 않겠다"

다음으로는 방위 문제를 얘기해보겠다. 스페인은 여러 해 동안 영국과 전쟁을 벌이다가 결국에는 프랑스와 동맹을 맺었다. 이런 상황은 우리에게 큰 위협이 되었다. 우리 주의 토머스 지사는 퀘이커 교도가 많은 의석을 차지하고 있는 주의회를 설득해 군사 법안을 통과시키고 방위 규정을 만들기 위해 오랫동안 지속적으로 애를 썼지만 결국 실패하고 말았다. 그래서 나는 민간인들의 자발적인 참여로 이루어진 연합체를 만들어보기로 했다. 이 일을 추진하기 전에 먼저 〈명백한 진리〉라는 소논문을 써서 발표했다. 이 논문에서 나는 우리의 무방비 상태를 정확하게 알렸고 방위를 위해서는 단결과 훈련이 필요하다고 강조했으며, 이를 위한 연합체 구성을 며칠 내에 제안하고 시민들의 서명을 받겠다고 약속했다. 내 논문은 발표되자마자 놀랄 만한 반향을 불러일으켰다. 나는 사람들의 요청에 따라 이 단체의 대표가 되었고 친구 몇 명과 함께 초안을 작성했으며, 앞서 말한 커다란 건물에서 시민 집회를 열기로 했다. 집회 장소는 발 디딜 틈도 없이 사람들로 꽉 찼다. 대회장 곳곳에는 인쇄한 용지들과 펜과 잉크가 비치되어 있었다. 나는 이 문제에 대해 간단한 연설을 하고 나서 초안을 읽고 설명한 다음 서명 용지를 나누어 주었다. 모두들 열심히 서명해주었고, 단 한 사람의 반대도 없었다.

집회가 끝난 뒤 서명 용지를 다 거둬보니 서명한 사람이 1,200명이 넘었다. 다른 지역에서도 서명을 받았는데 서명한 사람이 1만 명이 넘었다. 이들은 짧은 시간 안에 무장하고 중대와 연대를 편성하고 지휘관을 선출하고 매주 한 번씩 모여 집총 훈련을 비롯한 군사 훈련을 받았다. 여자들은 그들끼리 모금을 해서 중대에 보낼 비단 군기를 만들고 여기에 내가 만든 여러 도안과 구호를 그려 넣었다.

필라델피아 연대를 구성하는 중대의 장교들은 나를 대령으로 선출했다. 하지만 나는 적임자가 아니라고 생각해 사양하고 대신 로렌스 씨를 선출했다. 그는 인품이 훌륭하고 영향력도 있는 사람이어서 별 반대 없이 연대장에 임명되었다. 그 다음으로 나는 도시 외곽에 포대를 만들고 대포를 설치하는 데 드는 비용을 마련하기 위해 복권을 발행하자고 제안했다. 비용은 금세 마련되어 포대가 곧 설치되었고 총안(銃眼)의 방어벽도 통나무로 짠 뒤 흙을 채워 만들었다. 보스턴에서 구식 대포도 몇 문 사들였지만 그 정도로는 부족했다. 그래서 우리는 영국에 편지를 보내 몇 문만 더 보내달라고 하면서 동시에 영주들에게도 도움을 청했다. 하지만 그들에게 별 기대는 하지 않았다.

그러는 동안 나는 로렌스 대령, 윌리엄 앨런, 에이브럼 테일러 경과 함께 대포를 빌려오는 임무를 띠고 뉴욕의 클린턴 주지사를 찾아갔다. 지사는 처음에는 딱 잘라 거절했다. 하지만 그곳 의원들과 같이 저녁 식사를 하며 그 지방 풍습대로 마데이라주를 거나하게 들이켜면서 차츰 태도가 누그러지더니 여섯 문을 빌려주겠다고 했다. 몇 잔을 더 마신 다음에는 열 문으로 늘어났고 나중에는 기분이 아주 좋아져서 열여덟 문으로 결정했다. 운반대가 달린 18파운드짜리 대포들은 상태가 훌륭했다. 우리는 신속하게 대포들을 운반해와서 포대에 설치했다. 전쟁이 계속되는 동안 시민군들이 밤마다 포대에서 보초를 섰고, 나도 한 사람의 시민군으로 그들과 교대로 보초를 섰다.

나의 이런 활동을 지사와 의원들이 좋게 보았다. 그들은 나를 신뢰해서 시민병에 도움이 될 거라고 생각되는 법안이 있을 때마다 나를 불러 의논했다. 나는 방위 문제에는 종교의 힘도 필요하다고 생각했으므로 시민들의 감화를 이루고 우리의 일에 하나님의 축복이 있기를 기원하는 의미로 금식을 선포하자고 제안했다. 지사와 의원들은 내 제안에 찬성했다. 하지만 필라델피아에서는 금식이 처음이어서 비서관은 선언서를 어떻게 써야 하는지 몰랐다. 나는 매년 금식이 선포되는 뉴잉글랜드에서 자랐기 때문에 조금이나마 도움을 줄 수 있었다. 나는 일반적인 형식에 맞추어 초안을 작성한 다음 독일에서 이주해온 사람들이 많은 지역을 고려해 독일어로 번역했다. 그리고 두 가지 언어로 인쇄해서 각 지역에 배포했다. 이 일은 여러 종파의 목사들이 교인들에게 시민군에 참여하도록 설득하는 계기가 되었다. 평화가 빨리 오지 않았더라면 아마도 퀘이커 교도를 제외한 모든 종파의 사람들이 시민군이 되었을지도 몰랐다.

친구들은 내가 이런 일에 나섰다가 퀘이커 교도의 미움을 사서 그들이 다수를 차지하고 있는 주의회의 신임을 잃을까 봐 걱정했다. 실제로 의원 몇 사람과 친분이 있는 젊은이 하나가 다음 선거에서 내 뒤를 이어 서기가 될 기회를 노리기도 했다. 그가 어느 날 내게 오더니 다음 선거에서는 내가 떨어지게 되어 있다고 말했다. 그러고는 마치 나를 위해 충고를 한다는 듯 쫓겨나느니 스스로 그만두는 게 체면을 생각해서라도 낫지 않겠느냐고 했다. 나는 공직을 구걸하지도 않고 공직이 맡겨지면 거절하지도 않는다는 원칙을 세운 공직자 얘기를 어딘가에서 읽은 적이 있다고 대답해주고는 덧붙였다. "나는 그의 원칙에 동의하며 거기에 한 가지를 추가하고 싶습니다. 절대로 공직을 구걸하지도 않고 거절하지도 않으며 또한 사임하지도 않겠다는 겁니다. 만일 내 서기직을 다른 사람에게 주려고 한다면 그 직을 내게서 빼앗아가야 할 것입니다. 절대로 내가 먼저 포기해서 언젠가 보복할 권리를 적대자들에게 잃는 일은 없을 겁니다." 그 뒤로는 어떤 얘기도 들리지 않았다. 나는 다음 선거에서도 만장일치로 선출되었다. 의회는 오랫동안 군비 문제로 골머리를 썩이고 있었는데, 그 문제에 대해 논쟁이 있을 때마다 주지사 편에 섰던 의원들과 내가 가까이 지내다 보니 일부 의원들이 보기에는 못마땅했을 것이고 내가 제 발로 나가주기를 바랐을 것이다. 그렇지만 내가 시민군 문제에 열의를 보인다는 이유만으로 나를 내쫓을 수는 없었고 다른 트집거리를 잡을 수도 없었다.

나는 여러 가지 이유를 근거로 사람들이 나라의 방위 문제에 직접 나서서 도와주지는 않는다 해도 반대는 하지 않는다고 판단했다. 또한 내가 생각했던 것보다 훨씬 많은 사람들이 침략 전쟁에는 반대하지만 방위 전쟁에는 분명하게 찬성한다는 사실도 알게 되었다. 당시 이 문제에 대해 찬반양론의 글이 많이 쏟아져 나왔는데, 그 중에는 독실한 퀘이커 교도들이 방위 전쟁을 찬성하며 쓴 글들도 있었다. 이 글들 덕분에 많은 퀘이커 교도 청년들을 설득할 수 있었다.

우리 소방대에서 일어난 어떤 사건을 계기로 나는 퀘이커 교도들의 일반적인 생각을 명확히 알 수 있었다. 당시 소방대의 조합에 60파운드의 공금이 있었는데, 포대 건설을 돕기 위해 이 돈으로 복권을 사들이자는 의견이 나왔다. 조합 규칙에 따르면 제안이 있고 나서 다음번 모임까지 돈을 지출할 수가 없었다. 소방대원은 모두 서른 명이었는데 그중 스물두 명이 퀘이커 교도였고 다른 종파 사람은 여덟 명에 불과했다. 모임이 있던 날 우리 여덟 명은 제시간에 모였다. 우리는 퀘이커 교도들 중 그래도 몇 명은 우리 제안에 찬성해 줄 거라고 기대했다. 하지만 정작 모임에 나타난 사람은 반대 의견을 가진 제임스 모리스 씨 한 명뿐이었다. 그는 이런 제안이 나왔다는 것이 무척 유감스럽다고 하면서 '친구들'[퀘이커 교도들은 하나님 앞에 모두가 평등하다는 의미에서 스스로를 친구들의 모임이라고 불렀다] 모두 이 안건에 반대하고 있으며 이로 인해 불화가 생겨 결국에는 소방대가 해체되고 말 거라고 했다. 우리는 그럴 일은 없다고 대답했다. 우리는 소수이고 '친구들'이 반대표를 던져 이 제안이 '무효'로 결정된다면, 협회의 관례에 따라 그 결정에 당연히 따라야 하며 또 기꺼이 따를 거라고 했다. 드디어 투표할 시간이 되었다. 투표가 막 시작되려 하는데 모리스 씨가 규칙대로 지금 투표해도 상관은 없지만 반대하는 사람이 몇 명 더 올 수도 있으니 좀 더 기다려보자고 했다.

이 문제로 다들 옥신각신하고 있는데 식당 급사 한 명이 들어오더니 아래층에서 신사 두 분이 나를 만나고 싶어 한다고 알려주었다. 아래층으로 내려가보니 퀘이커 교도 대원 두 명이 있었다. 그들은 근처 술집에 여덟 명이 모여 있다면서 필요하다면 와서 찬성 쪽에 투표를 하겠지만 그런 일은 없었으면 좋겠다고 말했다. 그런 제안에 찬성했다는 게 알려지면 장로들과 친구들과의 관계가 껄끄러워질 수도 있으니 자기들이 없어도 상관없으면 부르지 말아달라고 했다. 그렇게 해서 다수표를 확보한 나는 위층으로 올라가서 약간 머뭇거리는 표정을 지으며 모리스 씨 말대로 한 시간만 더 기다려보자고 말했다. 모리스 씨는 아주 공정한 처사라며 반겼다. 하지만 시간이 지나도 반대하는 '친구들'은 한 명도 나타나지 않았고, 모리스 씨는 몹시 당황했다. 약속한 시간이 되자 투표가 진행되었고 결과는 찬성 8, 반대 1이었다. 스물두 명의 퀘이커 교도 중 여덟 명은 우리 제안에 찬성 의사를 표현했고 열세 명은 투표 장소에 나오지 않음으로써 반대하지 않는다는 것을 보여주었다. 이 결과를 보며 나는 방위 문제에 진정으로 반대한 퀘이커 교도의 비율은 21대 1에 불과하다고 판단했다. 왜냐하면 퀘이커 교도 모두 우리 소방대의 정식 회원들이었고 회원들 사이에서 평판도 좋았으며 그날 회의에서 어떤 문제가 논의될지 이미 알고 있었기 때문이다.

오랜 세월 한결같이 퀘이커 교도로 살아왔으며 훌륭한 인품과 학식을 갖춘 로건 씨는 퀘이커 교도들에게 보내는 연설문에서 방어 전쟁을 찬성하는 의견을 여러 논거를 들며 강력하게 주장했다.

그는 포대 건설을 위한 복권을 사라며 내 손에 60파운드를 쥐여주었고 혹시 복권이 당첨되면 그 돈도 모두 포대 건설에 쓰라고 했다. 그는 방위 문제를 얘기하다가 예전 자신이 모셨던 윌리엄 펜 경[1644~1718. 영국의 유명한 퀘이커 교도이며 펜실베이니아 식민지의 창립자]에 얽힌 일화 하나를 들려주었다. 젊은 시절 윌리엄 펜 경의 비서로 일하던 로건 씨는 그와 함께 영국에서 왔다. 그때는 한창 전쟁 중이었는데, 그들이 탄 배를 적의 군함으로 보이는 배 한 척이 쫓아오고 있었다. 배의 선장은 방어 준비를 했다. 선장은 윌리엄 펜 경이나 그의 퀘이커 교도 친구들에게 도움을 받을 수 있을 거라고는 기대하지 않았으므로 그들에게 선실로 들어가 있으라고 했다. 모두들 선장 말대로 했다. 하지만 제임스 로건만은 갑판에 남아서 총 하나를 받아 들었다. 다행히 적함인 줄 알았던 배는 우리 편 군함으로 밝혀져 전투는 벌어지지 않았다. 로건 씨가 이 사실을 알리러 선실로 내려갔을 때 윌리엄 펜 경은 선장이 부탁하지도 않았는데 '친구들'의 원칙까지 어겨가며 갑판에 남아 배를 방어하는 일에 가담했다며 그를 호되게 나무랐다. 사람들이 모두 보는 앞에서 꾸지람을 듣자 로건 씨도 가만히 있지 못하고 대꾸했다. "저는 주인님의 비서인데 어째서 아래로 내려오라고 명령하지 않으신 겁니까? 주인님도 위험한 상황이라고 생각하고는 제가 갑판에 남아서 같이 싸우기를 바라셨던 겁니다."

퀘이커 교도가 언제나 다수를 차지하는 주의회에 오랫동안 있다 보니 군사 목적에 협조하라는 국왕의 지시가 있을 때마다 그들이 전쟁에 반대하는 퀘이커교의 원칙 때문에 난처해하는 모습을 많이 보았다. 노골적으로 반대하자니 정부의 노여움을 살 테고 정부의 지시를 따르자니 퀘이커 교도 친구들의 원칙을 어겨야 하는 것이다. 그래서 가능하면 피해보려고 온갖 핑곗거리를 만들다가 도저히 피할 수 없게 되면 협조는 하되 군사 목적에는 협조하지 않는 것처럼 위장했다. 이때 가장 흔히 쓰이는 수법이 '국왕의 사용을 위해'라는 명목으로 돈을 내고 그 돈이 어디에 쓰이는지는 절대 묻지 않는 것이었다.

그런데 국왕으로부터 직접 내려온 지시가 아닐 때는 이 방법을 쓸 수가 없었기 때문에 다른 방법들이 고안되었다. 한번은 뉴잉글랜드 정부가 화약이 부족하다며(루이스버그 요새에서 쓸 화약이었다고 기억한다) 펜실베이니아 정부에 보조금을 청한 일이 있었다. 토머스 지사가 의회에 지원을 촉구했지만 퀘이커 교도는 전쟁 물자인 화약을 사는 데 자금을 지원해줄 수가 없었다. 하지만 그들은 뉴잉글랜드에 3천 파운드를 지원한다는 안을 통과시키고 지사에게 그 돈을 주면서 빵이나 밀가루나 통밀 혹은 '다른 곡물'들을 사라고 말했다. 이때 의원들 몇 명이 주의회를 계속 방해하기 위해서 토머스 지사에게 그가 요구했던 품목이 아니니 돈을 받지 말라고 했다. 하지만 지사는 이렇게 대답했다. "나는 돈을 받겠습니다. 의회의 뜻을 아주 잘 알기 때문입니다. '다른 곡물'이란 바로 화약을 말하는 겁니다."

지사는 그 돈으로 화약을 샀지만 아무도 이의를 제기하지 않았다.

소방대 조합비로 복권을 사자는 안이 부결될까 봐 걱정하던 차에 이 일이 떠올라 나는 소방대 친구인 싱 씨에게 이렇게 말했다. "만일 부결되면 파이어 엔진(소방용 펌프)을 사겠다고 합시다. 그러면 퀘이커 교도들도 반대하지 않을 겁니다. 그리고 집행위원을 뽑을 때 당신이 나를 추천하고 나는 당신을 추천한 다음 우리가 대포를 사는 겁니다. 그것도 분명히 파이어 엔진이니까요." 싱 씨가 대답했다. "이제 보니 의회에 오래 있으면서 많이 발전했군요. 그렇게 모호한 방식이라니, 통밀 또는 다른 곡물과 견줄 만한데요."

퀘이커 교도들은 '모든 전쟁은 불가하다'라는 교리를 만들어 공표했는데, 이렇게 한번 공표하고 나면 나중에 마음이 바뀌어도 쉽게 철회할 수가 없었다. 바로 그 때문에 곤혹스러워하는 그들을 보면서 던커 교도들이 더 신중하다는 생각이 들었다. 이 종파가 처음 생겼을 때 나는 창시자 중 한 사람인 마이클 웰페어와 친분을 맺었다. 그는 다른 교파의 광신자들이 한번 들어보지도 못한 혐오스러운 원칙과 의식을 들먹이며 자신들을 비난한다고 억울해했다. 나는 새 종파가 생기면 으레 그런 것이니 더 이상 모욕을 당하지 않으려면 교리와 신앙 규범을 글로 써서 공표하는 게 좋을 거라고 했다. 그런데 마이클 웰페어는 이전에도 내부에서 그런 의견이 나왔지만 부결되었다며 그 이유를 말해주었다. "우리가 처음 교단을 만들었을 때 하나님은 우리의 마음을 일깨워주셔서 우리가 그때까지 진리라고 믿어왔던 교리가 사실은 진리가 아니며 또 진리가 아니라고 믿어왔던 교리가 사실은 진리일 수 있음을 알게 하셨습니다. 때때로 하나님은 우리에게 더 밝은 빛을 주셔서 우리의 원칙이 개선되고 잘못이 줄어들었습니다. 지금 우리가 이 과정의 마지막에 이르렀는지, 영적 혹은 신학적 지식의 완성 단계에 이르렀는지 확신이 서지 않습니다. 이런 때에 만일 우리의 신앙 고백을 글로 써놓는다면 그것에 얽매여 더 이상의 발전을 할 수 없을까 봐 걱정이 됩니다. 그리고 우리의 후계자들에게 미치는 영향은 더 커져서 아마 그들은 자신들의 선조이자 창시자인 우리가 정해놓은 교리를 성스러운 것으로 여겨 절대 벗어나지 않으려 할 겁니다."

이처럼 겸손한 종파는 아마 인류 역사를 통틀어 다시 없을 것이다. 모든 종파들이 자신들의 믿음만이 진리라고 생각하며 자신들의 교리와 다른 것은 모두 틀렸다고 우기고 있다. 그들은 마치 안개 속을 여행하는 사람과 같다. 안개 속에 있으면 가까이에 있는 것만 또렷이 보일 뿐 조금이라도 앞이나 뒤나 양옆으로 떨어져 있는 사람은 모두 안개에 싸인 것처럼 보인다. 하지만 다른 사람들 눈에는 그 자신도 안개에 싸인 것처럼 보인다. 아무튼 이런 당혹스러움을 피하기 위해 최근 퀘이커 교도들 중에는 의원이나 장관 같은 공직에서 물러나는 사람들이 점점 늘어났다. 원칙을 어기느니 권력을 포기하기로 한 것이다.

난로를 발명했으나 특허권을 거절하다

시간 순서로만 보면 진즉에 나왔어야 할 얘기가 있다. 1742년에 나는 방을 더 따뜻하게 덥히면서도 찬 공기가 유입되면서 열을 내기 때문에 연료 절약도 되는 열린 난로를 발명했다. 나는 오랜 친구인 로버트 그레이스에게 견본을 보여주었다. 그때 로버트는 용광로를 가지고 있었는데 판금을 주조해서 난로를 만들면 찾는 사람이 많아 큰 돈벌이가 될 거라고 했다.

판매를 늘리기 위해 나는 '새롭게 발명된 펜실베이니아 난로 설명서'라는 제목의 소책자를 만들었다. 이 소책자에서 난로의 구조와 사용법 그리고 다른 난방 기구들보다 우수한 점을 설명하고 이 난로가 이전 난로들의 모든 결점을 해결하고 없앴다는 점을 강조했다. 소책자는 뜨거운 반응을 일으켰다. 토머스 주지사는 소책자에 설명되어 있는 난로의 구조가 마음에 든다며 몇 년 동안 이 난로를 독점 판매할 수 있는 특허를 내주겠다고 했다. 하지만 나는 그런 경우에 지켜왔던 원칙에 따라 제의를 거절했다. 그 원칙이란, 우리가 다른 사람들의 발명품으로 큰 도움을 받고 있으므로 우리 또한 우리의 발명품으로 다른 사람들에게 기꺼이 도움을 주어야 하며 그것도 보수를 받지 않고 아낌없이 그렇게 해야 한다는 것이었다.

그런데 런던의 어떤 철물 장수가 내 소책자의 내용 대부분을 가져다가 자기 식으로 난로를 만들었다. 원래의 설명에서 몇 가지를 바꾸는 바람에 오히려 효율이 떨어지긴 했어도 그것으로 특허를 얻었고 들리는 얘기로는 큰돈을 벌었다고 한다. 다른 사람들이 내 발명품으로 특허를 따는 일은 그 뒤로도 여러 번 있었지만 모두가 성공한 것은 아니었다. 나는 특허권으로 돈을 벌고 싶지 않았고 시비가 붙는 것도 싫어서 그냥 모른 척했다. 아무튼 이 난로를 필라델피아와 주변 지역의 수많은 가정에서 들여놓았고 그 덕에 땔감용 나무를 꽤 많이 절약할 수 있었다.

필라델피아 대학이 설립되기까지

드디어 전쟁이 끝났고 따라서 시민군의 임무도 끝났다. 나는 다시 대학 설립에 관련된 일을 추진했다. 우선 전토 클럽 회원들을 중심으로 활동적인 친구들을 모으는 것부터 시작했다. 다음에는 〈펜실베이니아 주 청년 교육에 관한 제안〉이라는 소책자를 만들어 지역의 유지들에게 무료로 나누어 주었다. 그리고 그들이 책자를 읽고 어느 정도 마음의 준비가 되었을 거라 생각될 즈음 재빨리 대학 설립과 유지를 위한 기부금 모금을 시작했다. 기부금은 5년에 걸쳐 매년 분납하도록 했다. 분납을 하면 기부금 액수가 더 클 거라고 판단했다. 내 판단은 적중했다. 내가 정확히 기억하는 거라면, 그때 걷힌 기부금 액수는 5천 파운드가 넘었다.

이 계획안을 소개할 때 나는 나 개인이 아닌 '공공복지에 관심 있는 사람들'이 발표하는 것으로 했다. 평소의 내 원칙에 따라, 다수의 이익을 위한 일에 내가 주인공으로 사람들 앞에 나서는 일은 가능한 한 피했다.

기부자들은 이 계획을 한시라도 빨리 실행하기 위해 자체적으로 스물네 명의 재단 이사를 선출했고, 당시 법무장관이던 프랜시스 씨와 나에게 대학 운영 법규 작성을 맡겼다. 법규가 만들어져 승인을 받았고, 이 법규에 따라 교실로 쓸 건물 임대와 교수 채용이 이루어졌다. 그리고 드디어 수업이 시작되었다. 그때가 아마도 1749년이었을 것이다.

학생 수가 급격히 늘어나 기존의 교실만으로는 다 수용이 되지 않았다. 우리는 건물을 새로 짓기로 하고 적당한 땅을 알아보았다. 그런데 하늘이 도왔는지 조금만 손보면 충분히 교실로 사용할 수 있는 커다란 건물을 얻을 수 있었다. 이 건물은 앞서 얘기했던 화이트필드 목사의 청중들이 세운 것인데 다음과 같은 경위로 우리 차지가 되었다.

이 건물은 여러 종파의 기부금으로 지어졌고 임명된 이사들이 관리하고 있었다. 그들은 종파에 관계없이 건물과 대지를 사용할 수 있도록 했다. 그렇지 않으면 건물을 지은 원래의 의도와 달리 하나의 종파가 모든 걸 독점할 수 있기 때문이었다. 그렇기 때문에 이사들도 성공회에서 한 사람, 장로교에서 한 사람, 침례교에서 한 사람,

모라비아교에서 한 사람, 이런 식으로 각 종파에서 한 사람씩 임명되었다. 이사 중 한 사람이 사망해 공석이 생기면 기부금을 낸 사람들이 투표로 새 이사를 선출했다. 그런데 어찌 된 일인지 모라비아교 이사는 다른 이사들과 사이가 안 좋았다. 그런 이유로 그가 사망하자 나머지 이사들은 모라비아교에서는 대표를 뽑지 않기로 결정했다. 그러다 보니 하나의 종파에서 두 사람의 이사가 나오는 걸 어떻게 피할 것인가가 또 문제였다.

여러 사람의 이름이 거론되었지만 그런 이유 때문에 합의에 이르지 못했다. 그러던 중 누군가가 나를 추천했다. 정직하고 어느 종파에도 속해 있지 않다는 것이 추천 이유였다. 모두들 동의했고 나는 이사로 선출되었다. 건물을 처음 세울 당시의 열정은 이미 사라진 지 오래였고, 이사들은 기부금이 더는 걷히지 않는 탓에 토지세와 건물 유지 비용에 들어간 빚을 감당하지 못해 쩔쩔매고 있었다. 나는 이 건물과 대학 모두의 이사였으므로 양쪽 관계자들과 좀 더 유리하게 협상할 수 있었고 마침내 합의를 이끌어냈다. 건물 관리 위원회는 건물을 대학 측에 양도하고, 대신 대학 측은 건물의 빚을 떠맡으며, 대강당은 본래 취지대로 설교가 있을 때에는 개방하고 그 외에는 가난한 어린이들을 위한 무료 학교로 사용한다는 내용이었다. 합의서가 작성되었고 대학 측에서는 빚을 갚아주고 건물을 소유했다. 천장이 높고 면적이 넓은 강당은 2층으로 나눠 각 층에 여러 개의 교실을 만들었으며 땅도 조금 더 사들였다. 모든 것이 계획대로 순조롭게 진행되었고 학생들도 교실로 돌아왔다. 나는 인부들과 의견을 조율하고 자재를 구입하고 공사 전체를 감독하는 힘들고 번거로운 일들을 도맡다시피 했다. 하지만 그즈음에는 인쇄소 일에 신경을 쓰지 않아도 되었기 때문에 홀가분하게 그 일을 할 수 있었다. 4년 동안 우리 인쇄소에서 직공으로 일해 그 사람 됨됨이를 훤히 알게 된 데이비드 홀이 그 전해부터 내 동업자로 일하고 있었다. 데이비드 홀은 유능하고 부지런하고 정직한 사람이었다. 그는 내 대신 인쇄소의 모든 일을 맡아 하면서 내 몫의 수익금을 정확하게 보내왔다. 우리의 동업 관계는 18년간 계속되었고 두 사람 다 만족했다.

얼마 뒤에 대학의 재단 이사회는 지사의 허가를 얻어 법인이 되었다. 영국 정부의 기부금과 영주들의 토지 기증, 여기에 주의회의 상당한 원조까지 더해져 대학 기금은 크게 불어났다. 이렇게 해서 오늘날의 필라델피아 대학이 설립되었다. 나는 창립 때부터 현재에 이르기까지 40여 년간 이사 자리를 지켜왔다. 그 세월 동안 우리 대학에서 교육받은 수많은 젊은이들이 능력을 지닌 뛰어난 인재가 되어 공직에서 봉사하고 나라의 자랑스러운 일꾼이 되는 모습을 보는 것이 내게는 가장 큰 기쁨이었다.

인쇄업에서 퇴직한 후의 프랭클린

프랭클린은 마흔두 살의 나이에 인쇄소에서 손을 떼고 나서 신사 옷을 차려입은 이 초상화를 의뢰했다.

술에 취하면 소란을 일으키는 인디언들

앞에서도 얘기한 대로 나는 생업에 매달리지 않아도 되었고 또 많지는 않다 해도 그렇다고 부족하지도 않을 만큼 재산도 모았으므로 학문 연구나 하면서 여생을 여유롭고 즐겁게 보내기로 했다. 우선 영국에서 필라델피아로 강의를 하러 온 스펜스 박사의 실험 기구들을 모두 사들여서 전기에 관한 실험을 아주 의욕적으로 해나갔다. 그런데 세상 사람들은 그런 나를 한가하게 보았던지 서로 자기들 일에 끌어들이려고 했고 시정(市政)의 온갖 부서에서는 거의 동시에 내게 여러 가지 임무를 떠맡겼다. 지사는 나를 치안판사로 임명했고, 시의 행정기관은 처음에는 시의회 의원 일을 맡기더니 다음에는 참의원 자리를 주었고, 시민들은 나를 그들을 대표하는 주의회 의원으로 선출했다. 나는 주의회 의원 자리가 가장 반가웠다. 의원들이 논쟁할 때 그저 앉아서 듣기만 하는 것에 진력이 나서였다. 서기인지라 끼어들지는 못하고 정 따분해질 때면 사각형이나 원을 허공에 그리며 무료함을 달랬다. 그뿐만 아니라 의원이 되면 좋은 일을 할 수 있는 힘도 더 커지리라 생각했다. 이렇게 여러 자리를 맡게 되니 속으로 우쭐했던 것도 사실이다. 정말 그랬다. 내 초라한 출발을 생각해보면 정말 엄청난 변화였다. 내가 부탁해서가 아니라 많은 사람들이 나를 좋게 평가해서 그런 자리를 주었다는 점이 무엇보다도 기뻤다.

치안판사 일은 오래 하지 못했다. 몇 번 법정 판사석에 앉아 사건을 심리하긴 했지만 그 일을 하기에는 내 법률 지식이 턱없이 부족했다. 그래서 주의회 입법부 의원 일이 더 중요하다는 핑계를 대고 치안판사 일은 그만두었다. 나는 그 뒤로 10년 동안 해마다 주의회 의원으로 선출되었다. 누구에게든 표를 부탁한 적도 없었고 나를 뽑아주었으면 하는 마음을 직접적으로든 간접적으로든 내비친 적도 없었다. 내가 주의회 의원이 되고 나서 내 아들이 서기로 임명되었다.

다음 해에는 칼라일의 인디언들과 협상을 해야 했다. 지사는 의원 몇 명을 뽑아 협상을 맡은 자문위원회에 합류시키라는 공식 문서를 주의회에 보내왔다. 주의회는 의장인 노리스 씨와 나를 지명했다. 우리는 위임받은 대로 칼라일에 가서 인디언들을 만났다.

인디언들은 술을 마셨다 하면 취할 때까지 마셨고 일단 취하면 싸움질을 하며 소란을 피웠다. 그래서 우리는 인디언에게 술 파는 것을 엄격하게 금했다. 그들이 이 조치에 항의하자 우리는 협상을 하는 동안 술을 마시지 않으면 협상이 끝난 뒤에 럼주를 많이 주겠다고 했다. 인디언들은 그러기로 약속했고 잘 지켰다. 그들이 술을 마시지 않은 덕에 협상은 아주 순조롭게 진행되어 양쪽 모두 만족할 만한 성과가 이루어졌다. 그들은 약속대로 럼주를 받아갔다. 이때가 오후였다. 인디언들은 마을 외곽에 정방형의 임시 움막을 짓고 남녀 아이들까지 100여 명가량 모여 살았다. 그런데 저녁 무렵

그쪽에서 아주 요란한 소리가 들리기에 무슨 일인가 보러 갔더니 그 인디언들이 광장 한가운데에 커다란 모닥불을 피워놓고는 남녀 할 것 없이 모두 취해서 싸움판을 벌이고 있었다. 반은 벌거벗은 그들의 거무스름한 몸이 어둑한 모닥불 빛에 어렴풋이 보였다. 불붙은 나무토막을 휘두르며 서로를 쫓아다니고 때리고 괴성을 질러대는 그들의 모습을 보고 있자니 마치 지옥을 보는 것 같았다. 소동이 좀처럼 진정될 기미가 보이지 않아 우리는 그냥 숙소로 돌아왔다. 자정쯤 한 무리가 몰려와 문을 두드리며 술을 더 달라고 소란을 피웠지만 못 들은 척했다.

다음 날, 인디언들은 소란을 피운 게 미안했던지 장로 세 사람을 보내 사과를 해왔다. 하지만 그들은 잘못을 인정하면서도 모든 걸 술 탓으로 돌렸다. 그러면서 럼주에 대해 변명을 늘어놓았다. "세상 만물을 만드신 '위대한 영'은 그 모든 것을 어떤 쓸모가 있도록 만드셨습니다. 그러니 그분이 정해놓으신 용도대로 사용해야지요. 그분이 럼주를 만드셨을 때 '이것을 인디언들이 마시고 취하게 하라'고 말씀하셨므로 우리는 그렇게 해야 하는 겁니다." 만일 개척자들이 정착할 땅을 마련하기 위해 야만인들을 멸종시키는 것이 신의 뜻이라면, 럼주가 바로 그 수단이 될 수도 있을 듯하다. 아닌 게 아니라 예전에 해안에 살던 인디언들이 술 때문에 전멸된 일도 있기는 했다.

정치적 수완을 발휘해 자선병원 설립을 돕다

1751년에 절친한 친구 토머스 본드 박사는 필라델피아에 병원을 설립하고 지역 주민이든 아니든 가난하고 병든 이들이 있으면 받아들여 치료해주겠다는 계획을 세웠다(일종의 자선병원 성격을 띠었는데, 내가 처음 계획한 것으로 알려졌지만 사실은 토머스 본드 박사의 생각이었다). 그는 열정을 가지고 의욕적으로 기금 모금에 나섰지만 자선병원 설립은 아메리카에서 처음 있는 일이라 사람들의 이해가 부족해 성과가 별로 좋지 못했다.

결국 본드 박사는 나를 찾아왔고 내가 관여하지 않으면 공공사업을 진행할 수가 없겠더라며 나를 추켜세웠다. "내가 기부를 부탁하러 만나는 사람들마다 '프랭클린 씨와 이 일을 의논해보았습니까? 그분은 뭐라고 하던가요?'라고 묻는 겁니다. 아니라고 대답하면 (당신하고는 맞지 않는 일 같아서) 사람들은 생각해보겠다면서 기부금을 내지 않았습니다." 나는 본드 박사에게 계획의 구체적인 내용과 효율성에 대해 상세하게 물어보았다. 그의 대답을 듣고 보니 충분히 좋은 계획이라는 판단이 들었다. 그래서 나부터 기부금을 냈고 다른 사람들에게 기부금을 받아낼 방법도 열심히 궁리해보았다. 무조건 사람들을 만나 조르기보다는 먼저 이 사업 계획에 관한 글을 신문에 실어서 사람들의 마음을 움직여보기로 했다. 이런 일을 시작할 때면 늘 그렇게 해왔는데, 본드 박사는 그런 방법을 미처 생각하지 못했다.

그 뒤로 기부금이 많이 들어오는가 싶더니 다시 줄어들기 시작했다. 아무래도 주의회의 지원 없이는 어렵겠다는 생각이 들어 의회에 안건을 청원해서 승인을 받았다. 하지만 시골 출신 의원들은 달가워하지 않았다. 그들은 병원이 생기면 도시 사람들에게만 혜택이 돌아갈 것이니 비용도 도시 사람들끼리 부담해야 한다면서 반대했다. 시민들 중에 반대하는 사람들이 꽤 있을 거라고도 했다. 나는 이 계획을 지지하는 사람들이 굉장히 많기 때문에 자발적인 기부만으로 2천 파운드는 확실히 걷힐 것이라고 주장했지만 그들은 터무니없는 얘기라며 내 말을 일축해버렸다.

나는 구체적인 계획안을 작성했다. 우선 기부자들을 모아 법인 조직을 만든 다음 조건이 충족되면 주의회에서 일정액의 보조금을 지급한다는 법안 제출 허가 신청을 했다. 주의회가 허가를 해주긴 했지만 나중에 법안이 마음에 들지 않으면 그때 가서 부결해도 된다고 생각했기 때문이었다. 나는 법안을 작성하고 다음과 같이 중요한 조항을 조건부로 첨가했다. "전술한 권한에 따라 다음과 같이 규정한다. 기부자들은 모임을 갖고 이사와 회계를 선출한다. 기부금이 2천 파운드에 달하고(이 기금의 이자는 병원에서 가난한 환자들에게 식사, 치료, 처방, 약 등을 제공하는 데 사용한다) 주의회 의장이 만족스럽다고 인정하면 의장은 병원의 설립, 건조, 마무리 비용으로 2천 파운드를 1년에 천 파운드씩 2년에 걸쳐 병원 회계과에 지급한다는 지시서에 서명할 수 있고 또 서명해야 한다."

이 조건 덕분에 법안은 통과되었다. 보조금 지급을 반대했던 의원들은 돈을 쓰지 않고도 자선사업을 했다는 얘기를 들을 수 있다는 생각에 찬성했다. 법안이 통과된 뒤 우리는 사람들에게 기부를 부탁하기 시작했다. 사람들에게 이 조건부 조항을 설명해주면서 한 사람이 기부를 하면 주의회에서도 기금을 보조해주기 때문에 두 배의 액수가 되는 거라고 강조했다. 기부금은 금세 목표액을 넘어섰다. 우리는 여기에 주의회로부터 받은 보조금까지 더해 계획을 실행에 옮겼다. 얼마 안 가 편리하고 근사한 병원이 세워졌다. 그 뒤로 오늘날까지 많은 사람들이 그 병원을 이용하고 있다. 정치적 수완을 발휘해 많은 일을 이루었지만 이때처럼 기뻤던 적은 없었던 것 같다. 나중에 생각해보니 방법이 좀 교활하긴 했지만 별 가책을 느끼지는 않았다.

기부금 모금에 대한 조언, '모든 사람들을 찾아갈 것'

길버트 테넨트 목사가 또 다른 계획을 들고 나를 찾아온 것은 이 무렵이었다. 그는 새 교회 건립을 위한 기부금을 모으고 있다면서 도와달라고 했다. 원래 화이트필드 목사의 제자들이었던 장로교 신자들을 모았는데 그들을 위해 교회를 지을 생각이라고 했다. 나는 너무 빈번하게 기부금을 부탁해서 사람들을 불쾌하게 만들고 싶지 않았기 때문에 그의 부탁을 단호하게 거절했다. 그러자 목사는 내 경험으로 볼 때 씀씀이가 너그럽고 공공심이 투철한 사람들의 이름이라도 알려달라고 했다. 하지만 내 부탁을 친절하게 들어준 사람들이 또 다른 사람들의 부탁에 시달리도록 만드는 것은 나답지 않은 행동이라는 생각이 들어 이 부탁 또한 거절했다. 목사는 그렇다면 조언이라도 해달라고 했다. 내가 대답했다. "조언이라면 기꺼이 해드릴 수 있습니다. 우선, 기부금을 내줄 것 같은 사람들을 모두 찾아가세요. 그 다음에는 낼지 안 낼지 확실치 않은 사람들을 찾아가서 기부금을 낸 사람들의 명단을 보여주십시오. 마지막으로, 절대로 내지 않을 것 같은 사람들을 빼놓지 말고 찾아가십시오. 목사님이 잘못 판단한 걸 수도 있으니까요." 내 말에 목사는 웃음을 터뜨리더니 고맙다면서 충고대로 따르겠노라고 했다. 그는 정말 내가 충고한 대로 모든 사람에게 기부를 부탁했고 기대했던 것보다 훨씬 더 많은 기부금을 모았다. 그리고 그 돈으로 아치 가에 아주 크고 멋진 교회를 지었다.

비포장 도로 개선에 관한 이런저런 이야기

우리 도시는 널찍하고 곧게 뻗은 길들이 직각으로 교차되어 있어 한눈에 보기에도 단정하고 아름다웠다. 그런데 이 길이 포장이 제대로 되어 있지 않아서 비라도 오는 날이면 커다란 마차 바퀴에 패어 진창이 되는 바람에 사람들이 건너다니기가 여간 힘든 게 아니었다. 그리고 마른 날에는 먼지가 또 문제였다. 나는 저지 시장 근처에 살았는데, 그곳에서도 주민들이 장을 볼 때면 진흙탕을 건너느라 큰 불편을 겪어야 했다. 시장 한가운데부터는 벽돌이 깔려 있어서 일단 안에 들어서기만 하면 괜찮았지만, 그곳까지 가려면 신발이 흙투성이가 되기 일쑤였다. 나는 이 문제에 대해 얘기도 하고 글도 써서 벽돌 포장도로와 시장 사이의 길을 돌로 포장하는 데 적지 않은 역할을 했다. 그래서 한동안은 신발을 버리지 않고 편안하게 시장을 다닐 수 있었다. 하지만 나머지 길은 여전히 비포장 상태여서 마차가 진흙탕을 지나 포장된 길로 들어서면 마차에서 진흙이 떨어져 순식간에 길 전체가 더러워졌다. 아직 거리 청소부가 없던 때라 청소할 사람도 없었다.

나는 얼마간 수소문한 끝에 거리 청소를 할 가난하고 부지런한 사람을 구했다. 일주일에 두 번씩 집 앞 길을 깨끗하게 청소해주면 각 가정에서 한 달에 6펜스씩 거둬주기로 약속했다. 그런 다음 이 적은 비용으로 얻을 수 있는 이익을 정리해 인쇄했다. 신발에 흙을 묻힌 채 집에 들어가지 않기 때문에 집이 지저분해질 일이 없고, 사람들이 시장에 편하게 갈 수 있기 때문에 상점에 손님이 더 많아질 것이며, 바람이 부는 날에도 먼지가 상점 물건에 앉지 않는다는 등의 내용이었다. 이 인쇄물을 집집마다 돌리고 나서 하루 이틀 뒤에 다니면서 6펜스를 내겠다는 계약서에 서명할 사람이 있는지 알아보았다. 한 명도 빠짐없이 서명을 해주었고 한동안 계약대로 아무 문제없이 진행되었다. 사람들은 시장 주변의 포장도로가 깨끗해진 것을 보며 좋아했고, 그렇게 해서 모두가 편리해졌다는 걸 알고는 다른 길도 포장되길 바랐다. 그런 목적을 위해서라면 얼마든지 기부금을 내겠다고 했다.

얼마 뒤에는 시가지 포장에 관한 법안을 작성해서 주의회에 제출했다. 그때가 1757년, 내가 영국에 건너가기 직전이었다. 법안은 내가 떠날 때까지도 통과되지 않다가 과세 방법이 약간 수정되어 통과되었다. 이 부분은 내 원래 안보다 별로 나아 보이지 않았지만 다만 도로포장에 가로등 설치 계획까지 첨가된 것은 굉장한 성과였다. 가로등이 처음 설치된 것은 고(故) 존 클리프턴 씨 덕분이었다. 그가 자기 집 대문에 등을 하나 달아놓았는데, 그 등 때문에 굉장히 편해졌다고 느낀 사람들이 도시 전체를 그런 등으로 밝히고 싶다는 생각을 한 것이다. 가로등으로 사람들에게 도움을 준 일 역시 내 공으로 돌아왔지만 그것은 순전히 존 클리프턴 씨 덕이었다. 나는 그저 그가 한 일을 따라 했을 뿐이었다. 내가 한 일이라고는 처음 런던에서 들여온 둥근 모양의 램프를 다른 모양으로 바꾼 것이 전부였다. 둥근 램프는 여러 가지 면에서 불편했다. 아래에서 공기가 들어가지 못하기 때문에 연기가 위로 잘 빠져나가지 못하고 둥근 램프 속에서 빙빙 돌았다. 그래서 램프에서 나와야 하는 빛이 연기에 가려졌다. 뿐만 아니라 번거롭게 매일 램프를 깨끗이 닦아야 했고, 닦다가 조금 실수라도 하면 깨져서 완전히 못 쓰게 되었다. 이런 단점을 없애기 위해 나는 편편한 유리 네 장으로 램프를 둘러쌌고 위에는 깔때기 모양의 긴 통풍구를 달아 연기가 잘 빠지게 했다. 또 밑에는 공기구멍을 만들어서 연기가 위로 빨려 올라가게 했다. 이렇게 하니 램프가 늘 깨끗할 뿐 아니라 런던의 램프처럼 몇 시간도 못 가서 어둑해져버리는 일 없이 아침까지 환했다. 혹시 건드리다가 실수를 해도 유리판 하나만 깨졌기 때문에 수리하기도 간단했다.

런던의 복스홀 공원에 있는 둥근 램프는 밑에 구멍이 있어서 늘 깨끗했는데, 그걸 보면서 나는 왜 런던 사람들이 가로등에도 그런 구멍을 내지 않는지 궁금했다. 그런데 알고 보니 그 구멍은 다른 목적으로 만든 것이었다. 그러니까, 그 구멍으로 가는 아마 끈을 늘어뜨려 심지에 불이 금방 붙도록 하기 위해서였다. 그 구멍으로 공기를 들여보낼 수도 있다는 생각은 못한 듯했다. 그래서 가로등이 켜지고 몇 시간만 지나면 런던 시가는 어둑어둑해졌다.

개선에 관한 이런저런 얘기들을 하다 보니 또 한 가지 떠오르는 일이 있다. 런던에 있을 때 내가 아는 사람 중 가장 훌륭한 분이며 수많은 공공사업을 추진한 포더길 박사에게 어떤 일을 제안한 적이 있다. 내가 가만히 보니 런던 거리는 전혀 청소를 하지 않아 날씨가 맑은 날이면 온통 먼지가 날렸다. 그러다가 비가 오면 먼지가 진흙으로 변했고, 그렇게 며칠이 지나면 진흙이 점점 더 쌓여 나중에는 다닐 수 없을 정도가 되었다. 가난한 사람들이 빗자루로 치워놓은 길로만 간신히 다닐 수 있을 뿐이었다. 그리고 날이 개면 진흙을 치워야 했는데 이것은 굉장히 고된 작업이었다. 거리의 진흙을 긁어내 뚜껑이 없는 수레에 싣고 운반하다 보면 수레가 흔들리면서 진흙이 양쪽 길로 떨어졌다. 어떤 때는 지나가는 사람들에게 떨어져 그들이 짜증을 내기도 했다. 길의 먼지를 쓸어내지 않는 이유는 먼지가 상점이나 집의 창문으로 날아들기 때문이라고 했다.

그런데 아주 우연한 기회에 나는 아주 빠른 시간에 비질을 할 수 있는 방법을 알아냈다. 어느 날 아침, 행색이 초라한 여자 하나가 크레이븐 가에 있는 내 집 앞을 자작나무 빗자루로 쓸고 있었다. 여자는 병석에서 막 일어난 사람처럼 얼굴이 창백하고 기운이 없어 보였다. 누가 시켜서 청소를 하는 거냐고 물었더니 그녀는 이렇게 대답했다. "누가 시켜서 하는 게 아닙니다. 돈 한 푼 없는데 일거리를 얻기도 힘들어서 높으신 분들 집 앞을 청소하면 얼마라도 받을 수 있을까 해서 이러는 거랍니다." 나는 그녀에게 거리를 다 청소하면 1실링을 주겠다고 했다. 그때가 9시였는데 여자는 12시에 와서 1실링을 달라고 했다. 그녀가 비질을 꽤 느릿느릿 하는 모습을 아침에 보았던 터라 일을 그렇게 빨리 끝냈다니 믿기지 않았다. 그래서 하인 하나를 보내 확인하게 했더니, 길 전체가 아주 깨끗해졌고 먼지는 길 가운데 있는 하수구에 다 쌓여 있더라고 전했다. 이 먼지는 나중에 비가 내릴 때 빗물에 쓸려갔으므로 길은 물론이고 하수구까지 깨끗해졌다.

그렇게 허약한 여자가 세 시간 만에 거리 청소를 했다면 건강하고 힘센 남자는 시간이 그 절반밖에 걸리지 않을 거라고 생각했다. 좁은 도로에는 하수로를 길 양쪽에 만들기보다는 길 한가운데에 하나만 만드는 것이 편하다는 얘기를 먼저 해야겠다. 거리에 떨어지는 빗물이 양쪽에서 한가운데로 모이면 물살이 세져서 먼지를 모두 쓸어간다. 하지만 빗물이 양쪽으로 갈라지면 대개는 물살이 약해져서 먼지를 쓸어가는 게 아니라 오히려 진창을 만들어놓는다. 그러면 마차 바퀴와 말발굽에 진흙이 보도로 튀어 거리가 지저분하고 미끄러워지며 길을 걷는 사람들에게 튀기도 한다. 그래서 나는 포더길 박사에게 다음과 같이 제안했다.

"런던과 웨스트민스터의 거리들을 좀 더 효과적으로 청소하고 깨끗하게 유지하기 위해 제안합니다. 우선 관리인 몇 명을 고용해서 맑은 날에는 먼지를 쓸게 하고 비가 오는 날에는 진흙을 긁어내게 합니다. 여러 도로와 골목길을 몇 구역으로 나눈 다음 관리인 한 명당 한 구역을 배정합니다. 그리고 빗자루를 비롯한 청소 도구들을 지급해서 관리인이 각자 재량껏 가난한 사람들을 고용해 일을 시키도록 하는 겁니다.

건조한 여름에는 상점과 가정집에서 창문을 열기 전에 먼지를 쓸어다가 적당한 간격을 두고 모아놓습니다. 그러면 거리 청소부들이 뚜껑 달린 손수레에 실어가는 겁니다.

긁어낸 진흙은 한군데 모아두면 마차 바퀴나 말발굽에 밟혀 다시 퍼져버리므로 거리 청소부들의 수레를 좀 특별하게 만들어야 하는데, 몸통을 바퀴 위에 높이 달지 말고 낮게 답니다. 수레 바닥은 격자 모양으로 만들고 그 위에 짚을 깝니다. 이렇게 하면 진흙의 물기가 밑으로 빠지고 수레에는 흙만 남습니다. 무게의 대부분을 차지하는 물이 빠지니 수레는 훨씬 가벼워집니다. 이런 수레들을 적당한 간격으로 놓고 바퀴 하나짜리 손수레로 진흙을 옮겨 거기에 싣습니다. 그런 다음 진흙의 물이 다 빠지면 수레에 말을 달아서 옮기는 겁니다."

나중에 생각해보니 마지막 부분은 실행 가능성이 낮을 듯도 했다. 좁은 길에 수레를 늘어놓고 진흙의 물을 빼고 있으면 통행에 방해가 될 수 있었다. 하지만 상점들이 문을 열기 전에 먼지를 쓸어서 버리는 것은 낮이 긴 여름에는 특히 도움이 되는 좋은 제안이라고 지금도 생각한다. 어느 날 아침 7시에 스트랜드 가와 플리트 가를 걸으면서 보니 해가 뜬 지 세 시간이 지나 날이 훤히 밝았는데도 문을 연 상점이 하나도 없었다. 런던 사람들은 밤에는 늦도록 촛불을 켜놓고 이리저리 움직이다가 해가 뜨면 잠을 잤다. 자기들이 원해서 그러면서도 양초세가 높다느니 수지 값이 비싸다느니 하면서 툭하면 불평을 했는데 조금 어처구니가 없었다.

이런 사소한 일들은 신경 쓰거나 얘기할 가치가 없다고 생각할 사람이 있을 것이다. 하지만 바람이 불어 먼지가 어떤 한 사람의 눈에 들어가거나 하나의 상점 안에 날리는 것은 별로 중요하지 않을지 몰라도 인구가 많은 도시에서 이런 일이 자주 반복된다면 중요하게 다루어야 할 문제가 된다. 그러므로 하찮아 보이는 이런 일에 신경을 쓴다고 해서 심하게 비난해서는 안 될 것이다. 행복은 어쩌다 한번 있을까 말까 한 횡재가 아닌 일상의 소소한 일들에서 느끼는 것이다. 가난한 젊은이에게 면도하는 법과 면도칼을 다루는 법을 알려주는 것이 천 기니의 돈을 주는 것보다 더 큰 행복을 줄 수 있다. 돈은 금방 써버리고 나서 바보처럼 써버렸다는 후회만 하게 되지만, 면도하는 법을 배우면 이발소에서 기다리지 않아도 되고 이발사의 더러운 손가락과 입 냄새, 무딘 면도날 때문에 짜증날 일도 없다. 뿐만 아니라 아무 때나 편한 시간에 면도할 수 있고 좋은 면도칼로 면도하는 즐거움을 매일 누릴 수 있다. 내가 오랫동안 아주 행복하게 살아온 사랑하는 이 도시와 아메리카의 여러 도시에 도움이 되기를 바라는 마음으로, 얼핏 사소해 보일 수도 있는 이런저런 일들을 몇 페이지에 걸쳐 장황하게 이야기했다.

전기 분야의 성과를 인정받아 케임브리지에서 석사 학위를

한동안 나는 아메리카 체신장관 밑에서 회계 감사원으로 있으면서 여러 개의 우편국을 관리하고 직원들과 책임자를 견책하는 일을 하다가 1753년 장관이 사망하면서 영국 체신장관의 명으로 윌리엄 헌터 씨와 공동으로 그 후임에 올랐다. 그때까지 아메리카 우편국은 영국 우편국에 이익금을 한 푼도 보내지 못하고 있었다. 우리가 우편국에서 이익을 내면 1년에 600파운드를 받기로 되어 있었다. 이윤을 내기 위해서는 여러 가지 개선 작업이 필요했다. 그러려면 어쩔 수 없이 초기 비용이 들어가야 했기 때문에 처음 4년간 900파운드가 넘는 돈을 빚냈다. 하지만 이 돈은 곧 회수되었고 우리는 아일랜드 우편국의 세 배가 넘는 수입을 올릴 정도가 되었다. 그런데 영국 정부가 아무 이유 없이 나를 해임했다. 이에 대해서는 나중에 얘기하기로 하겠다. 아무튼 경솔한 처사 이후 영국 우편국은 단 한 푼도 받지 못했다!

그해에 우편국 일 때문에 뉴잉글랜드에 가게 되었는데, 그곳 케임브리지 대학에서 자발적으로 수여한 석사 학위를 받았다. 그전에도 코네티컷 주의 예일 대학으로부터 비슷한 학위를 받은 적이 있었다. 그렇게 해서 나는 대학교에 다니지 않고도 학위를 받을 수 있었다. 자연과학의 전기 분야에서 이룬 성과와 발명을 인정받은 결과였다.

영국과 식민지 각 주의 반대에 부딪힌 식민지 연합체 구성안

1754년에 영국과 프랑스 사이에 다시 전쟁이 벌어졌고, 각 식민지 대표들은 상무장관의 명령을 받아 올버니 시에서 회의를 열었다. 여섯 종족의 인디언 추장들을 만나 어떻게 영토를 수비할 것인지 의논하기 위해서였다. 이 명령을 받은 해밀턴 지사는 주의회에 이를 통고하고 회담에 참석하는 인디언들에게 줄 적당한 선물을 준비하라고 지시했다. 그리고 의장인 노리스 씨와 나를 윌리엄 펜 경의 차남인 토머스 펜 씨와 비서관 피터스 씨와 함께 펜실베이니아 주 대표로 임명했다. 주의회는 이 임명을 승인하고 선물을 준비하면서도 펜실베이니아 밖에서 회의가 열리는 것을 탐탁지 않아 했다. 우리는 6월 중순경에 올버니 시에서 다른 대표들을 만났다.

올버니로 가는 동안 나는 국토방위를 비롯해 그 밖의 중요한 공동 목표를 이루기 위해 각 식민지들이 하나의 정부 아래 연합한다는 계획을 구상해보았다. 그리고 이 계획을 문서로 작성해 뉴욕을 지나는 길에 만난 제임스 알렉산더 씨와 케네디 씨에게 보여주었다. 공공사업에 관해 식견이 높던 두 사람은 내 계획안에 적극 찬성했다. 나는 그들의 반응에 용기를 얻고 계획안을 의회에 제출했다. 나중에 보니 다른 대표들 중에도 이와 비슷한 생각을 하는 사람이 여럿 있는 듯했다. 연합체 구성 여부의 문제가 먼저 제기되었는데 이는 만장일치로 통과되었다. 다음에는 각 주에서 한 사람씩 위원을 뽑아 위원회를 만들고 몇 개의 계획안을 심의하고 보고하기로 했다. 그런데 뜻밖에도 내 계획안이 채택되어 몇 가지 조항을 수정한 다음 보고되었다.

이 계획안에 따르면 연방 정부는 영국 국왕이 임명하고 지지하는 총독의 통치를 받으며, 각 주에서 임명된 대표자들이 모여 최고 위원회를 선출하기로 되어 있었다. 인디언 문제와 함께 이 문제에 대한 토론이 의회에서 매일 열렸다. 많은 반대와 난관이 있었지만 결국 다 해결되었고 계획안은 만장일치로 통과되었다. 이 계획안의 복사본은 영국 상무부와 각 주의 의회에 전달되었다. 그런데 이 계획안의 운명이 묘하게 흘러갔다. 각 주의회는 연방 정부에 지나치게 권력이 집중된다고 반대했고, 영국에서는 지나치게 민주적이라고 반대했다.

그래서 상무부는 이 안을 승인하지 않았고 국왕에게 보고도 하지 않았다. 대신 좀 더 효과적으로 목표를 이룰 대안을 제시했다. 각 주의 지사는 주의회의 일부 의원들과 회의를 열어 군대 모집이나 요새 건설 등을 결정하고 여기에 소요되는 비용은 영국 국고에서 빌려 쓴 다음 나중에 영국 의회의 아메리카 과세 법안에 따라 상환한다는 내용이었다. 이때 내가 제출했던 안건과 그것을 지지하는 이유는 내 정치 논문에 기록되어 있다.

그해 겨울에는 보스턴에 머물면서 두 가지 안건에 대해 셜리 지사와 많은 이야기를 나누었다. 그때 우리가 나눈 이야기의 일부도 같은 논문에 기록되어 있다. 영국과 각 주가 정반대되는 이유로 내 안건에 반대하는 걸 보면서 내 안이야말로 진정으로 중도적인 것이 아닐까 싶었다. 내 안이 채택되었더라면 양쪽 모두 만족했을 거라는 생각은 지금도 변함이 없다. 각 주가 연합했더라면 스스로를 지킬 수 있을 만큼 충분히 강해졌을 것이다. 그렇게 되면 영국에서 군대를 보낼 필요도 없었을 테고, 당연히 아메리카에 세금을 부과할 이유도 없었을 것이며, 그로 인한 유혈 전쟁도 피할 수 있었을 것이다. 사실 이런 실수는 늘 있어왔다. 역사는 국가와 군주들의 잘못된 판단으로 차고 넘친다.

세상을 둘러보라, 자신의 행복을 아는 자가 얼마나 적은지.
안다고 해도 행복을 추구하는 자가 얼마나 적은지!

대개 위정자들은 당장 처리해야 할 일들에 치여 새로운 계획을 구상하고 실행하는 수고를 하지 않으려 한다. 그래서 최고의 법안도 지혜로운 점검과 판단으로 채택되기보다는 상황에 밀려 어쩔 수 없이 채택되곤 한다.

펜실베이니아 지사는 내 안을 주의회에 보내면서 찬성 의견을 덧붙였다. "아주 명료하고 설득력 있는 안건이라 판단됩니다. 꼼꼼하고 신중하게 검토해주시길 요청하는 바입니다." 그러나 어느 한 의원의 모략으로 주의회는 내가 출석하지 못한 날을 택해 내 안을 상정하고는 검토도 하지 않고 부결시켜버렸다. 이처럼 불공정한 처사를 보면서 얼마나 억울했는지 모른다.

따지고 반박하는 사람치고 일이 잘 풀리는 사람이 없다

그해에 보스턴으로 가는 길에 뉴욕에 들렀다가 우리 주의 새 지사로 그때 막 영국에서 도착한 모리스 씨를 만났다. 우리는 그전부터 잘 아는 사이였다. 모리스 지사는 영주들이 보내는 훈령 때문에 끊임없이 문제가 일어나자 더는 견디지 못하고 사임한 해밀턴 씨의 뒤를 이어 임명되었다. 그는 자신의 험난한 앞날이 눈에 보이지 않느냐고 내게 물었다. 내가 대답했다. "아닙니다. 반대로 아주 편할 수도 있습니다. 주의회와 부딪치지 않도록 조심만 한다면 말입니다." 그러자 그가 웃으며 말했다. "어떻게 나더러 논쟁을 피하라는 거요? 내가 논쟁을 좋아한다는 걸 당신도 알지 않소? 그건 내 유일한 낙이라오. 그래도 당신의 조언을 존중해서 가능하면 논쟁을 하지 않겠다고 약속하지요." 모리스 씨가 논쟁을 좋아하는 데는 그럴 만한 이유가 있었다. 그는 말을 워낙 잘하고 특히 궤변에 능해서 누구와 말싸움을 해도 지는 법이 거의 없었다. 모리스 씨에게 듣기로는, 옛날 그의 아버지는 저녁 식사가 끝나면 아이들을 앉혀놓고 서로 논쟁하게 하는 걸 즐겼다고 한다. 그래서 모리스 씨는 어릴 적부터 논쟁하는 분위기에 익숙했던 것이다. 하지만 논쟁을 즐기는 것은 별로 현명하지 못하다고 생각한다. 내가 봤을 때, 꼬치꼬치 따지고 반박해 상대방을 꼼짝 못하게 하는 사람치고 일이 잘 풀리는 사람이 별로 없는 듯하다. 그렇게 해서 승리를 쟁취할 때도 있겠지만 절대 호감을 얻을 수는 없다. 타인의 호의야말로 사람이 살아가는데 꼭 필요한 것인데 말이다. 우리는 헤어져 그는 필라델피아로, 나는 보스턴으로 향했다.

돌아오는 길에 뉴욕 시에서 주의회의 의사록을 볼 기회가 있었다. 그걸 보니 모리스 지사가 나와 약속을 했는데도 벌써부터 의회와 한바탕 싸움을 벌인 것 같았다. 싸움은 그가 지사직을 그만둘 때까지 계속되었다. 나도 그 싸움에 끼어들 수밖에 없었다. 의회에 돌아가자마자 온갖 위원회에 불려다니며 모리스 지사의 연설과 교서에 답해야 했고, 의원들은 그때마다 내게 초안을 작성하라고 했다. 모리스 지사의 교서나 우리의 대답이나 모두 신랄했고 때로는 점잖지 못한 욕설이 오가는 때도 있었다. 내가 주의회 편에서 글을 쓴다는 걸 모리스 지사가 알고 있었기 때문에 우리 둘이 만나면 서로 으르렁거릴 거라고 다들 생각했을 수도 있다. 하지만 모리스 지사가 굉장히 호인이어서 둘이 서로 반대편에 있다고 해도 개인적인 감정은 없었다. 우리는 가끔 식사도 같이 하면서 좋은 관계를 유지했다.

양쪽의 갈등이 최고조에 달했던 어느 날 오후 우리는 길에서 만났다. 모리스 지사는 "프랭클린, 우리 집에 가서 같이 저녁 식사나

합시다. 당신이 좋아할 만한 손님들이 오기로 했어요"라며 내 팔을 잡고 자기 집으로 데려갔다. 저녁 식사 뒤에 와인을 마시면서 즐겁게 얘기를 나누던 중에 지사는《돈키호테》에 나오는 산초 판자의 생각을 아주 대단하게 평가한다며 농담처럼 말했다. 산초 판자는 돈키호테가 나라를 하나 주겠다고 하자 흑인들의 나라를 달라고 하는데, 국민들과 뜻이 맞지 않으면 팔아버릴 수 있기 때문이라고 했다. 옆에 앉아 있던 그의 친구 하나가 내게 말했다. "프랭클린, 어째서 당신은 늘 그 빌어먹을 퀘이커 교도 편을 드시오? 팔아버리는 편이 낫지 않겠소? 영주들이 당신에게 값을 후하게 쳐줄 텐데 말이오." 나는 이렇게 대답했다. "지사가 그 사람들을 아직 팔아버릴 정도로 검게 만들지는 못했기 때문입니다." 아닌 게 아니라 지사는 교서를 낼 때마다 주의회에 먹칠을 하려고 안간힘을 썼다. 하지만 주의회는 먹칠을 당한 즉시 깨끗이 씻어내고는 자신들이 받은 것보다 더 지독하게 지사의 얼굴에 먹칠을 했다. 모리스 지사는 결국 검둥이가 되는 쪽은 자신일 거라고 판단했는지 해밀턴 씨처럼 싸움에 염증을 내면서 사직했다.

이런 논쟁은 모두 세습 권력자인 영주들에게 그 원인이 있었다. 영주들은 그들의 주에 방위비 문제가 거론될 때마다 온갖 비열한 수단을 동원해 대리인인 지사에게 훈령을 내려서 자신의 소유지가 과세 대상에서 제외된다는 내용이 명시되지 않으면 어떤 조항도 통과되지 못하도록 했다. 심지어는 지사에게 훈령대로 따르겠다는 각

서까지 받았다. 주의회는 3년 동안 이 부당함에 맞섰지만 마침내는 굴복하라는 강요를 받았다. 모리스 지사의 후임이었던 데니 대위는 과감히 이 훈령에 불복했다. 이 얘기는 나중에 하도록 하겠다.

어음 발행으로 군사 식량을 조달하다

이야기가 너무 급하게 진행되는 것 같다. 모리스 지사 때 있었던 일을 좀 더 얘기하고 넘어가야 할 필요가 있다.

그즈음 프랑스와의 전쟁이 시작되었다. 매사추세츠 주정부는 크라운 포인트를 공격하기로 계획하고 퀸시 씨를 펜실베이니아로, 훗날 지사가 된 포널 씨를 뉴욕으로 각각 보내 원조 요청을 했다. 그때 내가 주의회에 있어 그 사정을 잘 알고 있는 데다 퀸시 씨와 고향도 같았기 때문에 퀸시 씨는 의회의 도움을 받도록 힘써달라고 내게 부탁했다. 나는 의회에 그의 청을 전했다. 의회는 이를 받아들여 군사 식량 비용으로 1만 파운드를 원조하기로 동의했다. 그런데 지사가 비록 필요한 세금이라 해도 영주의 소유지를 과세 대상에서 제외한다는 조항을 넣지 않는다면 이 안(여기에는 국왕에게 헌납하는 비용도 포함되어 있었다)에 동의할 수 없다고 나섰다. 뉴잉글랜드에 원조하는 안을 통과시키고 싶어 했던 주의회는 어떻게 해야 할지 갈피를 잡지 못했다. 퀸시 씨도 지사의 동의를 얻어내려고 애썼지만 지사는 요지부동이었다.

나는 지사와 상관없이 이 문제를 해결할 방법을 제시했다. 공채국의 보관 위원들 앞으로 어음을 발행하는 것이었다. 주의회는 법률에 따라 어음을 발행할 권한을 가지고 있었다. 당시 공채국에는 잔고가 거의 없었으므로 나는 기한을 1년으로 하고 5부 이자를 붙여 어음을 발행하자고 제안했다. 이 어음으로 군사 식량을 충분히 살 수 있을 거라고 생각했다. 의회는 곧바로 내 제안을 채택했다. 즉시 어음이 발행되었으며 나는 어음에 서명하고 그것을 관리하는 위원회 위원으로 임명되었다. 다른 지방에 대출해준 유통지폐에서 나오는 이자와 소비세로 얻어지는 세입으로 어음을 지불할 계획이며 이것만으로도 충분하다는 사실이 알려지면서 어음은 신용을 얻었다. 그래서 식량을 구입할 때도 어음이 사용되었고 현금을 가지고 있는 부자들이 어음에 투자하기 시작했다. 어음은 그냥 쥐고만 있어도 이자가 붙고 언제든 현금처럼 쓸 수 있기 때문에 여러모로 이익이라고 생각했던 것이다. 어음은 불티나게 팔려 2~3주 만에 바닥이 나버렸다. 이렇게 해서 내가 제안한 방법으로 중요한 문제 하나가 해결되었다. 퀸시 씨는 주의회에 정중하게 서한을 보내 감사함을 전했고 성공적으로 임무를 완수한 것에 기뻐하며 고향으로 돌아갔다. 그 뒤로 그는 나에 대해 친밀하고 진심 어린 우정을 간직했다.

순식간에 반응을 불러일으킨 마차 징발 공고문

영국 정부는 올버니 회의에서 제출한 식민지 연합 건을 반대했고 식민지 연합이 스스로 방위 체계를 갖추는 것 또한 인정하지 않았다. 식민지 연합체가 군사력을 갖추면 자신들의 힘을 의식할까 봐 이를 우려해서였다. 이런 의심과 질투로 영국 정부는 브래드독 장군에게 영국군 2개 연대를 주어서 아메리카에 파견했다. 브래드독 장군은 버지니아 주 알렉산드리아에 상륙해 메릴랜드 주 프레더릭 타운까지 진군한 다음 마차와 말을 징발하기 위해 잠시 머물렀다. 주의회는 자신과 군대를 반기지 않는다는 이유로 브래드독 장군이 주의회에 극심한 적대감을 품고 있다는 정보를 입수하고는 내게 의회 대표가 아닌 체신장관의 자격으로 그를 만나라고 했다. 브래드독 장군은 각 지역의 지사들과 계속 서한을 주고받아야 하니 서한을 빠르고 확실하게 전달하는 방법을 의논하러 온 척하라면서 비용은 자신들이 부담하겠다고 했다. 나는 아들을 데리고 길을 나섰다.

우리가 프레더릭 타운에서 브래드독 장군을 만났을 때, 그는 메릴랜드와 버지니아 벽지로 마차를 징발하러 보낸 군사들을 초조하게 기다리고 있는 중이었다. 덕분에 나는 며칠 동안 장군과 함께 지내고 매일 식사도 같이 하면서 그의 반감을 없앨 절호의 기회를 잡을 수 있었다. 나는 그의 작전이 용이하게 수행될 수 있도록 그가 오기 전부터 지금까지 주의회가 어떤 일들을 했는지 알려주었다.

내가 얘기를 끝내고 막 떠나려고 하는데 마차를 징발하러 갔던 군사들이 돌아왔다. 그런데 마차가 다 합해봐야 스물다섯 대밖에 되지 않았고 그나마도 몇 개는 쓸 수가 없는 상태였다. 적어도 마차 150대는 필요했던 터라 장군과 장교들은 당혹감을 감추지 못했다. 장군은 더 이상의 진군은 불가능하니 여기서 중단하노라고 선언했고 식량과 무기를 나를 마차도 변변히 없는 나라에 자신들을 보낸 무지한 정부를 비난했다.

나는 펜실베이니아에는 거의 모든 농가에 마차 한 대씩은 있는데 그곳으로 오지 않은 게 유감이라고 지나가는 말처럼 했다. 장군은 그런 내 말을 놓치지 않고 간곡하게 부탁했다. "당신이 그 지역의 유력자니까 사람들에게 얘기해서 마차를 좀 얻도록 해주십시오. 부탁합니다." 나는 마차 주인들에게 어떤 조건을 제시할 것인지 물었다. 장군은 내가 필요하다고 생각하는 조건들을 적으라고 했다. 내가 제시한 조건에 그들도 동의했고, 이에 따라 즉시 위임장과 지시사항들이 준비되었다. 이 조건들은 내가 랭카스터에 도착하자마자 발표한 공고문에 나타나 있다. 이 공고문이 순식간에 반응을 불러일으킨 것이 나로서는 좀 신기하기도 했다. 그 전문을 적어보겠다.

공고

1755년 4월 26일 랭카스터에서

윌스 크릭에 집결할 국왕의 군대에 말 네 마리가 끄는 마차 150대, 승마용 말과 짐 부릴 말 1,500마리가 필요하며 브래드독 장군은 위 물품의 임대 계약에 관한 권한을 나에게 위임했다. 그 권한에 따라 다음과 같이 공고한다. 오늘부터 다음 수요일 저녁까지는 랭카스터에서, 다음 목요일 아침부터 금요일 저녁까지는 요크에서 아래 조건에 따라 마차와 말들에 대한 임대 계약을 진행할 것이다.

① 말 네 마리와 마부 한 사람이 딸린 마차 한 대는 하루 15실링, 짐 싣는 안장 또는 다른 안장과 마구가 딸린 말은 하루 2실링, 안장 없는 말 한 마리는 하루 18펜스를 지불한다.

② 비용 지불은 윌스 크릭에서 군대와 합류한 시점부터 시작된다. 합류 날짜는 오는 5월 20일까지로 하며, 윌스 크릭까지 가는 시간과 집으로 돌아가는 시간에 대해서도 적당한 금액을 지불한다.

③ 각 마차와 그것에 딸린 말, 승마용 말, 짐 부리는 말은 주인과 내가 임명한 제3자가 평가한다. 공무 중에 마차나 말을 잃어버릴 경우에는 그 평가에 기준하여 보상을 받는다.

④ 계약을 할 때 주인이 요구를 하면 말이나 마차에 대해 일주일치 임대료를 본인이 즉시 지불한다. 잔금은 브래드독 장군이나 군 당국이 계약 완료 후나 정한 시기에 지불한다.

⑤ 마부나 혹은 빌린 말들을 관리하는 사람은 어떤 경우에도 군 업무를 강요당하지 않으며, 말과 마차를 관리하는 일 외에 다른 일은 하지 않는다.

⑥ 마차와 말이 진지로 실어간 귀리, 옥수수, 말먹이 등은 말을 먹이고 남으면 군대가 적당한 금액을 지불하고 사들인다.

* 주지 사항 : 내 아들 윌리엄 프랭클린도 이와 같은 권한을 위임받아 컴벌랜드에서 계약을 대리한다.

B. 프랭클린

랭카스터, 요크, 컴벌랜드 주민들에게 고함

동포 여러분!

며칠 전 나는 프레더릭 진지에서 장군과 장교들이 말과 마차를 구하지 못해 몹시 난감해하는 것을 보며 이 지방에서 마차와 말을 필요한 만큼 보급해줄 수 있으리라 생각했습니다.

그러나 주지사와 주의회의 의견 차이 때문에 자금 지원을 비롯한 어떤 조치도 취할 수가 없었습니다.

이런 상황에서 무장한 군대를 즉시 각 지역에 보내 가장 좋은 말과 마차를 필요한 만큼 징발하고 이것들을 다루고 관리할 인원을 징용하자는 의견도 있었습니다.

영국 군대가 불편한 심기와 우리에 대한 반감을 품고 이곳에 들어와 말과 마차를 징발하러 다닐 때 혹여 우리 주민들이 피해를 당하지 않을까 염려스럽습니다. 그래서 좀 불편하더라도 평화스럽고 공정한 방법으로 이 일을 해결해보려 합니다. 이 외곽 지역 사람들은 최근 화폐가 부족하다고 주의회에 호소했습니다. 여러분은 이제 상당한 금액을 받고 서로 분배할 수 있는 기회를 잡게 되었습니다. 이 원정이 120일 이상 계속될 것이므로 마차와 말의 임대료는 3만 파운드가 넘을 것이고, 여러분은 그 돈을 영국 금화나 은화로 받게 됩니다.

군대가 하루에 12마일 이상은 행군하지 않으며 군대 물품을 운반하는 마차와 말들은 행군 속도에 맞춰야 하기 때문에 일은 쉽고 편할 것입니다. 그리고 행군을 하거나 야영을 할 때 군대 자체를 위해서도 말과 마차를 다루는 사람들은 가장 안전한 곳에 배치될 것입니다.

여러분이 내가 믿는 대로 진정 선량하고 충성스러운 시민이라면 바로 지금이 그 충성심을 보일 때입니다. 그것은 또한 여러분을 위한 일이기도 합니다. 농장 일 때문에 한 가구에서 마차와 말과 마부를 다 내놓을 수가 없을 경우에는 서너 가구가 조를 이루어 한 집에서는 마차, 한 집에서는 말 한두 마리, 한 집에서는 마부를 제공하고 수익금은 적당하게 분배해도 됩니다. 이렇게 충분한 수익과 좋은 조건이 제시되었는데도 국왕과 나라를 위해 자발적으로 봉사하지 않는다면 여러분의 충성심은 강하게 의심받게 될 겁니다. 국왕의 과업은 반드시 수행되어야 합니다. 용감한 대규모 군대가 여러분을 지키기 위해 이렇게 먼 곳까지 왔는데 여러분의 태만과 비협조 때문에 아무것도 하지 못한 채 시간만 보내게 해서는 안 됩니다. 마차와 말은 반드시 있어야 합니다. 여러분이 지원을 하지 않으면 강제적인 수단이 동원될 것입니다. 그러면 여러분은 배상을 받기 위해 여기저기 찾아다녀야 할 겁니다. 하지만 어느 누구도 여러분에게 동정과 관심을 보여주지 않을 겁니다.

나는 이 일에 아무 이해관계가 없습니다. 그저 좋은 일을 한다는 만족감 때문에 고단하고 힘든 일을 해나갈 뿐입니다. 만일 이 방법으로 마차와 말을 구하지 못한다면 나는 14일 이내에 장군에게 보고해야 합니다. 그러면 경기병인 존 세인트 클레어 경이 즉시 군대를 이끌고 이 마을 저 마을을 다니며 말과 마차를 징발할 것입니다. 여러분의 진실한 친구이며 여러분이 행복하기를 진심으로 바라는 저는 그런 일이 일어나지 않기를 바랍니다.

B. 프랭클린

나는 마차 주인들에게 지불할 선금 800파운드를 장군에게서 받았다. 그러나 이 돈만으로는 부족해서 내 돈 200파운드를 더 보태야 했다. 드디어 2주 뒤에 마차 150대와 수레용 말 259마리가 진지를 향해 떠났다. 공고문에는 마차나 말을 잃어버리면 그 평가액에 따라 보상한다고 되어 있었다. 하지만 주인들은 브래드독 장군을 알지도 못하고 그의 약속을 어디까지 믿어야 할지 모르겠다며 내게 보증인이 되어줄 것을 요구했다. 나는 이 요구를 받아들였다.

진지에 머물던 어느 날 나는 던바 대령 연대의 장교들과 함께 저녁을 먹었다. 대령은 하급 장교들을 걱정하면서 그들이 황야를 오랫동안 진군하려면 여러 가지 물건이 필요한데 다들 가난한 데다

이 나라는 물가가 비싸서 뭘 제대로 살 수가 없다고 했다. 그들의 처지가 딱해 보여 필요한 물건들을 구해주기로 했다. 대령에게는 아무 말도 하지 않은 채 다음 날 아침 주의회 의원들에게 편지를 보내 이들의 사정을 간절하게 호소하고는 주의회에 자유롭게 쓸 수 있는 공금이 얼마간 있으니 생필품과 음식물을 선물로 주자고 제안했다. 그리고 군대 생활 경험이 있는 아들에게 필요한 물품들을 적어달라고 해서 편지에 동봉했다. 주의회가 내 제안을 받아들이고 신속하게 조치를 취해준 덕에 물품은 내 아들의 지휘 하에 마차와 거의 동시에 진지에 도착했다. 모두 스무 포대가 왔는데 각 포대에 든 내용물은 다음과 같았다.

설탕 6파운드	글로스터 치즈 1개
고급 흑설탕 6파운드	고급 버터 20파운드들이 한 통
고급 녹차 1파운드	묵은 마데이라주 24병
고급 홍차 1파운드	자마이카주 2갤런
고급 가루 커피 6파운드	겨자 가루 1병
초콜릿 6파운드	훈제 햄 2개
최고급 흰 비스킷 50파운드	말린 소 혓바닥 고기 반 다스
후추 반 파운드	쌀 6파운드
최고급 식초 1쿼트	건포도 6파운드

스무 포대를 단단하게 꾸려서 말 한 마리에 한 포대씩 실었다. 장교 한 사람당 말 한 마리와 물품 한 포대씩을 선물로 받았다.

그들은 이 선물을 받고 무척 고마워했고, 두 연대장은 내게 정중한 감사 편지를 보내왔다. 장군 역시 마차와 물품 원조에 아주 만족해했다. 그는 내가 쓴 돈을 즉시 갚아주면서 몇 번이고 고맙다는 말을 되풀이하더니 자기가 떠난 뒤에도 계속 원조를 해달라고 부탁했다. 나는 그 일을 맡아 아주 부지런히 뛰어다녔고 이런 나의 노력은 장군의 패전 소식이 들려올 때까지 계속되었다. 이 과정에서 천 파운드가 넘는 돈을 쓰고 나서 그 계산서를 장군에게 보냈다. 다행히도 전쟁이 시작되기 며칠 전에 계산서를 받아본 장군은 내게 천 파운드를 지불하라는 지불 명령서를 회계 담당자에게 즉시 보냈고 나머지는 다음 회계 때 주겠다고 했다. 결국 나머지 돈은 단 한 푼도 받지 못했지만 그 정도라도 받을 수 있어서 다행이었다. 이 일은 나중에 좀 더 얘기하겠다.

내가 볼 때 브래드독 장군은 용감한 사람이었다. 만일 전쟁이 유럽에서 일어났더라면 그는 훌륭한 장교로 이름을 떨쳤을 것이다. 그러나 자신감이 지나쳤고 정규군의 능력을 과대평가한 반면 아메리카군과 인디언군의 힘은 하찮게 여겼다. 인디언 통역을 맡았던 조지 크로건이 100명의 인디언을 이끌고 그의 부대와 함께 진군했는데, 장군이 조금만 더 친절했더라면 안내와 정찰에서 큰 도움을 받았을 것이다. 하지만 장군의 무시와 홀대로 인디언들은 하나둘씩 그를 떠나버렸다.

적군의 기습작전으로 죽음을 맞게 된 브래드독 장군

어느 날 함께 얘기를 나누던 중 장군이 앞으로의 진군 계획을 설명했다. “듀케인 요새를 점령한 다음 나이아가라로 진군할 생각입니다. 나이아가라를 점령한 뒤에 날씨만 허락한다면 프런트넥으로 갈 건데, 내가 볼 때 가능할 것 같습니다. 듀케인에서 사나흘 이상은 안 걸릴 테고 나이아가라까지 진군하는 데 방해가 될 만한 건 전혀 없으니까요.” 덤불과 숲을 헤쳐가면서 좁은 길을 따라 행군할 때 긴 열을 지어서 가야 한다는 것이나 이전에 1,500명의 프랑스 군대가 이로쿼이 인디언 지역을 공격했다가 패배했던 일이 떠오르면서 그의 진군 계획이 미덥지 않고 불안했다. 하지만 그냥 이렇게만 대답했다. “듀케인은 방비가 허술하고 수비병도 약하다고 하니까 무기를 갖춘 정예부대가 무사히 도착만 한다면 분명 별 저항 없이 점령할 수 있을 겁니다. 다만 한 가지 걱정스러운 것은 행군 중에 인디언들의 기습을 받을 위험이 있다는 겁니다. 인디언들은 늘 매복하고 있다가 급습을 하기 때문에 그런 식의 공격에 아주 능합니다. 4마일 가까이 되는 좁은 길을 긴 행렬을 이루고 가다가 측면에서 기습 공격을 받으면 전열이 실처럼 끊어질 수도 있습니다. 그리고 이렇게 뚝뚝 떨어지면 제때에 서로 도울 수도 없습니다."

장군은 내가 뭘 모른다는 듯 씩 웃더니 말했다. "훈련도 제대로 안 된 아메리카군에게는 그런 야만인들이 위협적으로 느껴지겠지요. 하지만 국왕 폐하의 훈련된 정규군은 눈 하나 깜짝하지 않습니다." 군인과 군대 문제로 말씨름한다는 것이 부질없어 보여 더는 아무 말도 하지 않았다. 하지만 내 걱정과는 달리 적군은 군대의 긴 행렬에 어떤 공격도 가하지 않고 요새에서 9마일 남겨둔 지점까지 들어오도록 그냥 놔두었다. 그러다 강을 건너 숲속의 널찍한 공터에 이른 선두 부대가 뒤에 오는 군인들을 기다리느라 잠시 멈춘 순간을 놓치지 않고 나무와 덤불 뒤에서 집중 포화를 퍼부으며 공격했다. 이때가 되어서야 장군은 적이 가까이에 있다는 것을 알아챘다. 놀란 선두 부대가 갈피를 못 잡고 우왕좌왕하자 장군은 서둘러 구원병들을 보냈다. 하지만 구원 부대마저 마차와 짐과 가축들과 뒤엉켜 대혼란이 일어났다. 이번에는 측면으로 적의 포화가 쏟아졌다. 장교들은 말을 타고 있었던 탓에 적의 눈에 잘 띄는 표적이 되어 순식간에 우수수 말에서 떨어졌다. 병사들은 명령을 하는 자도 듣는 자도 없이 한데 엉켜 서 있다가 적의 총을 맞았다. 그들 중 3분의 2가 그렇게 죽었고, 남은 자들은 겁에 질려 허둥지둥 도망쳤다.

마부들은 마차에서 말을 풀어 타고 도망쳤다. 이것을 보고 다른 군인들도 앞다투어 말을 풀었다. 결국 마차와 식량, 대포와 군수품들은 모두 적군의 손에 넘어가고 말았다. 장군은 부상을 당하고 겨우 목숨을 건졌지만 그의 비서관 셜리는 장군 옆에서 숨을 거뒀다. 이 전투로 86명의 장교 중 63명이 죽거나 부상을 입었고 1,100명의 군인 중 714명이 죽었다. 이 1,100명은 전체 부대에서 선발된 군인들이었다. 나머지는 던바 대령의 지휘 하에 후방에 있었다. 그들은 무게가 많이 나가는 군수품과 식량, 짐 등을 싣고 장군 부대의 뒤를 따르기로 되어 있었다. 전투에서 도망친 군인들은 추격을 당하지 않고 던바 대령의 진지로 갔다. 이들을 사로잡은 공포심은 순식간에 대령과 그 부하들에게까지 전염되었다. 던바 대령은 그의 휘하에 천 명이 넘는 군인들이 있었고 브래드독 장군을 격파한 프랑스군과 인디언은 합쳐봐야 400명이 넘지 않았는데도 진격해서 실추된 명예를 회복하려고 하지는 않고 군수품과 탄약 등을 모두 버리라고 명령했다. 식민지 정착 지역으로 달아나려면 말이 가능한 한 많이 필요했고 따라서 짐을 줄여야 했던 것이다. 후퇴하는 동안 던바 대령은 버지니아와 메릴랜드, 펜실베이니아 지사들로부터 국경에 부대를 배치해서 주민들을 보호해달라는 요청을 받았다. 하지만 대령은 주민들의 보호를 받을 수 있는 필라델피아에 도착하기 전까지는 안전하지 않다고 생각해 그들의 요청을 무시하고 그냥 지나쳐 갔다. 영국 정규군들이 용맹스럽고 강하다고 믿어온 우리는 이 모든 일들을 지켜보면서 처음으로 그 믿음을 의심하기 시작했다.

던바 대령의 군대는 식민지 정착 지역을 지나면서 주민들을 약탈하기도 했다. 몇몇 가난한 집을 짓밟아버렸고 반항하는 사람들이 있으면 모욕하고 욕설을 퍼붓고 심지어 감금까지 했다. 우리를 지켜줄 군대가 필요한 건 사실이었지만 이 일을 겪으면서 영국 군대에게는 정나미가 떨어졌다. 적군인 프랑스 군대는 그들과 전혀 달랐다. 프랑스 군대는 1781년 주민들이 밀집해 있는 로드아일랜드에서 버지니아까지 1,100킬로미터가 넘는 거리를 행군하면서도 돼지 한 마리, 닭 한 마리, 심지어 사과 한 알도 약탈한 일이 없었다.

브래드독 장군의 부관이었던 옴 대위는 전투에서 심하게 부상을 입고 장군과 함께 도망쳐서 그가 숨을 거둘 때까지 며칠을 함께 지냈다. 옴 대위에게서 듣기로 브래드독 장군은 첫날 내내 아무 말도 안 하고 있다가 밤이 되어서야 "이렇게 되리라고 누가 상상이나 했겠나?"라고 딱 한마디 했다고 한다. 그 다음 날도 침묵을 지키다가 "한 번만 더 기회가 주어진다면 적들을 어떻게 상대해야 할지 알 것 같은데"라는 말을 마지막으로 남기고 몇 분 뒤에 숨을 거뒀다는 것이다.

장군의 명령과 지시 사항, 통신 내용 등은 모두 적군의 손에 들어갔다. 적군은 그중 몇 가지를 골라 프랑스어로 번역하고 인쇄했다. 그렇게 해서 영국 정부가 선전포고를 하기 전에 이미 싸울 의도가 있었음을 드러냈다. 그 글들 중에는 지사가 내 얘기를 편지로 써서 장군에게 보낸 것도 있었는데, 내가 영국군을 위해 큰 공헌을 했으니 나를 잘 봐달라는 내용이었다. 나중에 데이비드 흄도 관청 서류 속에서 내 공을 적극 칭찬하는 브래드독 장군의 편지들을 본 적이 있다고 했다. 데이비드 흄은 그로부터 몇 년 뒤에 프랑스 대사인 허트퍼드 경의 비서를, 그 다음에는 국무장관인 콘웨이 장군의 비서를 지낸 사람이었다. 하지만 원정이 실패했기 때문에 브래드독 장군의 이 모든 추천서는 내게 아무런 도움이 되지 못했고 따라서 내 공도 별로 인정을 받지 못했다.

내가 군대를 돕는 대가로 장군에게 요구한 것은 단 한 가지였다. 그가 부하 장교들에게 직접 명령을 내려 우리가 산 하인들이 더 이상 복역하지 않도록 해주고 이미 복역하고 있는 하인들은 돌려보내 달라는 것이었다. 장군은 내 요구를 흔쾌히 들어주었다. 그 결과 여러 명의 하인들이 주인에게로 돌아갔다. 하지만 지휘권을 물려받은 던바 대령은 전혀 관대하지 않았다. 던바 대령이 거의 도주하듯 퇴각하면서 필라델피아에 들렀을 때, 나는 고인이 된 장군의 명령을 상기시키며 그가 징집한 랭카스터의 가난한 농가의 하인들을 보내달라고 청했다. 대령은 자기가 뉴욕으로 가는 길에 트렌턴에서 며칠 머물 예정이니 주인들이 그곳으로 오면 하인들을 돌려주겠다고 내게 약속했다. 그 말을 듣고 주인들이 자기 돈을 써가면서 힘들게 트렌턴까지 갔지만 대령이 약속을 지키지 않아 큰 손해만 보고 낙담했다.

마차와 말들이 모두 적에게 넘어갔다는 얘기를 듣고 마차 주인들은 내게로 몰려와 보증한 돈을 물어내라고 한바탕 아우성을 쳤다. 그들의 독촉에 나는 무척 난감한 입장에 처했다. 회계 주임에게 언제든지 돈을 받을 수 있지만 그러려면 우선 셜리 장군이 지불 명령을 내려야 한다고 그들에게 설명해주었다. 장군에게 편지로 신청해두었지만 그가 먼 지역에 있어 답신을 당장에 받아볼 수가 없으니 조금만 참아달라고도 얘기했다. 하지만 무슨 말을 해도 사람들을 진정시킬 수가 없었다. 어떤 사람들은 나를 고소하기도 했다. 다행히 셜리 장군이 위원들에게 내 청구서를 검토하게 하고 지불 명령을 해준 덕에 그 끔찍한 상황에서 벗어날 수 있었다. 배상 금액이 2만 파운드에 달했으니, 내가 물어야 했다면 아마 파산하고 말았을 것이다.

브래드독 장군의 패전 소식이 알려지기 전, 필라델피아에 병원을 세우겠다고 했던 토머스 본드 박사와 물리학자 본드 박사가 기부금 용지를 들고 나를 찾아왔다. 듀케인 요새 함락을 축하하는 대대적인 불꽃놀이를 준비하려 하는데 그 비용을 모금하자는 것이었다. 나는 축하할 일이 확실해진 다음에 준비해도 충분할 거라고 진지한 표정으로 대답했다. 내가 그들 제안에 선뜻 찬성하지 않자 둘 중 한 사람이 뜻밖이라는 듯 물었다. "무슨 말입니까? 그렇다면 요새를 점령하지 못할 거라고 생각한다는 겁니까?" "요새를 점령할지 못할지 저도 모르겠습니다. 전쟁이란 한 치 앞을 알 수 없는 것이니까요." 그러면서 내가 확신하지 못하는 이유를 얘기해주었다. 결국 모금은 취소되었고, 두 기획자는 불꽃놀이를 준비했더라면 당했을지도 모를 창피를 면할 수 있었다. 이 일이 있고 나서 본드 박사는 프랭클린의 직감은 무서울 정도라고 말하곤 했다.

폐허로 변한 그나덴헛 마을에서의 요새 건설

모리스 지사는 브래드독 장군의 패전 이전부터도 주의회에 끊임없이 교서를 보내 영주의 소유지를 과세 대상에서 제외하는 조항이 포함된 방위비 징수 법안을 만들라고 의원들을 닦달하고 이 조항이 없는 법안은 무조건 기각해왔다. 그러다 이제 장군의 패배로 상황이 다급해지자 주의회도 자기 요구에 따를 거라고 기대하고는 더 강하게 다그쳤다. 하지만 주의회는 자신들의 주장이 옳다고 믿고 한 치도 물러서지 않았다. 지사가 예산안을 마음대로 고치도록 내버려두는 것은 의회의 기본 권리를 포기하는 거라고 생각했다. 마침내 의회가 5만 파운드를 보조한다는 내용의 법안을 최종 제출하자 지사는 단어 하나만 고치자고 제안했다. 법안에는 "모든 동산과 부동산은 과세 대상이며 영주의 동산과 부동산도 제외되지 않는다"라고 되어 있었다. 지사는 "제외되지 않는다"라는 부분을 "제외된다"로 고치자고 했다. 한 단어를 고치는 것이라 해도 그 차이는 어마어마하게 컸다. 주의회는 지사의 교서에 대한 주의회의 모든 답변을 영국에 있는 친구들에게 그대로 전하고 있었다. 이번 일에 대해서도 전해들은 영국에서는 지사에게 그렇게 비열하고 부당한 훈령을 내린 영주들을 맹렬하게 비난했다. 영주들이 자국의 방위를 방해한다면 오히려 재산을 잃을 위험에 처할 거라고 말하는 사람들도 있었다. 상황이 이렇게 되자 영주들도 겁을 먹고는 방위 목적으로 주의회가 내놓은 금액이 얼마가 되었든 거기에 자신들의 돈 5천 파운드를 더하라고 세입 징수관에게 지시했다.

이 결정을 통고받은 주의회는 영주들이 내야 하는 일반 세금을 대신해 그 돈을 받기로 하고 영주들이 요구했던 면세 조항을 포함한 새 법안을 통과시켰다. 이 법안에 따라 나는 6만 파운드의 방위비를 처리하는 위원의 한 사람으로 임명되었다. 나는 이 법안을 만들고 통과시키는 데 적극적으로 참여했다. 그와 동시에 시민병을 조직하고 훈련시키기 위한 법안도 기초했다. 퀘이커 교도들은 자신의 의사에 따라 거부할 수 있도록 배려하는 조항이 포함된 덕에 법안은 쉽게 통과되었다. 나는 시민병을 조직하는 데 필요한 협회를 만들기 위해 시민병 문제와 관련해 제기될 수 있는 모든 반대 의견과 그에 대한 답변 글을 작성했다. 예상했던 대로 이 글은 큰 효과를 거두었다.

그 뒤 몇 개의 중대가 편성되어 시내와 시골에서 훈련을 받았다. 지사는 적군이 자주 출몰하는 북서쪽 국경 지역에 군대를 주둔시키고 요새를 구축해 주민을 보호하는 일을 내게 맡아달라고 했다. 나는 스스로 적임자라고 생각하지는 않았지만 그 일을 맡았다. 지사는 나에게 전권 위임장과 적임이라고 생각되는 사람을 장교로 임명할 수 있는 백지 위임장을 주었다. 사람들을 모으는 일은 별로 어렵지 않았다. 얼마 안 되어 내 지휘하의 시민병이 560명에 이르렀다. 캐나다와의 전쟁에서 장교로 활약했던 아들이 부관이 되어 내게 큰 도움을 주었다. 인디언들은 모라비아 교도들이 살던 그나덴헛 마을을 불사르고 주민들을 학살했다. 나는 그곳이 요새를 구축하기에 좋은 조건이라고 판단했다.

그 마을까지 행군하기 위해 나는 모라비아 교도들의 주요 근거지인 베들레헴에 중대를 집합시켰다. 뜻밖에도 베들레헴은 꽤 훌륭한 방위 체계를 갖추고 있었다. 그나덴헛 마을의 파괴로 불안해졌기 때문인 듯했다. 주요 건물들에 방책을 둘렀고, 뉴욕으로부터 무기와 군수물자들을 대량으로 사들였으며, 높은 석조 건물의 창문과 창문 사이에 조약돌을 쌓아놓아서 인디언들이 공격해오면 여자들이 그들의 머리 위로 돌을 던질 수 있도록 했다. 베들레헴에서도 여느 수비대 주둔지나 다름없이 무장한 남자들이 질서정연하게 교대로 보초를 섰다. 스판겐버그 주교와 이야기를 나누면서 나는 이런 점이 놀라웠다는 얘기를 했다. 영국 의회의 법률에 의해 모라비아 교도들은 병역이 면제되었기 때문에 나는 그들이 무기를 드는 것을 양심에 반하는 일로 생각하는 줄 알았다. 주교는 전쟁에 반대하는 것은 그들의 확정된 교리가 아니라 그 법안을 정할 당시의 교리였을 뿐이라고 대답했다. 하지만 당시에는 그들 자신도 놀랄 정도로 그 교리를 따르는 사람이 거의 없었다. 그들이 스스로를 속이거나 영국 의회를 속이거나 둘 중 하나였던 것 같다. 어쨌든 당면한 위험 앞에서는 상식이 변덕스러운 신념을 이기는 법이다.

우리가 요새 건설에 착수한 것은 1월 초였다. 나는 미니싱크 마을의 북쪽으로 부대 하나를 보내 요새를 건설하게 했고 마을의 남쪽으로도 부대 하나를 보내면서 같은 지시를 내렸다. 그리고 나는 나머지 부대를 이끌고 요새 건설이 가장 시급한 그나덴헛으로 떠나기로 했다. 모라비아 교도들은 연장과 식량, 짐 등을 실을 수 있도록 마차 다섯 대를 빌려주었다.

베들레헴을 떠나기 직전, 인디언들에게 쫓겨 농장을 버리고 도망쳤던 농민 열한 명이 나를 찾아와서는 농장에 돌아가서 소들을 데려와야겠다며 총을 좀 달라고 했다. 나는 각자에게 총 한 자루씩과 적당한 양의 탄약을 주었다. 그러고 나서 우리는 행군을 시작했다. 하지만 얼마 못 가 비가 쏟아지기 시작하더니 하루 종일 그칠 줄을 몰랐다. 비를 피할 만한 집을 찾을 수가 없어 계속 걸어가다가 날이 어둑해져서야 독일인의 집 하나를 겨우 발견했다. 우리는 비에 흠뻑 젖은 채로 그 집 헛간에서 다닥다닥 모여 앉아 밤을 보냈다. 행군 중에 공격을 당하지 않은 것은 천만다행이었다. 우리가 갖고 있던 무기는 지극히 평범한 데다 비에 젖어 있었기 때문이다. 인디언들은 전술이 아주 뛰어났지만 우리에게는 변변한 전술 하나 없었다. 그 날 인디언들은 앞서 말한 열한 명의 농부들을 만나 그중 열 명을 죽였다. 살아남은 농부 한 명이 나중에 말하기를 총이 비에 젖어서 총

알이 나가지 않았다고 했다.

다음 날은 비가 그쳤다. 우리는 행군을 다시 시작해 드디어 황량한 그나덴헛에 도착했다. 근처에 있는 제재소 주위로 널빤지가 여러 장 쌓여 있었다. 우리는 그 널빤지로 서둘러 임시 막사를 지었다. 그 추운 날씨에 텐트 하나도 없었기 때문에 막사를 짓는 일이 무엇보다 시급했다. 그러고 나서 우리가 가장 먼저 한 일은 마을 사람들이 아무렇게나 묻어놓고 가버린 시체들을 제대로 묻어주는 것이었다.

그 다음 날 아침에는 요새를 설계하고 위치를 정했다. 둘레가 455피트 정도 되었기 때문에 직경 1피트짜리 말뚝 455개를 이어서 울타리를 만들어야 했다. 우리는 가져온 도끼 70자루로 즉시 나무를 찍기 시작했다. 군인들이 도끼 사용에 아주 능숙해서 일은 빠른 속도로 진행되었다. 나무들이 순식간에 휙휙 쓰러지는 모습을 보고 있자니 두 사람이 소나무 한 그루를 베는 데 시간이 얼마나 걸리는지 한번 재보고 싶어졌다. 나무는 6분 만에 땅 위에 쓰러졌다. 직경을 재어보니 14인치였다. 소나무 한 그루로 끝이 뾰족한 18피트 길이의 말뚝 세 개를 만들 수 있었다. 한쪽에서 말뚝을 만드는 동안, 다른 한편에서는 참호를 3피트 깊이로 파서 말뚝 박을 자리를 만들었다. 마차들의 몸체를 떼어내고 마부석의 두 부분을 연결하는 핀을 뽑아 앞뒤 바퀴를 분리해서 이륜마차로 열 대를 만든 다음 말 두 마리씩을 붙여서 숲에서 요새까지 말뚝을 나르게 했다. 말뚝 박는 일이 끝나자 이번에는 목수들이 6피트 높이의 나무 발판을 만들어 말뚝 안쪽에 둘렀다. 군인들이 이 발판 위에 서서 작은 구멍을 통해 총을 발사하는 것이었다. 작업이 모두 끝나고 나서 회전식 대포를 한 모퉁이에 고정해놓고 한번 쏴보았다. 혹시 근처에 있을지도 모를 인디언들에게 우리가 그런 무기를 갖고 있다는 걸 알려주기 위해서였다. 그렇게 해서 우리의 요새(그렇게 초라한 울타리에 요새라는 거창한 이름을 붙여도 된다면)는 일주일 만에 완성되었다. 그 일주일 동안에도 이틀에 한 번씩은 비가 억수같이 쏟아져 일을 하지 못했다.

이 일을 하면서 나는 사람은 일을 할 때 가장 만족한다는 사실을 알게 되었다. 일하는 동안에는 모두들 친절하고 유쾌했으며 하루 일을 잘 끝냈다는 뿌듯한 마음 때문에 저녁 시간도 즐겁게 보냈다. 하지만 일을 못하는 날에는 사나워져서 툭하면 싸움질을 하고 고기나 빵 등을 들먹이며 트집을 잡는가 하면 하루 종일 심술을 부렸다. 그런 모습을 보면서, 부하들에게 끊임없이 일을 시키는 것을 신조로 삼는다는 어느 선장이 떠올랐다. 어느 날 항해사가 와서 일이 다 끝나 더 이상 시킬 일이 없다고 하자 선장은 이렇게 대답했다. "그렇다면 닻을 깨끗이 닦으라고 하게."

비록 보잘것없는 요새였지만 대포가 없는 인디언들을 막기에는 충분했다. 부대도 안전하게 배치되었고 필요할 때 퇴각할 수 있는 곳도 생겼으므로 이제는 소대를 편성해서 주변 탐색을 시작했다. 인디언을 만나지는 못했지만 그들이 숨어서 우리의 동태를 감시한 흔적을 근처 언덕에서 발견할 수 있었다. 그곳에 인디언들이 사용한 발명품이 있었는데, 설명할 가치가 있는 듯하다. 그때는 겨울이어서 불이 필요했다. 하지만 땅 위에 그냥 불을 피우면 불빛 때문에 멀리서도 위치가 발각될 위험이 있었다. 그래서 그들은 직경 3피트, 깊이는 그보다 좀 더 되는 구덩이를 팠다. 또 숲속에 버려진 불에 탄 통나무 양쪽에는 손도끼로 찍어서 숯을 떼어낸 흔적이 있었다. 이 숯으로 구덩이 바닥에 불을 피웠을 것이다. 주위의 잡초와 풀이 눌려 있는 걸로 봐서 그들이 드러누워 구덩이 속에 다리를 집어넣고 발을 덥혔던 것 같다. 그런 식으로 불을 피우면 불빛이 새어나가지 않고 불길이 일어나거나 불꽃이 튀거나 연기가 나지도 않아 들킬 염려가 없었으므로 그들에게는 다시없이 좋은 방법이었다. 거기에 있던 인디언들의 수는 그리 많지 않았던 것 같다. 우리 쪽의 숫자가 너무 많아서 공격해봐야 승산이 없다고 판단한 모양이다.

우리 부대의 군목이었던 비티 씨는 아주 열성적인 장로교 목사였다. 그는 군인들이 예배와 설교 시간에 잘 참석하지 않는다며 내게 불평했다. 군인들은 급료와 식량 외에 매일 럼주 약 0.14리터씩을 지급받기로 하고 입대했다. 술은 시간을 정확히 맞추어 아침에 반, 저녁에 반이 지급되었다. 군인들은 술을 받을 때만큼은 제시간에 어김없이 나타났다. 그걸 보고 내가 비티 씨에게 말했다. "럼주를 관리하는 것이 목사님의 품위를 떨어뜨리는 일일지도 모르겠지만, 예배가 끝난 다음에 술을 나누어 주시면 틀림없이 다들 예배에 참석할 겁니다." 비티 씨는 좋은 생각이라면서 럼주 배급을 맡기로 했다. 그는 예배가 끝난 뒤 두세 사람의 도움을 받아 군인들에게 정량의 럼주를 나눠 주었다. 그 뒤로 군인들은 전원이 시간에 딱 맞춰 예배에 참석했다. 예배에 참석하지 않는다고 해서 군법으로 처벌하기보다는 이 방법이 낫다는 생각이 들었다.

요새 건설을 완성하고 식량도 넉넉하게 비축해놓았을 즈음 지사에게서 편지 한 통이 왔다. 주의회를 소집했으니 국경에서의 일이 어느 정도 끝나 더 이상 남아 있을 필요가 없으면 참석해달라는 내용이었다. 주의회 친구들도 가능하면 의회에 꼭 나오라고 재촉하는 편지를 보냈다. 처음 계획했던 요새 세 개를 다 건설했고 주민들도 이제 안전하게 농사를 지을 수 있게 되었으므로 나는 그만 돌아가기로 했다. 마침 인디언과의 전쟁 경험이 있는 뉴잉글랜드의 클래펌 대령이 우리 요새에 들렀다가 지휘를 맡아주기로 한 덕에 떠날 결심을 좀 더 쉽게 할 수 있었다. 나는 수비대를 사열시키고 그들 앞에서 대령에게 임명장을 준 다음, 그가 군사 업무의 전문가이므로 나보다 훨씬 유능한 지휘관이 될 거라고 소개했다. 그리고 몇 마디 당부의 말을 남긴 뒤 길을 떠났다. 병사들의 호위를 받으며 베들레헴까지 가서는 며칠 쉬면서 그간의 피로를 풀었다. 좋은 침대에서 자려니까 첫날 밤에는 잠이 잘 오지 않았다. 그나덴헛의 임시 막사 바닥에서 담요 한두 장만 덮고 자던 버릇 때문에 새로운 환경이 영 어색했다.

연장자 의견대로 배우자를 결정하는 모라비아 교도

베들레헴에 머무는 동안 모라비아 교도들의 습관을 관찰해보았다. 다들 내게 친절했고 몇몇 사람들은 나를 데리고 여기저기 다녀주기도 했다. 모라비아 교도들은 함께 일하고 재산을 공동으로 소유했으며 식사도 함께 하고 잠도 공동 숙소에서 많은 사람들이 함께 잤다. 숙소의 천장 바로 밑에 일정한 간격으로 구멍이 있었는데, 환기를 하기에는 아주 적절하게 만들어놓은 것 같았다. 교회에도 가서 바이올린, 오보에, 플루트, 클라리넷 등과 오르간이 함께 어우러진 멋진 음악을 들었다. 그들은 우리처럼 남자와 여자와 어린아이들이 모두 같이 모여 설교를 듣는 것이 아니라 어떤 때는 결혼한 남자들끼리, 어떤 때는 결혼한 여자들끼리, 또는 젊은 남자들끼리, 젊은 여자들끼리, 아이들끼리 따로 나뉘어 설교를 들었다. 한번은 아이들의 예배에 참석해 설교를 들어보았다. 아이들은 들어오는 순서대로 줄을 지어 의자에 앉았다. 남자 아이들은 젊은 남자 선생님이, 여자 아이들은 젊은 여자 선생님이 가르쳤다. 설교는 아이들의 수준에 잘 맞는 것 같았다. 선생님들은 친근하고 다정한 말투와 태도로 아이들에게 좋은 사람이 되라는 내용의 설교를 했다. 아이들은 아주 질서정연하게 행동했지만 안색이 창백하고 허약해 보였다. 집 안에만 있으면서 운동을 충분히 하지 않은 탓인 듯했다.

모라비아 교도들이 제비뽑기로 결혼 상대를 정한다는 말을 들은 기억이 나서 사실인지 물어보았다. 제비뽑기는 특별한 경우에만 하는 거라고 했다. 대부분의 경우에는 이런 식으로 한다고 했다. 젊은 남자가 결혼하고 싶으면 자기 반의 연장자에게 얘기를 한다. 그러면 그 연장자는 젊은 여자들 반을 감독하는 연장자와 의논을 한다. 이 연장자들은 각자가 맡고 있는 젊은이들의 기질과 성향을 잘 알고 있기 때문에 누구와 누구를 맺어주는 것이 좋을지를 가장 잘 판단했다. 대부분의 젊은이들이 그들의 판단을 따랐다. 그런데 가령 한 청년에게 두세 명의 처녀가 똑같이 어울리는 일이 벌어진다면 이럴 때 제비를 뽑는다고 했다. 자신이 원하는 상대를 선택하는 것이 아니라면 아주 불행해질 수도 있다고 나는 항변했다. 그랬더니 "스스로 상대를 선택해도 불행해질 수 있는 겁니다"라는 대답이 돌아왔다. 나는 그 말을 부인할 수가 없었다.

장교들의 호위를 받은 일로 영주의 오해를 사다

필라델피아에 돌아와보니 시민병 협회가 순조롭게 체계를 갖추어가고 있었다. 퀘이커 교도가 아닌 주민들 대부분이 이 협회에 가입해서 중대를 만들고 새로운 법에 따라 대위, 중위, 소위를 선출했다. 본드 박사가 나를 찾아와서 사람들이 새로운 법에 친숙해지도록 만드느라 자신이 애를 많이 썼노라고 했다. 나는 모든 것이 내가 쓴《대화집》덕분이라는 자부심을 갖고 있었다. 하지만 그의 말이 맞을지도 모르는 것이라서 마음대로 생각하도록 그냥 두었다. 그렇게 하는 것이 최선이라는 게 나의 평소 지론이었다. 장교들은 회의를 열어 나를 연대장으로 뽑았고 이번에는 나도 받아들였다. 그때 중대가 몇 개였는지 지금은 기억나지 않지만, 1,200명의 늠름한 군인과 여섯 대의 놋쇠 야전포로 무장한 포병 1중대를 사열했다. 포병들은 1분에 열두 발을 발포할 정도로 야포를 능숙하게 다루었다. 내가 처음 연대를 사열하고 나서 군인들은 나를 집까지 배웅한 뒤 문 앞에서 야포를 몇 발 쏘아 경의를 표했다. 그 바람에 집에 있던 전기 실험 장치 몇 개가 흔들리면서 유리가 깨졌다. 그리고 새로 얻은 내 직함도 얼마 안 가 그렇게 깨졌다. 영국에서 이 법이 폐지되면서 우리의 임무도 모두 끝났기 때문이다.

내가 연대장을 맡고 있던 그 잠깐 동안 이런 일이 있었다. 버지니아에 가야 할 일이 있었는데, 내 연대의 장교들은 도시 외곽인 로우어 페리까지 나를 호위해야 한다고 자기들끼리 결정을 한 것이다. 내가 말에 막 오르려는데 30~40명의 장교들이 제복 차림으로 집 앞에 나타났다. 나는 그들의 계획을 사전에 전혀 모르고 있었다. 알았더라면 오지 못하게 했을 것이다. 높은 자리에 있다고 허세 부리는 것을 나는 천성적으로 싫어했다. 그래서 장교들의 행동이 굉장히 불편했지만, 그들이 나를 따라오는 걸 막을 수도 없었다. 게다가 장교들은 내가 출발하자 칼을 뽑아 든 채로 계속 따라와 나를 더욱 난처하게 했다. 누군가가 이 일을 영주에게 편지로 알렸고 영주는 발끈하며 성을 냈다. 그 지방에 있는 동안 자신도 그렇고 지사들도 그런 대접을 한 번도 받아본 적이 없었기 때문이다. 그런 예우는 왕족 중에서도 왕자 정도는 되어야 받을 수 있는 것이라고 그는 말했다. 그때나 지금이나 나는 궁중 예법에 대해 전혀 모르니 아마도 그의 말이 맞을지도 모르겠다.

어찌 보면 사소할 수도 있는 이 일로 나에 대한 영주의 반감은 더 커졌다. 의회에서 내가 영주 토지의 면세 문제를 격렬하게 반대하는가 하면 영주의 행동을 비열하고 부당하다며 비난해왔기 때문에 영주는 진즉부터 나를 못마땅해하던 참이었다. 결국 그는 내가 주의회에서의 영향력을 이용해 현금징수법안의 통과를 방해하면서 국왕의 업무에 막대한 지장을 주고 있다며 장관에게 나를 고발했다. 또한 장교들을 거느리고 행진을 한 것은 영주의 권한을 무력으로 빼앗으려는 의지를 보여주는 증거라고 했다. 그런가 하면 체신장관인 에버라드 포크너 경에게도 내 지위를 박탈하라고 요청했다. 하지만 에버라드 포크너 경은 나를 불러 점잖게 경고하는 걸로 끝냈다.

지사와 주의회 사이에 다툼이 끊이지 않았고 의회에서 내가 큰 역할을 하고 있긴 했지만, 지사와 나는 개인적으로 서로 부딪치는 일 없이 언제나 예의를 갖추는 사이로 지냈다. 지사가 그의 교서에 답변을 작성하는 사람이 나라는 걸 알면서도 내게 별 반감을 갖지 않은 이유는 아마도 직업에서 비롯된 습성 때문이라는 생각이 들었다. 그는 변호사였기 때문에 우리 둘을 한 사람은 영주를 위해, 또 한 사람은 의회를 위해 법정에서 싸우는 대변인 정도로 여겼을 것이다. 그래서 어려운 문제가 생길 때면 나를 찾아와 스스럼없이 의논을 하기도 했고, 가끔씩은 내 조언을 따르기도 했다.

우리 두 사람은 브래드독 장군의 군대에 식량을 공급하는 일에는 하나가 되어 협력했다. 나중에 패전이라는 충격적인 소식이 전해졌을 때, 지사는 급히 내게 사람을 보내 후방의 경계를 어떻게 해야 할지 의논했다. 그때 내가 무슨 충고를 했는지는 기억이 나지 않는다. 아마도 던바 대령에게 편지를 보내서 전방에 군대를 배치해 경계를 하고 있다가 지원군이 도착하면 그때 원정을 떠나도록 설득하라는 내용이었을 것이다. 내가 전방에서 돌아오자 모리스 지사는 주의 군대를 이끌고 듀케인 요새 함락을 위한 원정을 떠나는 일을 내게 맡겼다. 던바 대령과 그 휘하의 군인들은 다른 해야 할 일이 있었다. 지사는 나를 사령관으로 임명했다. 하지만 나는 지사의 말처럼 군사적 능력이 뛰어난 사람이 못 되었고, 지사 역시도 본심과 달리 과장해서 얘기했던 것 같다. 아마도 내가 사람들의 지지를 받고 있으니 군인을 모집하는 데 도움이 될 테고 주의회에서 영향력이 있으니까 영주들에게 세금을 부과하지 않고도 군인들에게 줄 돈을 받아낼 수 있을 거라 생각했을 것이다. 그러나 지사는 기대와 달리 내가 협조하는 기미가 보이지 않자 계획을 취소했고 이내 지사직도 그만두었다. 그리고 후임으로 데니 대위가 임명되었다.

구름에서 번개를 일으키는 '필라델피아 실험'

신임 지사 재임 시절에 내가 했던 공공 활동에 대해 얘기하기 전에 과학자로 명성을 얻게 된 이야기를 하는 것도 괜찮을 듯하다.

1746년 보스턴에 있을 때 스코틀랜드에서 막 도착한 스펜스 박사를 만났는데, 그는 내게 몇 가지 전기 실험을 보여주었다. 그런데 그가 별로 능숙하지 않아서 실험이 완벽하게 되지는 않았다. 그래도 그런 실험을 처음 보는 나로서는 놀랍기도 하고 재미있기도 했다. 그러고 나서 필라델피아로 돌아왔는데 얼마 뒤에 런던왕립학회 회원인 피터 콜린슨 씨가 우리 회원제 도서관 앞으로 유리 시험관과 사용 설명서를 선물로 보내왔다. 마침 좋은 기회였으므로 나는 그 유리 시험관으로 보스턴에서 보았던 실험을 되풀이해보았다. 수없이 연습을 하다 보니 영국에서 보내 온 설명서에 있는 실험뿐만 아니라 다른 새로운 실험들도 얼마든지 할 수 있게 되었다. 실험을 하는 동안 우리 집은 이 신기한 구경을 하러 온 사람들로 늘 북적거렸다.

사람들의 시선을 받아야 하는 부담감을 친구들과 나누고 싶었다. 그래서 유리 공장에 비슷한 시험관을 여러 개 주문해 친구들에게 나누어 주고 실험을 하게 했다. 그중에서 이웃에 사는 키너슬리 씨가 가장 잘했다. 재주가 좋은 사람이었는데 직업이 없기에 나는 사람들에게 돈을 받고 실험을 해보면 어떻겠냐고 했다. 그러면서 두 개의 강의록을 주었다. 실험 과정을 순서대로 적은 다음 방법을 설명해놓아서 앞의 내용을 보면 뒤의 내용도 이해할 수 있게 만든 강의록이었다. 그는 공개 실험을 위해 멋진 실험 기구를 마련했는데, 내가 대충 만들었던 작은 기구들을 전문가가 근사하게 새로 손을 본 것이었다. 그의 실험에는 언제나 사람들이 몰렸고 결과도 만족스러웠다. 나중에는 여러 지역을 돌아다니면서 사람들에게 실험을 보여주였고 돈도 꽤 벌었다. 다만 서인도 제도에서는 습기가 많아 실험하는 데 애를 먹었다.

이 모든 것이 콜린슨 씨가 시험관을 선물해준 덕이었으므로 우리가 그 기구들을 이용해 실험에 성공했다는 이야기를 알리는 것이 당연한 도리라고 생각했다. 그래서 실험 내용을 적은 몇 통의 편지를 그에게 보냈다. 콜린슨 씨는 그 편지를 영국왕립학회에 제출했지만 회원들은 회보에 실을 가치가 없다며 별 관심을 두지 않았다. 그 편지 중에는 내가 키너슬리에게 써준 것으로 번갯불이 전기와 같다는 내용의 원고도 있었는데, 나는 이 원고를 역시 그 학회의 회원이며 나와 친분이 있던 미첼 박사에게도 보냈다. 미첼 박사는 내게 답장을 보내 그 내용을 학회에서 읽었지만 전문가들의 비웃음만 받았다고 전했다. 그러나 포더길 박사는 원고를 읽어보고는 그냥 썩히기에는 아깝다면서 출판을 한번 해보라고 권했다. 그 말에 콜린슨 씨는 《젠틀맨스 매거진》의 발행인인 케이브 씨에게 원고를 주었다. 하지만 케이브 씨는 그 원고를 따로 인쇄해서 소책자를 만들고 포더길 박사의 서문을 실었다. 그편이 돈벌이가 될 거라고 본 그의 판단은 적중했다. 책은 나중에 내용이 더 추가되어 4절판짜리 책 한 권이 되었으며 5쇄까지 출간되었다. 그가 들인 돈이라고는 복사 비용이 전부였다.

하지만 이 논문이 영국에서 주목을 받기까지는 꽤 시간이 걸렸다. 그전에 프랑스뿐만 아니라 유럽 전역에서 명성을 떨치던 과학자 비퐁 백작이 우연히 이 논문을 보고 달리바르 씨에게 프랑스어로 번역하게 한 다음 파리에서 출간했다. 그즈음 왕실에서 자연과학을 가르쳤으며 당시 통용되던 전기 이론을 세우고 발표한 유능한 실험가였던 놀레 신부는 이 책을 본 순간 불쾌함을 감추지 못했다. 처음에 신부는 그런 실험이 아메리카에서 이루어졌다는 것을 믿을 수가 없었다. 파리에 있는 적들이 그의 이론을 흠집 내기 위해 꾸며낸 것이 분명하다고 생각했다. 시간이 지나 그가 의심했던 것과는 달리 필라델피아에 프랭클린이라는 사람이 진짜로 살고 있다는 것을 확인한 다음에는 내게 보내는 편지 형식으로 아주 긴 글을 써서 책으로 출간했다. 그 글에서 놀레 신부는 자신의 이론을 옹호하고 내 실험과 그 실험에서 도출된 결론이 틀렸다고 주장했다.

나도 놀레 신부에게 답장을 쓰기로 작정하고 실제 쓰기도 했지만 이내 그만두기로 했다. 내 글에 실험 설명이 있으니 누구라도 따라 해보고 내 결론을 입증할 수 있을 것이며, 혹시라도 다른 결론이 나온다면 내 변호가 무의미해지기 때문이었다. 그리고 내 이론은 관찰한 결과를 토대로 세운 가설이지 독단적으로 제시한 결과가 아니기 때문에 일일이 변명할 의무도 없었다. 게다가 두 사람이 서로 다른 언어로 논쟁을 벌이다 보면 번역상의 오류 때문에 상대의 진의를 오해해서 그 논쟁이 한없이 이어질 수도 있었다. 실제로 놀레 교수의 편지 하나는 번역 오류 때문에 쓴 것이었다. 나는 그 논문에 더 이상 신경 쓰지 않기로 했다. 공무로 바쁜 중에 겨우 내는 시간을 이미 끝난 실험을 가지고 논쟁하며 허비하느니 새로운 실험을 하는 편이 낫다고 생각했다. 그래서 놀레 신부에게 한 번도 답장을 하지 않았는데 결과적으로 잘한 선택이었다. 친구이자 왕립과학협회 회원인 르 로이 씨가 내 편에 서서 놀레 신부의 이론을 반박해주었기 때문이다. 내 책은 이탈리아어, 독일어, 라틴어로 번역되었다. 그리고 내 책에 실린 학설이 서서히 놀레 신부의 학설을 제치고 대부분의 유럽 과학자들 사이에서 채택되었다. 결국 놀레 신부는 직계 제자인 파리의 B 씨를 제외하고 자신의 이론을 신봉한 마지막 사람이 되었다.

내 책이 빠른 속도로 사람들에게 알려진 것은 달리바르 씨와 드 로르 씨가 책에 실린 실험 하나를 성공적으로 해낸 덕이었다. 두 사람은 구름에서 번개를 일으키는 실험을 했다. 이 실험은 어디에서든 사람들의 관심을 끌었다. 물리학 실험 장비를 갖고 있고 물리학 강의를 하던 드 로르 씨는 자신이 '필라델피아 실험'이라고 이름을 붙인 이 실험을 여러 차례 반복했다. 그가 왕과 귀족들 앞에서 이 실험을 한 다음부터는 호기심 많은 파리 사람들이 구경을 하려고 모여들기도 했다. 그 대단한 실험에 대한 설명이나 얼마 뒤에 내가 필라델피아에서 연을 가지고 그와 같은 실험을 해서 성공을 거두었을 때 느꼈던 무한한 기쁨을 여기에서 더 얘기하지는 않겠다. 두 가지 얘기 모두 전기(電氣)에 관한 역사서에 나와 있다.

영국 의사인 라이트 박사는 파리에 머무는 동안 영국왕립학회 회원인 친구에게 보낸 편지에서 내 실험이 해외의 지식인들 사이에서는 높은 평가를 받고 있는데 어째서 영국에서는 별 관심을 못 받는지 알 수가 없다고 했다. 그러자 왕립학회는 예전에 내가 보낸 편지를 다시 심의해보기로 했다. 그리고 저명한 왓슨 박사가 내 편지에 실린 실험 내용과 나중에 내가 그 주제에 대해 영국에 보냈던 글을 요약한 다음 저자에 대한 찬사를 덧붙여 학회의 회보에 실었다. 그런가 하면 재능이 뛰어난 캔턴 씨를 비롯해 런던에 있는 학회 회원 몇 명이 뾰족한 막대를 이용해 구름에서 번개를 끌어내는 실험을 해 성공한 뒤 이를 학회에 보고했다. 학회에서는 예전의 홀대를 만회하고도 남을 만큼 내게 보상을 해주었다. 내가 신청하지도 않았는데 나를 회원으로 뽑아주는가 하면 25기니나 되는 회비도 면제해주었다. 그리고 그때부터 지금까지 회보도 무료로 보내주고 있다. 또한 1753년의 고드프리 코플리 상을 내게 수여하기도 했다. 학회의 회장인 맥클스필드 경도 그 자리에 참석해 아주 인상적인 연설을 해준 것은 내게 더없는 영광이었다.

영주들의 훈령 수용 법안 조정에 앞장서다

신임 지사 데니 대위는 영국왕립학회로부터 직접 메달을 받아 시(市)가 그를 위해 마련한 연회에서 내게 전달해주었다. 그는 오래전부터 내 인품을 들어 잘 알고 있었다면서 아주 정중하게 존경심을 표했다. 만찬이 끝난 뒤에 당연한 순서로 모두들 술을 즐길 때, 지사가 할 얘기가 있다며 나를 옆방으로 데려갔다. 그는 프랭클린은 지사 업무를 원활하게 수행할 수 있도록 가장 필요한 조언을 해주고 또 가장 큰 도움을 줄 사람이니 잘 사귀어두라는 충고를 영국 친구들로부터 들었다고 했다. 그러면서 어떻게든 나와 잘 지내고 싶으며 내게 도움이 될 일이 있으면 능력이 닿는 한 힘쓰겠으니 믿어달라고 했다.

지사는 그 밖에도 많은 얘기를 했다. 영주가 우리 주에 좋은 감정을 가지고 있으니 지금까지 끌어온 면세 문제만 양보한다면 우리 모두에게, 특히 나에게 이익이 될 것이고 자신과 주민들의 관계도 회복될 거라고도 했다. 그러면서 그 일을 하는 데 나만큼 적임인 사람은 없으며, 내가 그렇게만 해준다면 충분한 사례와 보상을 받을 거라고 했다. 우리 얘기가 길어지자 밖에서 술을 마시던 사람들이 마데이라주 한 병을 들여보냈다. 지사는 술을 끝도 없이 마셨고 술기운이 오를수록 회유와 약속도 점점 더 부풀려졌다.

그 자리에서 나는 이렇게 대답했다. 다행스럽게도 나는 영주들에게 잘 보여야 할 처지에 있지 않으며 주의회의 일원이기 때문에 그들의 호의를 받아들일 수도 없다. 그렇다고 해서 내가 개인적으로 영주들에게 반감을 갖고 있는 건 아니고, 지사가 제안하는 공공 정책이 모든 이들의 이익에 부합한다고 생각되면 누구보다 열렬하게 지지하고 협조할 것이다. 내가 지금까지 면세 법안에 반대해온 것은 영주들이 주장한 정책들이 그들에게만 이익이 될 뿐 주민들에게는 큰 불이익을 주기 때문이었다. 지사가 나를 높이 평가해주는 것은 매우 감사하게 생각하며 업무를 원활하게 수행할 수 있도록 최선을 다해 돕겠다. 다만 전임자들의 발목을 잡았던 그 불행한 훈령을 다시는 강요하지 않기를 바란다.

지사는 더는 아무 말도 하지 않았다. 아니나 다를까 그가 업무를 시작하면서 또 그 문제로 주의회와 대립했으며 논쟁이 다시 시작되었고 나는 여전히 격렬하게 반대하는 입장에 섰다. 나는 서기로 활동하면서 우선 훈령 공개를 요구했고 다음에는 그 훈령을 비판했는데, 이에 대한 기록은 당시의 의사록이나 그 뒤에 내가 출판한 《역사적 회고》에 실려 있다. 그렇긴 했어도 나와 데니 지사 사이에 개인적인 악감정은 전혀 없었다. 우리 두 사람은 자주 만나 어울렸다. 지사는 아는 것도 많고 세상 이치에도 밝은 사람이어서 함께 대화를 나누면 굉장히 즐겁고 유쾌했다.

그러던 어느 날 지사가 내게 옛 친구 제임스 랠프가 아직 살아 있다는 뜻밖의 소식을 전해주었다. 랠프는 영국에서 최고의 정치 평론가로 이름을 떨치고 있다고 했다. 프레더릭 왕자와 왕 사이의 논쟁을 중재하기도 했으며 1년에 300파운드의 연금을 받고 있다는 얘기도 해주었다. 알렉산더 포프가 《우인열전》에서 혹평했을 정도로 시인으로서는 별로 인정을 받지 못하지만 산문으로는 꽤 좋은 평가를 받는다고도 했다.

마침내 주의회는 영주들이 주민들의 이익에 반할 뿐 아니라 국왕의 국정 수행에도 방해가 되는 훈령으로 지사들을 끈질기게 압박한다고 보고 영주들을 고발하는 탄원서를 국왕에게 올리기로 결정했다. 그리고 나를 대표로 임명해 영국에 가서 탄원서를 제출하게 했다. 그전에 주의회는 6만 파운드를 영국 왕실에 헌납하는 법안을 지사에게 제출했는데(그중 1만 파운드는 당시 장군이었던 로던 경의 지시에 따라 사용하도록 되어 있었다), 지사는 그가 받은 훈령에 따라 이 안의 통과를 일언지하에 거절했다.

뉴욕에서 모리스 선장과 함께 우편선을 타고 가기로 하고 배에 짐까지 다 실었을 때 로던 경이 필라델피아에 도착했다. 로던 경은 지사와 주의회 간의 분쟁 때문에 국왕의 업무에 방해가 되어서는 안 되는 일이라 양측을 화해시키기 위해 왔다고 했다. 그러면서 지사와 나를 같이 만나 양측의 의견을 모두 들어보고 싶어 했다. 우리는 다 같이 만나 이 문제를 논의했다. 이 자리에서 나는 주의회를 대표해 당시 공문서에 기록된 여러 문제들을 제시했다. 그 공문서는 내가 기록해 의회의 의사록과 함께 인쇄한 것이었다. 지사는 영주의 훈령을 변호했다. 자신에게는 그 훈령을 지킬 의무가 있으며 복종하지 않을 시에는 파멸할 거라고 했다. 하지만 로던 경이 훈령을 거부하라고 하면 기꺼이 위험을 무릅쓸 것 같았다. 나는 로던 경이 지사에게 훈령 거부를 권할 거라 기대했지만 그는 그렇게 하지 않았다. 오히려 주의회가 영주의 훈령에 따라야 한다고 결정을 내렸다. 그러면서 의원들을 설득해 훈령을 따르게 해달라고 내게 부탁했다. 뿐만 아니라 우리 전방의 수비에 국왕의 군대가 더 이상은 파견되지 않을 것이며 우리가 계속해서 방위비를 내지 않으면 전방이 적에게 노출되고 말 거라고도 했다.

나는 로던 경의 결정을 주의회에 알리고 결의안을 작성해 제출했다. 이 결의안에서 나는 우리의 권리를 선언했다. 그리고 우리가 권리 주장을 영원히 포기하는 것이 아니라 외부의 강제적인 힘 때문에 권리 행사를 잠시 보류하는 것이라고 밝혔다. 결국 주의회는 이전의 법안을 폐기하고 영주들의 훈령을 수용하는 법안을 새로 만들었다. 당연히 지사는 이 법안을 통과시켰고 그제야 나는 홀가분하게 떠날 수 있었다. 그런데 그사이에 우편선이 내 짐을 싣고 떠나버리는 바람에 얼마간 손해를 보아야 했다. 내가 받은 것이라고는 애써주어서 고맙다는 로던 경의 인사가 전부였고 타협을 성사시킨 공은 모두 그에게로 돌아갔다.

‘말 위에 있지만 절대 달리는 법이 없는’ 로던 경

로던 경은 나보다 앞서 뉴욕으로 떠났다. 우편선의 출항 날짜를 결정하는 것은 그의 소관이었다. 그때 뉴욕에는 두 척의 우편선이 남아 있었는데 로던 경은 그중 한 척이 금방 떠날 거라고 말했다. 나는 혹시라도 뉴욕에 늦게 도착해 배를 놓칠까 봐 정확한 출발 시간을 알려달라고 부탁했다. 로던 경이 대답했다. “다음 토요일에 출항하도록 명령을 내린 상태입니다. 하지만 당신에게만 특별히 알려주는 건데, 월요일 아침까지만 오면 배를 탈 수 있을 겁니다. 하지만 더 늦으면 절대 안 됩니다.” 그런데 나룻배에서 뜻밖의 사고를 만나는 바람에 월요일 정오가 지나서야 뉴욕에 도착했다. 그날은 바람도 잔잔했기 때문에 배가 분명 떠났을 것 같아 몹시 불안했다. 하지만 배가 아직 항구에 있으며 다음 날이 되어야 떠날 거라는 얘기를 듣고 마음을 놓았다. 누구라도 내가 곧 유럽으로 떠날 거라고 생각했을 것이다. 나도 그렇게 생각했다. 하지만 그것은 내가 로던 경의 성격을 잘 모르고 한 착각이었다. 로던 경은 한마디로 ‘우유부단’하기 이를 데 없는 사람이었다. 몇 가지 예를 들어보겠다. 내가 뉴욕에 도착한 때가 4월 초였는데 배가 떠난 것은 6월 말이 다 되어서였다. 한참 전부터 항구에 우편선 두 척이 정박하고 있었지만, 로던 경이 편지를 다 쓰지 못했다는 이유로 자꾸만 하루하루 미루는 바람에 출항하지 못하고 있었다. 그동안 또 한 척의 우편선이 도착했지만 그 배 역시도 항구에 묶였다. 우리가 떠나기 전에 네 번째 배가 들어오기로 되어 있었다. 우리 배가 가장 오래 있었기 때문에 제일 먼저 떠나야 했다. 승객들은 승선 예약을 끝내놓고 출발만 기다리고 있었고 몇몇 사람들은 배가 빨리 떠나지 않아 몹시 초조해했다. 상인들은 편지와 보험에 든 어음(전쟁 중이었으므로), 가을 물건 때문에 안절부절못했다. 하지만 사람들이 이렇게 발을 동동 구르는데도 로던 경은 개의치 않았다. 그의 편지는 끝날 줄을 몰랐다. 누구든 로던 경을 찾아가면 어김없이 책상 앞에서 펜을 쥐고 앉아 있는 그의 모습을 보았고 아직 쓸 편지가 많은 거라 생각했다.

어느 날 아침 로던 경을 찾아갔다가 필라델피아에서 온 이니스라는 심부름꾼을 대기실에서 만났다. 이니스는 데니 지사가 로던 경에게 전하는 편지를 전하러 급히 왔다고 했다. 그가 필라델피아의 친구들이 내게 보낸 편지 몇 통도 전해주기에 나는 그의 편에 답장을 보낼 생각에 언제 필라델피아로 돌아가는지, 어디에 묵고 있는지 물었다. 이니스는 로던 경이 지사에게 보내는 답장을 다음 날 아침 9시에 와서 받으라고 했다면서 편지를 받는 즉시 출발할 거라고 했다. 그래서 나는 그날로 편지 몇 통을 써서 이니스에게 주었다. 2주 뒤에 같은 장소에서 이니스를 또 만났다. "이니스, 그사이에 벌써 다녀온 건가?" "다녀왔냐고요? 아직 떠나지도 못했는걸요." "그게 무슨 소리인가?" "경의 편지를 받으려고 2주째 매일 아침 왔는데 아직 쓰지 못했다고 하시는군요." "글을 굉장히 많이 쓰시는 것 같은데 그럴 리가 있나? 항상 책상 앞에 앉아 글을 쓰고 계시던데 말이야."

이니스가 대답했다. "그렇죠, 하지만 그분은 그림에 나오는 세인트 조지[용을 물리쳤다고 전해지는 영국의 수호신. 전설적인 인물로 말을 타고 용과 싸우는 그림을 흔히 볼 수 있다] 같아요. 항상 말 위에 있지만 절대 달리는 법이 없죠." 이 심부름꾼의 말에는 일리가 있었다. 내가 영국에 있을 때, 피트 수상이 로던 장군을 해임하고 애머스트 장군과 울프 장군을 새로 임명하면서 들었던 이유 한 가지가, 로던 장군으로부터 한 번도 보고를 받은 적이 없어서 그가 도대체 무슨 일을 하고 있는지 도통 알 수가 없다는 것이었다.

매일같이 출항만을 기다리던 우편선 세 척은 샌디훅으로 가서 정박 중이던 함대와 합류했다. 승객들은 갑자기 출항 명령이 내려져 배를 놓치기라도 할까 봐 배 안에서 기다리기로 했다. 내 기억이 정확하다면, 그때 우리는 배에서 6주를 기다렸고 그동안 식량이 다 떨어져서 다시 사야 했다. 드디어 함대가 로던 경과 그의 군대를 태우고 요새를 함락하기 위해 루이스버그로 떠났다. 떠나기 전 로던 경은 같이 정박해 있던 우편선들에게 편지가 완성되면 와서 받아가라고 명령을 내렸다. 그래서 우리는 또 닷새를 기다리고 나서야 편지 한 통과 출항 허가증을 받고 함대를 떠나 영국으로 갈 수 있었다. 다른 두 척의 우편선은 여전히 떠나지 못하고 로던 장군을 따라 핼리팩스까지 가야 했다. 로던 장군은 그곳에서 얼마간 머물면서 군인들에게 가상 요새를 가상 공격하는 훈련을 실시하더니 루이스버

그를 공격하려던 마음을 바꾸어 군대와 앞서 말한 두 척의 우편선과 승객들 모두를 이끌고 뉴욕으로 돌아왔다! 그가 뉴욕을 비운 사이 프랑스 군대와 인디언들이 최전방에 있는 조지 요새를 점령했고 인디언들은 그들에게 항복한 수많은 수비병들을 학살했다.

그 우편선 중 한 척의 선장인 보넬 씨를 나중에 런던에서 만난 적이 있다. 그가 내게 말하길, 그때 한 달 동안 배가 서 있다 보니 심하게 더러워져서 우편선의 생명인 속도를 내지 못할 지경이 되었다고 한다. 그래서 배를 기울여 바닥을 청소할 시간을 달라고 장군에게 청했다. 장군은 시간이 얼마나 걸리겠냐고 물었고 보넬 선장은 사흘이라고 답했다. 그랬더니 장군은 이렇게 말했다. “하루에 끝낼 수 있다면 허락해주겠네. 더 이상은 안 돼. 모레에는 반드시 출발해야 한단 말일세.” 결국 선장은 청소를 하지 못했다. 하지만 그 뒤로도 로던 장군은 출항을 하루하루 미루더니 결국 석 달을 끌었다.

보넬 선장의 배에 탔던 승객도 런던에서 만났다. 그는 로던 장군이 자기를 속이고 뉴욕에 그렇게 오래 잡아둔 것도 모자라 핼리팩스까지 끌고 갔다가 돌아왔다며 분을 삭이지 못하면서 손해배상 소송을 하겠노라고 했다. 그가 정말 소송을 했는지는 듣지 못했다. 하지만 그가 말한 대로라면, 로던 경 때문에 입은 손해는 막대했다.

이 모든 일들을 지켜보면서 어떻게 그런 사람이 대규모 군대를 지휘하는 막중한 임무를 맡게 되었는지 이해가 되지 않았다. 하지만 세상을 더 많이 알게 되니 그런 자리를 어떻게 얻는지 또 어떤 배경으로 그런 자리를 주는지가 더 이상은 궁금하지 않았다. 내 생각에는 브래드독 장군이 죽고 나서 군대 지휘를 맡았던 셜리 장군이 그 자리에 계속 있었더라면 군 지휘를 로던 경보다 훨씬 잘했을 것 같다. 1757년 로던 경은 경솔한 판단으로 종군을 감행해 혈세를 낭비했고 상상할 수 없을 정도로 국가에 치욕을 안겼다. 셜리 장군은 직업군인은 아니었지만 지혜롭고 판단력이 뛰어났으며 다른 사람의 좋은 충고에 귀를 기울였다. 용의주도하게 계획을 세울 줄 알았고 그 계획을 실행할 때는 주저하지 않고 민첩하게 움직였다. 로던 장군은 막강한 병력을 거느렸으면서도 식민지를 지킬 생각은 않고 핼리팩스에 가서 한가하게 노닥거리다가 조지 요새를 적의 손에 넘겼다. 뿐만 아니라 식량 수출을 오랫동안 금지해서 상업 활동을 방해하고 무역을 압박했다. 적에게 물량을 빼앗기지 않기 위해서라는 구실을 내세웠지만 실제로는 가격을 낮춰 본토 상인들에게 이익이 돌아가게 하려는 수법이었다. 의혹일 뿐이었지만, 로던 장군이 그 수익 일부를 차지한다는 소문도 있었다. 마침내 수출 금지를 해제했을 때는 찰스타인에 그 사실을 통지해주지 않아 캐롤라이나 함대가 석 달이나 더 항구에 묶여 있어야 했다. 그 때문에 뱃바닥이 심하게 썩어 영국으로 돌아가는 도중 여러 척의 배가 바다 속으로 가라앉았다.

내 생각에 셜리 장군은 군 업무에 익숙하지 않은 사람에게는 부담이었을 군 지휘 임무에서 벗어나게 되어 진심으로 기뻐하는 것 같았다. 나는 로던 경의 취임을 축하하기 위해 뉴욕 시가 마련한 만찬에 참석했다. 전임자인 셜리 장군도 그 자리에 참석했다. 그 외에도 장교, 시민, 일반 방문객이 굉장히 많이 참석해 근처에서 의자를 빌려와야 했다. 그중 유독 낮은 의자가 하나 있었는데, 공교롭게도 셜리 장군이 그 의자에 앉게 되었다. 내가 옆에 앉았다가 그 의자를 보고 "장군님 의자가 너무 낮군요"라고 말하자 그가 대답했다. "괜찮습니다. 낮은 의자가 편하거든요."

앞서 얘기했듯 나는 뉴욕에 오랫동안 묶여 있었는데, 그사이에 브래드독 장군에게 대주었던 식량과 물품에 대한 회계 보고를 받았다. 내가 보급 업무를 하면서 도와줄 사람들을 여러 명 고용했기 때문에 새롭게 비용 청구를 해야 하는 것도 있었다. 나는 회계 보고서를 로던 경에게 보이면서 잔금을 지급해달라고 했다. 로던 경은 담당 장교에게 보고서 검토를 지시했고, 장교는 모든 품목과 영수증을 일일이 대조해보고는 틀림없다고 확인해주었다. 로던 경은 지불계에 잔금 지불 명령을 하겠다고 내게 약속했다. 하지만 지급은 계속 미뤄졌다. 몇 번이나 그를 찾아가보았지만 받을 수가 없었다. 그러더니 내가 그곳을 떠나기 직전에 겨우 한다는 얘기가 곰곰이 생각해보니 전임자들이 쓴 비용을 자신이 낼 필요가 없다는 것이었다. 그러면서 말했다. "영국에 가서 재무성에 이 회계 보고서를 제출하면 즉시 받을 수 있을 겁니다."

뉴욕에 오래 머무는 바람에 생각지도 않게 비용이 너무 많이 들었기 때문에 지금 받았으면 좋겠다고 얘기해봤지만 소용없었다. 내가 수고비를 바란 것도 아니고 우선 가져다 쓴 내 돈을 받는 건데 이렇게 힘들고 시간이 오래 걸려야 하는 것은 부당하다고 말했다. 그러자 로던 경이 대답했다. "아, 전혀 이익을 못 봤다고 하지는 마시오. 이쪽 일이 어떤지 훤히 알고 있으니까요. 군대에 납품을 하다 보면 자기 주머니 채우는 방법쯤은 누구나 다 알게 되는 것 아니겠소?" 나는 단 한 푼도 챙기지 않았다고 분명히 말했다. 하지만 그는 내 말을 믿지 않는 눈치였다. 그런 일을 하면서 막대한 이익을 챙기는 사람들이 많다는 것을 나중에야 알았다. 잔금은 지금까지도 받지 못했다. 그 얘기는 나중에 다시 하도록 하겠다.

배의 속도를 빠르게 하려면 다양한 실험이 필요하다

우리 우편선의 선장은 출항하기 전부터 그 배의 속도가 굉장하다며 자랑을 해댔다. 그런데 딱하게도 바다에 나가자 우리 배는 96척의 배 중에서 제일 느려 선장을 망신스럽게 했다. 우리 배만큼이나 느린 배가 또 한 척 있었는데 그것마저 우리 배를 앞질러 가자 선장은 원인을 이리저리 생각해보더니 모두들 배 뒤쪽으로 가서 돛대에 가능한 한 바짝 붙어 서라고 했다. 배에 있던 사람들은 승객을 포함해 40명 정도 되었다. 우리가 돛대 옆에 서자 배의 속도가 높아지더니 근처에 있던 배를 금세 따돌리고 앞으로 나갔다. 선장의 짐작대로 뱃머리에 짐을 너무 많이 실은 것이 원인이었다. 물통들이 전부 배 앞쪽에 놓여 있었다. 선장은 물통들을 모두 뒤로 옮기라고 지시했다. 그제야 배는 본래의 모습을 되찾고 빠르게 물살을 헤치며 나아갔다.

선장은 그 배가 한때는 13노트, 그러니까 한 시간에 15마일 속도를 냈다고 했다. 우리 배에는 케네디라는 해군 대령이 타고 있었는데, 그는 배가 그렇게 빠른 속도로 달릴 수는 없으며 분명 측정기의 눈금이 잘못되었거나 속도를 잘못 측정했을 거라고 선장의 말을 반박했다. 두 사람은 내기를 했고 바람이 충분히 불 때 속도를 재보기로 했다. 케네디 대령은 측정기를 꼼꼼하게 점검해 이상이 없다는 걸 확인하고는 자기가 직접 측정하겠다고 했다. 며칠 뒤 날이 맑게 개고 순풍이 불었다. 러트위지 선장은 배가 13노트의 속도로 달리고 있노라고 했고 케네디 대령이 속도를 측정했다. 결과는 케네디 대령의 패배였다.

이 얘기를 하는 이유는 내 나름대로 느낀 점이 있어서다. 배를 새로 만들면 그 배가 바다에서 잘 달릴지 아닐지를 타보기 전에는 알 수 없기 때문에 건조 기술은 불완전한 거라고들 한다. 잘 달리는 배의 모양을 똑같이 본떠서 새 배를 만들어도 나중에 보면 굉장히 느린 경우가 있다. 선원에 따라 화물 적재와 정비와 항해 방법이 다른 것도 어느 정도는 영향을 미친다는 것이 내 생각이다. 각자 방식이다 다르다. 그리고 같은 배라 하더라도 어떤 선장이 어떤 판단과 지시를 내리는가에 따라서도 속도에 차이가 난다. 한 사람이 배를 만들고 배를 바다에 띄우고 항해까지 하는 일은 거의 없다. 한 사람이 선체를 만들면, 다른 사람이 장비를 갖추고, 또 다른 사람이 짐을 싣고 항해를 한다. 이들 중 누구도 다른 사람의 생각과 경험을 다 알 수 없으므로 전체를 종합해 결론을 이끌어낼 수가 없다.

항해 중에 돛을 조작하는 간단한 일에서도 같은 풍향 조건에서 항해사마다 다른 판단을 내리고 선원들에게 다른 명령을 내리는 것을 나는 여러 번 보았다. 어떤 사람은 팽팽하게 조이고 어떤 사람은 느슨하게 조정하는 걸로 봐서 정해진 규칙은 없는 듯했다. 그래도 나는 일련의 실험을 통해 몇 가지를 결정할 필요는 있다고 생각한다. 첫째, 가장 빠른 속도를 내는 선체의 모양을 결정한다. 둘째, 돛대의 가장 이상적인 크기와 위치를 결정한다. 셋째, 돛의 모양과 수를 정하고 바람에 따른 위치를 결정한다. 마지막으로, 짐을 싣는 위치와 방법을 결정한다.

지금은 실험의 시대다. 다양한 실험을 정확하게 수행하고 그 결과를 종합해 정리한다면 굉장히 유용하게 쓰일 거라 생각한다. 머지않아 유능한 과학자가 이 실험을 해줄 것이라 믿으며 그가 꼭 성공하기를 바란다.

난파 위험을 통해 절감한 등대의 필요성

우리 배는 항해 중 여러 번 적함의 추격을 받았지만 매번 잘 따돌리면서 30일 만에 드디어 바다 바닥까지의 거리를 측정할 수 있는 곳에 이르렀다. 선장은 주위를 관찰해보더니 배가 팔머스 항구 근처까지 왔다고 판단하고는 밤새 순조롭게 항해를 하면 아침에는 항구에 닿을 거라고 했다. 밤에 항해를 하는 편이 민간 선박으로 위장하고 해협 입구에 종종 나타나는 적함을 피하기에 좋을 거라고도 했다. 우리 배는 돛을 있는 대로 다 올리고 순풍을 타고 빠른 속도로 달렸다. 선장은 세세하게 관측을 하더니 실리 군도에서는 암초를 피해 멀리 돌아가도록 해로를 잡았다. 세인트 조지 해협에서는 때때로 강한 조류가 일어 뱃사람들을 삼켰는데, 클로드슬리 쇼블 경의 함대도 바로 이곳에서 침몰되었다. 우리가 당한 일도 아마 이 조류 때문인 것 같았다.

선원 한 명이 뱃머리에 서서 망을 보고 있었고 다른 선원들은 잊을 만하면 한 번씩 그에게 "앞을 잘 살펴!"라고 소리쳤다. 그러면 망보는 선원은 "알았어, 알았다니까"라고 대답했다. 그런데 그날은 눈을 감고 졸았던 것 같다. 망보는 사람들은 가끔씩 졸면서 대답만 기계적으로 한다고들 하는데 그 선원도 그랬던 모양이다. 그는 우리 배 바로 앞에 있는 불빛을 보지 못했다. 조타수나 다른 선원들 역시 보조돛에 가려 그 불빛을 보지 못했다. 그러다 배가 잠깐 흔들리는 바람에 불빛을 보게 되었고 갑판에는 한바탕 소란이 일어났다. 불빛이 배와 거의 닿을 듯 있어서 내 눈에는 수레바퀴만큼 커 보였다. 자정이 다 된 시간이어서 선장은 깊이 잠들어 있었다. 그때 케네디 대령이 갑판으로 뛰어나오더니 위험 상황임을 확인하고는 돛은 모두 그대로 두고 뱃머리가 바람이 부는 쪽으로 돌아가도록 하라고 명령했다. 돛대가 위험해질 수 있는 조치였지만 그 덕에 난파당하지 않고 무사할 수 있었다. 그때 우리 배는 등대가 서 있는 바위로 가고 있었기 때문이다.

이 일을 겪으면서 나는 등대의 필요성을 절감했다. 그래서 살아서 돌아간다면 아메리카에 등대가 많이 세워지도록 힘써야겠다고 마음먹었다.

다음 날 아침, 수심을 재어보고 항구 가까이 왔다는 걸 알 수 있었다. 하지만 짙은 안개 때문에 육지는 보이는 않았다. 아홉 시쯤 되니 안개가 걷히기 시작했다. 마치 극장에서 커튼이 올라가듯 안개가 물 위로 올라가더니 그 밑으로 팔머스 시, 항구의 배들, 도시 주변의 들판이 드러났다. 오랫동안 망망대해에서 단조로운 모습밖에 보지 못했던 사람들에게는 황홀하리만치 아름다운 풍경이었다. 특히 전쟁 상황이 주는 긴장감에서 벗어날 수 있어서 무엇보다 기뻤다.

마침내 영주 토지 과세 법안이 통과되다

나는 아들과 함께 즉시 런던으로 출발했다. 가는 길에 솔즈베리 평원에 있는 스톤헨지, 그리고 윌턴에 있는 펨브로크 경의 저택과 정원과 진귀한 골동품들을 잠깐 구경하기도 했다. 우리는 1757년 7월 27일에 런던에 도착했다.

찰스 씨가 마련해준 숙소에 짐을 풀고 곧바로 포더길 박사를 만나러 갔다. 런던에 오기 전 다들 내게 포더길 박사를 찾아가 조언을 구해보라고 했다. 포더길 박사는 정부와 직접 맞서기보다는 먼저 영주들을 개인적으로 만나 타협하고 설득해서 문제를 원만하게 처리하는 게 좋을 거라고 했다. 포더길 박사의 집을 나와서는 편지를 자주 주고받곤 하던 오랜 친구 피터 콜린슨 씨를 만났다. 피터 콜린슨 씨의 얘기로는 버지니아 주의 거상인 존 핸베리 씨가 내가 오면 자기에게 알려달라는 부탁을 했다고 했다. 영국 의회 의장인 그랜빌 경이 나를 가능한 한 빨리 보고 싶어 하니 나를 데리고 그를 만나러 간다고 했다는 것이다. 나는 다음 날 아침에 함께 가기로 했다. 약속대로 다음 날 핸베리 씨가 찾아와서 나를 자기 마차에 태우고 그랜빌 경의 집으로 갔다. 그랜빌 경은 나를 아주 정중하게 맞아주었다. 그는 아메리카의 정세에 대해 이것저것 묻고 나서 이렇게 말을 꺼냈다.

"당신네 아메리카인들은 법의 본질을 잘못 알고 있어요. 왕이 주지사들에게 내리는 훈령은 법이 아니라고 주장하며 그 훈령을 마음대로 따르거나 따르지 않을 자유가 있다고 생각하지요. 훈령은 작은 기념식에서 외교 사절들에게 내리는 그렇고 그런 행동 지침과는 달라요. 훈령은 법을 공부한 판사들이 먼저 초안을 작성하면 의회에서 심의하고 토론하고 필요할 경우에는 수정을 하고 그 다음에 국왕의 서명을 받는 겁니다. 그러니 훈령은 당신네들에게는 국법인 것이지요. 국왕은 당신네 나라의 입법자니까 말이오." 나는 처음 듣는 이론이라고 대답했다. 헌장에 따르면 우리의 법은 의회에서 만들고 국왕에게 재가를 받으며 일단 재가를 받으면 국왕이라 하더라도 폐기하거나 변경할 수 없는 걸로 알고 있다고 했다. 의회가 국왕의 재가 없이 영구적인 법률을 만들 수 없듯 국왕도 의회의 동의 없이 법률을 만들 수 없는 거라고도 했다. 그랜빌 경은 내가 완전히 잘못 알고 있는 거라고 딱 잘라 말했다. 하지만 내 생각은 달랐다. 그랜빌 경과 얘기를 나누면서 영국 궁정이 우리 식민지에 대해 어떤 생각을 갖고 있는지 깨닫고 놀라움을 금치 못했다. 그날 숙소에 돌아오자마자 이 일을 기록해두었다. 그로부터 20년 전쯤 있었던 일이 기억났다. 당시 영국 행정부는 국왕의 훈령을 식민지의 법으로 하자는 법안을 의회에 제출했지만 하원에 의해 부결되었다. 그 일로 우리는 하원 의원들을 우리의 친구이자 자유의 수호자라고 칭송했다. 하지만 1765년 인지세법[영국 의회가 북아메리카 13개 식민지에 대해서 각종 증서, 신문, 광고 따위의 인쇄물에 인지세를 매기는 일을 정한 조례]을 통과시키

노년의 벤저민 프랭클린

1767년에 데이비드 마틴은 프랭클린의 초상화를 그리면서 그를 사색가이자 작가로 표현했는데, 프랭클린은 이 초상화를 아주 마음에 들어 해서 복사를 해 필라델피아에 있는 아내에게 보냈다.

는 과정을 지켜보면서 그들이 국왕의 특권을 거부한 이유가 사실은 자신들의 특권을 지키기 위해서였음을 알게 되었다.

며칠 뒤에 포더길 박사의 주선으로 나는 스프링 가든에 있는 토머스 펜 씨의 집에서 영주들을 만날 수 있었다. 처음에는 서로가 합리적인 선에서 타협을 하자는 이야기를 했지만, 나중에 보니 합리적이라는 의미를 양쪽이 다르게 이해하고 있었다. 이어서 내가 열거한 몇 가지 불만 사항들을 같이 검토해나갔다. 영주들은 자신들의 입장을 정당화하기 바빴고 나는 나대로 의회의 입장을 주장했다. 견해 차이가 너무 커서 합의를 하리란 기대 같은 것은 아예 할 수가 없었다. 결국 내가 불만 사항을 서면으로 제출하면 영주들이 숙고해보기로 약속하는 걸로 결론을 맺었다. 나는 즉시 서류를 작성해 제출했지만 영주들은 그것을 변호사 퍼디낸드 존 패리스에게 넘겨버렸다. 당시 펜실베이니아와 메릴랜드는 경계선 문제로 70년이나 소송을 진행하고 있었는데 패리스 변호사는 볼티모어 경을 상대로 한 이 소송에서 영주들을 대신해 모든 법률문제를 처리했고 주의회와의 논쟁에서도 영주들을 대신해 서류와 교서를 도맡아 쓰고 있었다. 패리스 변호사는 거만하고 신경질이 많은 사람이었다. 그의 서류를 보면 논점이 굉장히 흐리고 표현이 오만했기 때문에 나는 의회에서 답변할 때 가끔씩 그를 혹독하게 비난하곤 했다. 그러니 그는 내게 지독한 앙심을 품을 수밖에 없었고 나를 만날 때마다 그런 속내를 드러냈다. 나는 불만 사항을 패리스 변호사와 둘이서 논의해보라는 영주들의 제안을 거절하면서 영주들이 아닌 다른 누구와도 얘기하지 않겠노라고 했다. 그러자 영주들은 패리스 변호사의 조언에 따라 법무장관과 법무차관에게 서류를 보내 그들의 조언과 의견을 구하기로 했다. 하지만 8일이 모자란 1년이 지나도록 아무런 답도 오지 않았다. 그동안 나는 몇 번이고 영주들에게 답변을 요구했지만 그때마다 법무장관과 차관에게서 아무 의견도 듣지 못했다는 답만 돌아올 뿐이었다. 하지만 영주들이 그들로부터 의견을 받았다 해도 내게 내용을 알려주지 않았기 때문에 나로서는 전혀 알 수가 없었다. 그러던 어느 날 패리스가 기초하고 서명한 장문의 교서가 주의회로 왔다. 패리스는 그 교서에서 내 서류를 언급하면서 무례하게 형식도 제대로 갖추지 않았다고 트집을 잡는가 하면 영주들의 행동에 대해 속보이는 변명을 하고는 의회가 공명정대한 인물을 보낸다면 타협할 의사가 있다고 하면서 나는 적격자가 아님을 넌지시 비췄다.

형식을 갖추지 않았다든가 무례하다는 것은 내가 서류에 '펜실베이니아의 진정한 영주들'이라는 칭호를 붙이지 않았다고 해서 나온 말이었다. 나는 서류를 제출하는 목적이 스프링 가든에서 내가 한 말을 정확하게 기록하려는 것이기 때문에 굳이 그런 칭호를 붙일 필요가 없다고 생각했다.

일이 이렇게 지체되는 사이, 주의회는 데니 지사를 설득해 영주의 토지에도 일반 시민의 토지와 마찬가지로 과세를 하는 법안을 통과시켰다. 이로써 논쟁의 핵심 문제가 해결된 셈이므로 의회에서는 더 이상 교서에 답하지 않았다.

하지만 이 법안이 통과되고 나서 영주들은 패리스의 조언대로 국왕의 재가를 어떻게든 막기로 했다. 그 결정에 따라 영주들은 추밀원에 탄원서를 냈고 얼마 뒤에 청문회가 열렸다. 여기에서 법안에 반대하는 영주들을 대변해 두 명의 변호사가 나섰고 내 쪽에서도 법안 찬성을 주장하며 두 명의 변호사를 내세웠다. 상대측은 그 법안이 주민들의 부담을 덜어주기 위해 영주들의 토지에 무겁게 과세를 하려는 것이며, 법안이 강행될 경우 주민들과 사이가 좋지 않은 영주들은 지나치게 많은 세금을 내다가 결국에는 파산할 것이라고 주장했다. 우리는 이 법안에 그런 의도는 전혀 없으며 그런 결과도 생기지 않을 거라고 답했다. 세금 평가원들은 정직하고 신중한 사람들이고 공정하고 공평하게 평가한다는 서약 아래 일하고 있으며 영주들의 세금을 늘리고 그들의 세금을 줄여서 기대할 수 있는 이익이 너무나 적기 때문에 그걸 얻자고 서약을 어기지는 않을 거라고 했다. 내가 기억하기로 이것이 양쪽 주장의 요지였다. 그리고 우리는 이 법안이 철회될 경우 야기될 해로운 결과도 강력하게 주장했다. 국왕이 사용한다는 명목으로 발행된 10만 파운드가 지금 군사비로 쓰이고 주민들 사이에서도 유통되고 있는데, 이 법안이 철회된다면 돈의 가치가 하락해 많은 사람들이 파산할 것이며 앞으로 정부에 필요한 모금을 하게 될 때 큰 난관이 있을 거라고 했다. 그리고 순전히 자신의 토지에 과중한 세금이 매겨질 거라는 근거 없는 걱정 때문에 일반 주민들이 당하게 될 막대한 손실은 나 몰라라 하는 영주들의 이기심을 강한 어조로 비난했다. 변호사들이 변론을 하는 동안 추밀원의 고문관 중 한 사람인 맨스필드 경이 손짓으로 나를 불러 서기실로 데려가더니 정말 그 법이 시행되어도 영주들의 토지에 아무 피해가 없을 거라고 생각하는지 물었다. 나는 분명하게 그렇다고 대답했다. 그가 말했다. "그렇다면, 그 점을 보증하는 계약서를 쓰는 데 이의가 없습니까?" 내가 대답했다. "물론 없습니다." 맨스필드 경이 이번에는 패리스를 불렀다. 잠깐 동안 서로 얘기가 오가고 나서 양쪽 모두 맨스필드 경의 제안을 받아들이기로 했다. 의회 서기가 계약서를 작성했고 식민지를 대표해 통상 업무를 맡았던 찰스 씨와 내가 서명했다. 그런 다음 맨스필드 경이 다시 회의실로 돌아가 마침내 법안을 통과시켰다. 몇 개 조항이 수정되어야 한다는 요구가 있었지만 우리는 법안 개정 때 수정하겠다고 약속했다. 하지만 주의회는 그럴 필요가 없다고 생각했다. 추밀원의 지시가 내려오기도 전에 주의회는 이 법에 따라 한 해의 세금을 징수했고, 평가원들의 활동을 감시하는 위원회를 조직하고 영주와 친분이 있는 사람들 몇 명을 이 위원회의 위원으로 임명했다. 그리고 위원들은 충분히 조사를 한 뒤에 세금이 공정하게 평가되었다는 보고서에 만장일치로 서명했다.

주의회는 내가 그 계약을 체결한 덕에 우리 주에 중요한 공헌을 했다고 인정해주었다. 이 법안이 통과된 덕에 나라 전체에 유통되고 있던 지폐의 신용을 지킬 수 있었다. 주의회에서는 내가 귀국하자 감사장을 보내왔다. 하지만 영주들은 법안을 통과시켰다는 이유로 데니 지사에게 크게 분개하면서 그가 마땅히 지켜야 할 훈령을 어겼다며 고소하겠다고 협박했다. 하지만 지사는 장군의 요구에 따르고 국왕에게 충성하기 위해 그렇게 했으며 궁정에 막강한 지지자들이 있었기 때문에 영주들의 협박을 무시했다. 영주들 또한 협박을 실행에 옮기지는 못했다.

The Body
of
Benjamin Franklin, Printer
Like the Cover of an old Book
Its Contents worn out
And Stript of its Lettering & Gilding
Lies here food for the worms.
Yet the work shall not be lost
For it will (as he believed) appear once more
In a new & most beautiful Edition
Corrected & amended
By
The Author

Born June 6. 1706

프랭클린이 지은 자신의 비문

프랭클린은 1728년에 기지 넘치는 비문을 지었지만 결국은 좀 더 평범한 비문을 선택했다. "인쇄업자 벤저민 프랭클린의 몸이 / 그 내용이 진부해지고 / 글자와 금박도 다 벗겨진 / 오래된 책처럼 / 여기에 누워 벌레들의 먹이가 되길 기다린다 / 하지만 작품은 사라지지 않을 것이니 / 그가 믿는 바대로 다시 한번 / 저자의 손으로 교정되고 수정되어 / 더 새롭고 아름다운 책으로 태어나리."

벤저민 프랭클린 연보

자서전이 1757년에 끝난 까닭에 중요한 사실 몇 가지가 기록되지 못했다. 그러므로 프랭클린 삶의 주요 사건들을 다음과 같이 처음부터 열거할 필요가 있을 듯하다.

1706 보스턴에서 태어나고 올드 사우스 교회에서 세례를 받다.

1714 여덟 살 때 라틴어 학교에 입학하다.

1716 아버지의 수지 양초 제조업을 돕다.

1718 형 제임스의 인쇄소에서 견습공으로 일하다.

1721 시사 민요를 짓고 인쇄해 거리에서 팔다. 《뉴잉글랜드 커런트》에 익명으로 글을 기고하고 잠시 신문 편집을 하다. 자유사상가와 채식주의자가 되다.

1723 계약을 깨고 필라델피아로 가다. 키머의 인쇄소에서 일하다. 채식주의를 포기하다.

1724 키드 지사의 권유로 인쇄소를 직접 운영하기로 하고 활자를 사기 위해 런던에 가다. 그곳에서 인쇄 일을 하며 〈자유와 필연, 쾌락과 고통을 논함〉이라는 논문을 써서 인쇄하다.

1726 필라델피아로 돌아오다. 포목점에서 점원으로 일하다가 키머 인쇄소로 다시 들어가다.

1727 전토 클럽, 즉 '가죽 앞치마' 클럽을 만들다.

1728 휴 메레디스와 동업으로 인쇄소를 차리다.

1729 《펜실베이니아 가제트》의 경영자이자 편집자가 되다. 《지폐의 본질과 필요성에 관한 연구》를 익명으로 쓰다.

문구점을 열다.

1730 레베카 리드 양과 결혼하다.

1731 필라델피아 도서관을 설립하다.

1732 리처드 손더스라는 가명으로 〈가난한 리처드의 달력〉을 처음 발행하다.
시대와 나라를 초월한 지혜가 담긴 격언들이 적힌 이 달력은 당시 다양하고 분열된 형태로 이루어져 있던 아메리카의 특징을 하나로 모아 형성하는 데 아주 큰 역할을 한다.

1738 프랑스어, 이탈리아어, 스페인어, 라틴어 공부를 시작하다.

1736 주의회 서기로 선출되다. 필라델피아에서 유니언 소방대를 창설하다.

1737 주의회 의원으로 선출되다. 필라델피아 우체국장에 임명되다. 도시 순찰대를 계획하다.

1742 프랭클린 난로를 발명하다.

1743 아카데미 설립 계획을 제안하고, 이 계획이 1749년에 채택되고, 이를 기반으로 펜실베이니아 대학을 설립하다.

1744 '아메리카 철학협회'를 설립하다.

1746 조직적인 방위 체계의 필요성을 알리기 위해 〈명백한 진리〉라는 소논문을 발표하고 시민병을 구성하다. 전기 실험을 시작하다.

1748 인쇄업에서 은퇴하다. 치안판사에 임명되다. 시의회와 주의회 의원으로 선출되다.

1749 인디언과 협상하기 위한 위원으로 지명되다.

1751 병원 설립에 참여하다.

1752 연을 이용해 번개와 전기가 같은 것이라는 실험을 하다.

1753 이 실험으로 '고드프리 코플리 상'을 받고 왕립협회 회원이 되다.
예일 대학과 하버드 대학에서 석사 학위를 받다.
공동으로 아메리카 체신장관이 되다.

1754 펜실베이니아 주 대표의 한 사람으로 임명되어 올버니에서 열리는 식민지 회의에 참석하다. 식민지 연합을 구상하다.

1755 브래드독 장군의 군대에 필요한 물자를 공급하기 위해 개인 재산을 저당잡히다. 크라운 포인트 원정을 지원하기 위해 의회의 허가를 얻다.
시민병 조직에 관한 법안을 통과시키다.
연대장으로 임명되어 전투를 지휘하다.

1757 필라델피아 거리를 포장하기 위한 법안을 주의회에 제출하다.
'부에 이르는 길'이라는 유명한 글을 쓰다. 영주들에 대한 주의회의 권리를 주장하기 위해 영국으로 가다. 펜실베이니아 대표로 영국에 머물다. 영국의 학자나 문인들과 친분을 쌓다.

여기에서 자서전이 끝난다.

1760 국고 세입을 확보하기 위해 추밀원에서 합의를 통해 영주의 토지에 과세하는 결정을 이끌어내다.

1762 옥스퍼드 대학과 에든버러 대학으로부터 법학박사 학위를 받다.
아메리카로 돌아오다.

1763 우편국 조사를 위해 다섯 달 동안 북쪽 식민지 지역을 방문하다.

1764 주의회 의원 재선에서 펜 일가에 패배하다. 펜실베이니아 대표로 영국에 가다.

1765 인지세법 통과를 막기 위해 노력하다.

1766 인지세법 통과와 관련해 하원에 출두하다. 매사추세츠, 뉴저지,

조지아의 대표로 임명되다. 괴팅겐 대학을 방문하다.

1767 프랑스로 가서 국왕을 만나다.

1769 하버드 대학에 망원경을 구비해주다.

1772 프랑스 아카데미의 외국인 회원으로 위촉되다.

1774 체신장관직에서 해임되다. 토머스 페인 [18세기 미국의 작가. 국제적 혁명 이론가. 미국 독립전쟁과 프랑스혁명 때 활약했다]이 필라델피아로 이주하도록 돕다.

1775 아메리카로 돌아오다. 2차 대륙회의의 대표로 선출되다.
비밀 회담의 일원으로 임명되다. 캐나다를 동맹 세력으로
끌어들이는 임무를 맡다.

1776 독립선언서 작성을 위한 위원회의 위원으로 임명되다.
펜실베이니아 제헌의회 의장으로 선출되다.
식민지 대표로 프랑스로 가다.

1778 프랑스와 방어동맹 조약과 친선 통상 조약을 체결하다.

1779 프랑스 전권 공사로 임명되다.

1780 폴 존스를 '동맹국'의 사령관으로 임명하다.

1782 예비 평화 협정에 서명하다.

1783 정식 평화 협정에 서명하다.

1785 아메리카로 돌아오다. 펜실베이니아 대표로 선출되다.

1786 재선되다.

1787 대표로 재선되다. 제헌의회에 참여하다.

1788 모든 공직에서 물러나다.

1790 4월 17일에 사망하다.

프랭클린의 묘지는 필라델피아 아치 가 5번가 교회 경내에 있다.

옮긴이의 말

사업가이자 정치가, 과학자, 사회 개혁가로 활동하며 역사상 어떤 인물보다 많은 업적을 남긴 벤저민 프랭클린, 미국 독립선언문을 기초하고 자국의 독립에 중추적 역할을 했으며 미국 헌법의 뼈대를 만든 벤저민 프랭클린, 미국 건국의 아버지이자 역사적 영웅인 벤저민 프랭클린의 어릴 적 모습은 그러나 가난한 이민자 가정에 태어나 정규 교육이라고는 고작 1년밖에 받지 못한 인쇄공에 불과했다.

아들에게 전하는 편지로 시작하는 이 책에서 벤저민 프랭클린은 그처럼 초라한 출발점에서 시작해 미국의 진정한 거인이 되기까지의 과정을 진솔하게 들려준다. 인간적 약점과 불리한 환경을 극복하고 남부럽지 않은 부와 명예를 얻기까지, 그리고 자신이 속한 사회와 국가에 의미 있는 기여를 하기까지의 인생 이야기가 이 책 속에 온전히 담겨 있다. 그의 한평생은 말 그대로 끊임없는 자기 점검과 근면과 노력과 절제의 삶이었다. 1분 1초를 아껴가며 혼자 힘으로 글쓰기 능력을 키우고 외국어를 습득하고 도덕적으로 완벽한 사람이 되기 위해 스스로를 단속하는 그의 삶을 따라가노라면 한편으로 놀라우면서 또 한편으로는 시대를 초월한 위대한 인물을 만든 것이 다름 아닌 성실한 한 시간, 성실한 하루였다는 사실에 용기와 위안을 얻게도 된다. 부단한 노력으로 자신을 계발하고 또한 다른 사람들의 이익과 사회와 국가의 발전을 늘 고민하며 살아왔기에 그의 이야기는 한 아버지가 그 아들에게 들려주는 교훈에 그치지 않고, 모든 이들이 인생 지침으로 새겨야 하는 성공의 공식이 되었다. 오로지 내 안에서 나오는 힘과 열정만으로 나를 빛나는 존재로 만들 수 있고 또 그 빛으로 사회와 국가를 밝힐 수 있음을 자신의 삶 자체로 입증해주는 프랭클린의 이야기는 진정 자기계발의 고전이라 할 만하다. 프랭클린이 이 책을 쓸 당시 그의 가르침이 미국 정신의 모태가 되었다면, 몇 세기가 지난 지금 그의 글은 전 세계 모든 이들이 결국은 되찾아야 할 바른 정신의 토대가 되었다.

벤저민 프랭클린의 자서전은 1760년, 그러니까 독립전쟁이 발발하기 훨씬 이전에 끝을 맺는다. 그래서 독립전쟁 당시 벤저민 프랭클린의 역할과 독립 이후 그의 삶, 그리고 격변기 미국의 사회·정치적 모습을 이 책을 통해서는 접할 수 없다는 아쉬움이 남는다. 미국 건국의 아버지라 불리는 벤저민 프랭클린이니만큼 국가의 가장 중요한 시기에 그의 통찰력과 진취적인 태도가 어떤 모습으로 발휘되었는지 그리고 독립 이후의 국가에서 그가 어떻게 활동했는지를 그 친밀한 목소리로 전해 들었더라면 더 좋았을 뻔했다. 그렇다 해도, 벤저민 프랭클린을 그저 지난 역사 속의 한 인물로 막연히 알고 있던 많은 사람들이 그의 삶을 속속들이 들여다보고, 외부의 역경과 고난을 내 안의 힘으로 이겨낸 그가 얼마나 매력적인 인물인지를 새삼 인식하고, 한 사람 한 사람이 스스로를 높일 때 결국은 이 세상도 더 좋아질 거라는 깨달음을 얻고, 성공적인 삶에 이르는 길은 다른 무엇도 아닌 굳은 의지와 근면과 절제라는 사실에 기분 좋은 자극과 용기를 얻게 된다면, 그것으로 이 책의 가치는 충분한 거라 생각한다.

자기 합리화와 가벼운 변명이 신념과 믿음을 배반하는 이 세상에서, 무엇이 옳은 길인지를 분명히 보여준 프랭클린과의 만남이 모든 독자에게 부디 값진 경험이었기를, 모두의 삶 속에 프랭클린의 목소리가 부디 큰 힘과 오랜 울림으로 남기를 바란다.

이순영

옮긴이 **이순영**

고려대학교 노어노문학과와 성균관대 대학원 번역학과를 졸업했으며, 현재 전문번역가로 일하고 있다. 옮긴 책으로《사람은 무엇으로 사는가》,《이반 일리치의 죽음》,《나는 더 이상 너의 배신에 눈감지 않기로 했다》,《상실 그리고 치유》,《대학은 가치가 있는가》,《무게 : 어느 은둔자의 고백》,《집으로 가는 먼 길》,《키친하우스》,《여기가 끝이 아니다》,《삶에서 가장 중요한 것》,《삶에서 가장 즐거운 것》,《줄리&줄리아》,《과식의 종말》,《프랭클린 자서전》,《인투 더 와일드》,《빌 클린턴의 다시 일터로》,《내 이름은 호프》,《열일곱 제나》,《고독의 위로》,《무엇을 더 알아야 하는가》 등이 있다.

프랭클린 자서전

1판 1쇄 발행 2011년 10월 25일
1판 3쇄 발행 2018년 9월 10일

지은이 벤저민 프랭클린 | **옮긴이** 이순영
펴낸곳 (주)문예출판사 | **펴낸이** 전준배
출판등록 1966. 12. 2. 제 1-134호
주 소 03992 서울시 마포구 월드컵북로 6길 30
전화 393-5681 | **팩스** 393-5685
홈페이지 www.moonye.com | **블로그** blog.naver.com/imoonye
페이스북 www.facebook.com/moonyepublishing | **이메일** info@moonye.com

ISBN 978-89-310-0705-3 03840

이 도서의 국립중앙도서관 출판시도서목록(CIP)은 e-CIP홈페이지
(http://www.nl.go.kr/ecip)와 국가자료공동목록시스템
(http://www.nl.go.kr/kolisnet)에서 이용하실 수 있습니다.
(CIP제어번호: CIP2011004127)